변신 3

# 변신 3

초판1쇄 인쇄 | 2018년 2월 1일
초판1쇄 발행 | 2018년 2월 5일

지은이 | 이원호
펴낸이 | 박연
펴낸곳 | 한결미디어

등록일자 | 2006년 7월 24일
등록번호 | 제25100-2006-152호
주소 | 서울시 마포구 모래내로 83 한올빌딩 6층
전화번호 | 02 · 704 · 3331
팩스번호 | 02 · 704 · 3330

ISBN 979-11-5916-073-8  979-11-5916-070-7(set)  04810

* 잘못 만들어진 책은 구입처나 본사에서 교환해 드립니다.

# 변신

3 백제영주

이원호 장편 환상무협소설

한결미디어
HANGYEOL
MEDIA

# 목 차

# 10장 영주(領主)

항해 8일째, 남쪽 해상의 섬 모퉁이를 지나던 백제방(坊)의 호위선이 먼저 신라군 순시선을 발견했다. 오후 신시(4시)경, 아직 해가 지려면 한참이나 있어야 되는 시각이라 조건이 나쁘다.

"저런, 다섯 척이나 되네."

주선(主船)의 선장 복길이 투덜거렸다.

"개떼 같은 놈들, 연락을 받고 기다리고 있었구나."

박영준이 보기에도 그렇다. 앞에 나타난 순시선 5척은 이미 부챗살처럼 벌린 채 이쪽의 배 2척을 포위하는 형국으로 다가왔기 때문이다. 누각에 선 연화가 박영준을 보았다. 웃음 띤 얼굴이다.

"감찰관, 지난번 해적선을 기름탄으로 불태운 것을 보더니 수군들이 전혀 두려운 기색이 없어."

"그렇습니다."

누각 아래에 선 복길도 따라 웃었다.

"나리, 불벼락을 내려 주시지요, 모두 구경거리를 기다리고 있습

7

니다.”

“허어 참.”

쓴웃음을 지은 박영준이 소리쳤다.

“대궁 궁사들은 모여라!”

이제는 훈련이 잘 되어 있어서 순식간에 대궁 주위로 궁사들이 모였다. 대궁 1대에 각각 5인씩 붙었으니 3명은 조수, 1명은 화부(火夫), 1명이 겨냥을 하고 줄을 끊는 군관이다. 그동안 훈련을 여러 번 한 터라 기름탄과 유황탄이 3대의 대궁 옆에 쌓였고 곧 기름탄부터 장착되었다.

이제 신라군 순시선은 옆쪽에 붙어서 따라오고 있다. 좌측에 2척, 우측에 2척, 그리고 후미에 1척이다. 각각의 거리는 3백 보 정도, 좌측의 신라선 2척은 2백 보 정도까지 가깝게 다가왔다. 그러고는 함께 나아가고 있는 것이다.

밤이 되면 순시선들은 이쪽 배에 붙어 기어오를 것이다. 순시선의 길이는 40자(12미터), 폭은 10자(3미터) 정도였지만 노가 좌우에 5개씩 붙여져서 이쪽 범선보다 두 배는 빠르다. 순시선 안에는 각각 30명에서 40명 정도의 수군(水軍)이 타고 있었기 때문에 병력도 이쪽이 열세인 것이다.

“좌측 순시선부터 겨냥해라.”

박영준이 좌측에 붙어오는 신라 순시선을 손으로 가리켰다.

“먼저 저놈한테 집중 사격을 하고 그 다음에 그 옆을 따르는 놈이다!”

이쪽은 주선(主船)과 호위선이 나란히 가고 있다.

“와앗!”

함성이 울렸다. 주선에서 쏜 3발의 기름탄 중 2발이 신라 순시선에 박혀 불기둥을 일으킨 것이다. 순시선은 금방 불길에 휩싸였고 날뛰는 신라군이 보였다.

"쏘아라!"

박영준이 소리치자 다시 3발의 기름탄이 날아갔다. 거리는 2백여 보. 그중 가장 가깝게 접근했던 순시선이 불벼락을 맞는다. 이번에는 3발이 다 적중했다. 순시선은 불덩이가 되었고 그 자리에 멈춰 서 버렸다. 그때 박영준이 다시 소리쳤다.

"이번에는 그 옆쪽 순시선이다!"


밤이다. 누각 아래쪽 선창에 칸막이를 해놓고 누워 있던 박영준에게 다로가 다가왔다.

"주인, 배가 대마도 쪽으로 갑니다."

"대마도가 무슨 섬이냐?"

"예, 신라 땅과 가까운 곳에 있지만 백제 유민이 많이 흘러들어서 백제령이 되어 있지요."

"그런가? 신라 땅에 백제 섬이 되겠군."

자리에서 일어나 앉은 박영준이 머리통만 한 구멍이 뚫린 선창 밖의 밤하늘을 보았다. 별무리가 마치 반짝이는 흰 불덩이를 매달아 놓은 것처럼 흔들리고 있다. 다로와 박영준은 지금 백제어와 왜 말을 절반쯤 섞어서 대화를 한다. 그때 다로가 말했다.

"주인, 백제방으로 가실 겁니까?"

"이놈아, 나는 백제방 감찰관으로 한솔이다. 백제방으로 안 가면 어디로 간단 말이냐?"

"저 대궁 세 개만 갖고 있으면 해적 왕이 될 것입니다, 주인."

"그래서?"

"셋쓰에 가시지 않아도 히젠이나 하다못해 이요의 섬 한 곳에 자리를 잡고 영주가 되실 수도 있을 것입니다."

"…"

"해적들을 모두 모아 놓으면 내해(內海)를 장악하게 되지요. 그러면 어떤 영주도 나리를 건드릴 수 없을 것입니다."

"이 미친놈."

쓴웃음을 지은 박영준이 다로를 보았다.

"내가 그럴 사람으로 보였단 말이냐?"

"소인이 10여 년간 해적질을 하면서 해적을 부리는 영주 놈들을 보았습니다."

다로가 번들거리는 눈으로 박영준을 보았다.

"그런데 나리를 며칠 겪어 보았더니 그 어떤 영주보다 위대하시오. 거인이신 데다 거궁(巨弓)을 제작하셨고 그릇이 크십니다. 백제방 감찰관으로 가서 그 좁은 아스카에서 사실 겁니까?"

"네가 아스카를 가 보았느냐?"

"예, 두 번 갔습니다, 장물을 팔러 갔다가 며칠 놀고 왔지요. 그곳은 좁습니다."

"네놈이 해적 노릇을 할 놈이 아니구나."

"나리, 백제방 감찰관이시면 수하에 1백 명 남짓한 군사를 거느리고 감찰역이나 수행하게 되실 것이오. 백제방 방주인 연화 공주께서는 천황과 친척이시니 어쩔 수 없다지만 나리는 이곳에서 영주가 되시지요."

"이놈이 나를 배신자로 만드는군."

쓴웃음을 지은 박영준이 손을 저었다.

10

"나가라."

"예, 나리."

다로가 자리에서 일어나 허리를 굽혀 보이더니 방을 나갔다.

그렇다. 백제방은 왜국 아스카의 상징적 지배자인 천황을 보위하며 왜국을 통치한다는 명분으로 운용된다. 그러나 실상은 이미 왜국은 수백 개의 영주국으로 분해되었고 천황의 세력이 미치는 지역은 아스카 부근뿐이다. 그것은 직할지로 약 10만 석의 영지 안에서만 영향력이 유지된다. 그것뿐이다. 그러니 백제방은 유명무실해지고 일개 해적인 다로한테까지 무시당하는 상황이 되었다.


다음 날 아침, 대마도를 지난 두 척의 배가 이끼섬으로 다가갈 때 연화에게 박영준이 다가가 물었다.

"방주, 백제방의 군사가 몇입니까?"

"가보면 알겠지만 직할군이 2천여 명 정도야. 하지만…."

연화가 정색하고 박영준을 보았다.

"유사시에는 황궁의 수호군 2천을 빌려 쓸 수가 있어."

"황궁 수호군은 2천입니까?"

"직할 영지에서 차출된 군사야. 전쟁이 일어나면 영주들의 군사를 모아야지."

"영주들이 군사를 내 줍니까?"

"아스카 인근의 영주는 황실의 고관을 겸하고 있으니까. 영주 4명을 수호 대신으로 임명해서 약 1만5천의 군사를 내놓을 수 있지."

박영준이 머리를 끄덕였다. 다로의 말을 들으면 왜국의 영주는 1백50여 명이다. 다로의 계산이 그렇다. 그중에서 황실에 충성하는 영주가 황실 대신 직책인 4명, 1만5천 군사라는 것이다. 나머지 영주와 군사력이 얼마인지 알 수 없지만 백제방과 황실이 빛 좋은 개살구라는 것은 확실해졌다.

백제방 방주가 되어서 도대체 무엇을 하겠다는 말인가? 또 감찰관 역을 받은 자신은 다로의 말대로 좁은 아스카에서 무엇을 감찰한다는 말인가? 일개 해적인 다로의 눈에도 답답하게 보인 것이다. 그때 연화가 웃음 띤 얼굴로 박영준에게 말했다.

"한솔, 오늘 밤 자시 무렵에 내 방으로 오게."

누각의 계단에 선 박영준이 발을 멈추고는 주위를 둘러보았다. 주선(主船)은 돛을 편 채 밤바다를 미끄러지듯 항진하는 중이다. 배 안은 조용하다. 돛대 위에 선 감시병이 박영준을 내려다보고 있겠지만 의식할 필요는 없다.

배에는 등을 달지 않아서 검은 선체만 드러나 있을 뿐이다. 갑판 위를 경계병 둘이 지나다가 힐끗 박영준을 올려다보고는 머리만 숙여 군례를 하고는 지나갔다. 옆쪽 2백 보 거리를 두고 따르는 호위선의 검은 함체가 희미하게 드러났다.

함선은 대마도와 이끼섬을 지나 왜국 본토로 진입하려는 중이다. 이윽고 박영준이 누각의 문을 젖히고 안으로 들어섰다. 불을 밝히지 않은 안은 어둡다. 이곳은 방주 연화의 거처이며 낮에는 지휘소로 사용된다. 사방 15자 넓이의 방 안쪽에서 인기척이 났다.

"한솔인가?"

연화가 낮게 물었다.

"예, 왔습니다."

박영준이 침상 위에 걸터앉아 있는 연화를 응시했다. 연화의 시녀 옥금은 보이지 않았다. 그때 연화가 침상 옆쪽을 손바닥으로 가볍게 두드렸다.

"한솔, 여기 앉아."

"방주, 제가 감히 그곳에 앉을 수 있겠습니까?"

"앉아, 여긴 우리 둘뿐이야."

"제가 바닥에 앉지요."

"여기 앉으래도."

연화가 다시 침상을 두드렸다.

"그대는 내가 침상에 앉기를 권한 첫 남자야, 그 뜻을 모르는가?"

"모릅니다, 방주."

"내 첫 남자가 되라는 말이야, 한솔."

연화의 목소리가 떨렸다. 숨을 들이켠 박영준이 한 걸음 다가가 섰다.

"방주, 그것이 무슨 말씀이오?"

그때 연화가 외면하고 대답했다.

"날 가져, 한솔."


열풍이 방안을 뒤덮고 있다. 사방이 두꺼운 판자로 막힌 누각 안이어서 문을 닫으면 목소리도 새어나가지 않는다. 그러나 연화는 이를 악물고 신음을 참는다. 가쁜 숨소리 속에 앓는 소리가 희미하게 섞였을 뿐이다.

박영준은 연화의 몸이 성숙했지만 굳어 있다는 것을 알 수 있었다. 몸이 부딪칠 때마다 연화가 이를 악물고 고통을 참고 있다. 지금 연화는 첫 몸을 주고 있는 것이다.

둘은 옷을 다 벗지도 않고 아랫도리만 겨우 벗은 채 엉켜 있다. 그래도 연화는 두 손으로 박영준의 어깨를 움켜쥐고 있었는데 몸은 뜨겁게 달아올라 있다. 밤이 깊어가고 있다. 가끔 파도에 배가 기울면서 한 덩이가 된 둘의 몸이 침상에서 함께 흔들렸다.

나가토의 영주 스가는 영지 12만 석, 1만 석당 상비군 1천 명을 계산하면 1만2천 명의 군사를 모을 수 있었지만 그것은 농지가 제대로 갖춰져 있을 때의 계산법이다. 나가토는 영지가 넓지만 산지(山地)가 많고 토양이 척박해서 인구가 적었다. 그래서 1만 석당 5백 명 군사밖에 차출되지 않는다. 그것도 상비군으로 먹여 살릴 수가 없기 때문에 스가는 주변의 다른 영주처럼 해적선을 만들어 군사들을 해적화(化) 시켰다.

영지를 해적질로 번 재물로 다스리는 셈이다. 스가가 보유한 해적선은 8척, 그중 대선(大船)이 5척, 호위선이 3척이었는데 스가가 직접 탑승하는 대왕선(大王船)은 길이가 120자(36미터), 폭이 20자(6미터)에 이르렀고 돛대는 3개, 노꾼이 양쪽 20명씩 40명이다. 군사를 150명이나 싣고 다니는 터라 주변 해적들은 대왕선을 용선(龍船)이라고 부른다.

오늘 스가는 바다에서 온 척후로부터 보고를 받고 있다. 신라령 바닷가로 노략질을 갔다가 급히 돌아온 호위선 선장이 앞에 꿇어앉아 있다.

"백제방 방주의 주선과 호위선이라고?"

스가가 되묻자 선장이 빠진 이를 드러내며 웃었다.

"예, 제 두 눈으로 똑똑하게 보았습니다."

"지금쯤 이끼섬을 지났을 것이라고?"

"예, 주군."

선장이 허겁지겁 말을 이었다.

"방주의 주선(主船)에 백제방 깃발도 꽂혀 있습니다, 방주가 탔다는 표시지요. 배가 착 가라앉는 걸 보면 재물을 가득 실었을 것입니다."

"백제 왕실이 매년 백제방을 통해 천황가(家)에 자금을 원조해주고 있지."

스가가 가는 눈을 더 가늘게 뜨면서 앞쪽 좌우에 둘러앉은 가신들을 보았다.

"내가 알기로는 은으로 1백만 냥쯤 된다, 군사 1만 명을 1년간 먹이고 부릴 수 있는 대금이지."

"주군."

옆쪽에 앉은 가로(家老) 오오시다가 무릎걸음으로 한 걸음 나섰다.

"만일 그 배를 잡았다가 천황가(家)에 알려지면 시끄럽게 되지 않겠습니까?"

"스미코 천황이 여기까지 오겠느냐?"

스가가 쓴웃음을 짓고 되물었다.

"나한테 천황군을 보낼 수 있겠느냐? 천황가에 전선(戰船)이 몇 척이 있지?"

"소인이 듣기로는 없습니다."

"그럼 여기까지 육로로 군사를 보낼까?"

그때 중신(重臣) 다이라가 나섰다.

"주군, 전선(戰船) 3척과 호위선 1척으로 백제방선(船)을 잡지요."

다이라의 목소리가 청을 울렸다.

"기습해서 재물을 빼앗고 모두 죽여 배와 함께 수장시키는 것입니다. 그러면 증거가 없어 질 테니 아무도 나서지 못하겠지요."

15

"좋다."

스가는 이미 마음을 정해 놓은 터라 쥐고 있던 부채로 마룻바닥을 쳤다, 하자는 표시다.


"주인."

선창에서 유황탄을 조제하고 있던 박영준에게 다로가 다가왔다. 붙임성이 있는 성격이어서 박영준은 다로를 부담을 느끼지 않고 맞는다.

"뭐냐?"

"주인, 선내에 소문이 쫙 퍼졌습니다."

다로가 이맛살을 모으고 박영준을 보았다. 올해 32세인 다로는 박영준보다 연상이다. 키가 왜인답지 않게 5자(150미터)를 넘는 데다 박영준의 부하가 된 후부터는 허리에 장검을 차고 무사 행세를 하고 있다.

"무슨 소문 말이냐?"

진흙 덩이처럼 물로 반죽을 한 유황 덩이에 심지를 꽂으면서 박영준이 물었다. 이번은 신무기다. 폭발력이 2배쯤 강해진 유황탄을 제조한 것이다. 그때 주위를 둘러본 다로가 말을 이었다.

"주인께서 방주하고 동침하셨다면서요?"

"그렇다."

박영준이 웃음 띤 얼굴로 다로를 보았다.

"그래서 어쨌단 말이냐?"

"모두 수군대고 있습니다, 감찰관이 방주의 남자가 되었다고 말입니다."

"수군대라고 해라."

"주인, 그럼 백제방에 가셔서 방주하고 같이 사실 겁니까?"

"넌 그것이 궁금하냐?"

"예, 방주가 주인을 묶어 두려고 동침을 한 것 같습니다."

다로가 정색하고 박영준을 보았다.

"그리고 그렇게 방주 측에서 소문을 낸 것이지요."

"방주가 소문을 내?"

"예, 그 소문이 방주 시녀 옥금한테서 나왔다고 합니다, 오늘 아침에 주방장한테 어젯밤 방주하고 감찰관이 같이 누각에서 밤을 보냈다고 말했답니다."

"허, 그년이."

"방주가 퍼뜨리라고 한 것 같습니다."

"그럴 리가."

박영준이 유황탄을 내려놓았다. 하지만 그럴 가능성도 있다.


"저곳이 내해로 들어가는 입구올시다."

선장 복길이 앞쪽을 가리키며 말했다. 오후 유시(6시) 무렵, 앞쪽은 대륙이 2개로 나뉜 것처럼 가운데가 뚫려 있다. 그곳이 왜의 내해(內海)로 들어가는 입구인 것이다.

"왼쪽이 나가토의 영지지요."

이번에는 다로가 말했다.

"영주 스가는 올해 37세인데 교활하고 잔인합니다. 해적선 8척을 갖고 있는데 그중 용선(龍船)은 내해에서 가장 큰 대선(大船)입니다, 군사를 200명 가깝게 실을 수 있지요."

배가 점점 육지로 다가가면서 해협에 풍랑이 일어났다. 주선이 흔들렸고 뒤를 따르는 호위선은 좌우로 기우뚱거린다.

"감찰관, 방주께서 부르시오!"

군사 하나가 누각 계단에서 소리치자 박영준이 몸의 중심을 잡고 누각으로 다가갔다. 빗방울까지 뿌리고 있다.

"한솔, 오늘 밤부터 이 누각에서 자."

누각으로 올라온 박영준에게 연화가 외면한 채 말했다. 배는 더 흔들리고 있다. 해협으로 다가가면서 물살이 빨라지는 때문이다.

"무슨 말씀이오?"

박영준이 묻자 연화의 얼굴이 붉어졌다.

"좁은 배 안에서 다 알고 있는 터에 같이 누각에서 동침하자는 거야."

"이유는 그것 때문이오?"

박영준이 정색하고 연화를 보았다.

"방주의 뜻을 알고 싶소."

"내 뜻이라니?"

"주위 소문 따위는 필요 없소. 내 품에 안겨 밤을 보내고 싶소?"

"별 소리를 다 하는군."

연화의 얼굴이 더 빨개졌다.

"한솔, 한번 몸을 주었다고 건방지게 굴지 마라."

"나하고 같이 있고 싶다고 말하시오, 그럼 나도 동침하리다."

정색하고 말한 박영준이 몸을 돌렸다. 이것이 백제 남녀의 관습인지 모르지만 박영준은 박영준 자기 식으로 하겠다고 마음을 굳힌 것이다.

흔들리던 호위함이 선체가 가벼운 때문인지 주선(主船)을 앞질러 해협을 빠져 나가더니 보이지 않았다. 어느덧 술시(8시)가 되어서 밤바다는 어둡다.

"불화살을 쏠까요?"

연화를 따라온 무관(武官) 하나가 그렇게 물었다. 하늘이 맑았으니 가장 빠른 신호가 될 것이다.

"안 된다."

연화가 대뜸 머리를 젓더니 무관을 꾸짖었다.

"내해에 해적이 천지인데 우리가 여기 있소, 하고 신호를 보낸단 말이냐? 기다려라."

맞는 말이다. 옆에 선 복길이 머리를 끄덕였다.


호위선의 선장은 14품 좌군 품위의 우광이었는데 복길과 손발이 맞았다. 복길과 10년 가깝게 같은 배를 탄 터라 배를 잃어버렸을 때는 어떻게 할 것인지를 알았다.

"곧장 나가라."

우광이 키잡이에게 지시했다.

"속력을 반으로 떨어뜨려라, 그래야 주선(主船)이 우리를 따라잡는다."

깊은 밤, 자시(12시)가 넘었다. 내해로 들어서자 풍랑은 거짓말처럼 가라앉았고 유속도 뚝 떨어졌다. 내해(內海)도 바다나 같다. 좌우 어디를 둘러봐도 이제 육지는 보이지 않는다.

"선장, 이곳이 나가토 영역이오, 될 수 있는 한 빨리 빠져 나가야 되지 않겠소?"

선원 중에서 우광과 함께 여러 번 이 해역을 지난 사내가 선수에 선 우광에게 물었다.

"이 속력으로 가다간 내일 해가 떴을 때 나가토 해적에게 발견되기 십상이오."

"날이 밝기 전까지는 이대로 간다."

주선을 만나려는 생각에 우광이 고집을 부렸다.

"복길 님이 키를 틀지만 않았다면 곧 만날 수 있을 거야."

복길은 키를 틀지 않을 것이다. 우광의 경험상 틀림없는 일이었다.

"저건 뭐냐?"

대왕선(大王船), 즉 용선(龍船)의 3층 누각에 선 스가가 앞쪽을 손으로 가리켰다. 검은 물체가 바다 위에 떠 있는 것이다. 배다. 그러나 한 척, 백제방 선박이라면 2척이어야 한다. 거리는 5백 보 정도, 깊은 밤이었지만 스가의 밤눈도 밝다

"이쪽으로 나온 우리 배는 없습니다."

옆에 서 있던 용선 선장 이찌마루가 대답했다. 이찌마루는 해적선 선장이지만 녹봉 3백 석을 받는 측근 무사다. 본래 내해를 왕래하던 연락선을 지휘하던 가문이었는데 지금은 해적선장으로 변했다. 이찌마루가 앞쪽을 응시하며 말을 이었다.

"다른 영지의 배거나 백제선인지도 모릅니다."

"호위선 한 척을 보내라."

"예, 주군."

이찌마루는 해적선 선단의 주장(主將)이기도 하다. 곧 이찌마루의 지시를 받은 호위선 1척이 노를 힘껏 저으면서 앞으로 나아갔다.

우광이 다가오는 배를 보았다. 검은 물체는 백제방 호위선이었던 것이다.

"저것, 왜선입니다!"

옆에 선 군장이 소리치듯 말했을 때 왜선과의 거리가 2백 보로 가까워졌다.

"전속력! 노를 저어라!"

우광이 소리쳤다. 호위선에도 좌우에 4개씩 노가 있는 것이다. 잘 훈련된 군사들이어서 일제히 노에 달라붙더니 곧 백제방 호위선이 앞으로 내달리기 시작했다.

"바람을 타라! 방향이 틀려도 된다!"

우광이 다시 소리쳤다. 바람을 타면 배는 지금 가는 방향에서 아래쪽으로 틀어진다. 그러나 배의 속력은 절반 정도가 빨라지는 것이다. 돛이 갑자기 바람을 맞아 부풀더니 배는 더 속력을 내기 시작했다. 그때 우광이 다시 결심했다.

"불화살을 세 번 연속으로 쏘아 올려라!"

이미 정체는 탄로가 난 것이다. 주선(主船)에 신호를 해서 이쪽 위치를 밝히는 수밖에 없다.

"엇, 저놈이 불화살을!"

이찌마루가 소리쳤다.

"주군, 저놈은 백제선이오!"

"내 그럴 줄 알았다."

스가가 이 사이로 말했다. 불화살이 하늘을 밝히면서 아래쪽의 쫓고 쫓기는 2척의 배가 드러났다. 바람을 탄 백제 호위선의 형체가 뚜렷하게 드러났다. 양쪽 노를 힘껏 젓는 통에 뒤를 쫓는 스가의 호위선이 허둥거리고 있다. 미처 키를 그쪽으로 돌리지 못하고 있는 것이다.

"저런 등신 같은 놈들."

누각에 선 스가가 발을 굴렀다. 2척의 거리가 4백 보쯤으로 떨어져 있다. 하늘로 솟아올랐던 불화살이 떨어지면서 바다는 다시 깊은 어둠 속에 잠겼다. 그때 다시 또 한 대의 불화살이 솟아올랐다.

"저런."

불화살을 본 스가의 눈빛이 강해졌다.

"저놈이 신호를 보내는구나!"

"옳지, 모선(母船)을 끌어들이는 모양이다. 우리가 이곳에 있는 줄 모르는 모양이니 놈들의 뒤를 멀찌감치 따르기로 하자."

잔고기를 쫓다가 대어를 낚을 기회가 온 것이다.


두 번째 불화살을 망루의 감시가 보았다. 바다에 운무가 드문드문 끼었기 때문에 첫 번째 불화살은 운무에 가려 보이지 않았던 것이다.

"서쪽에서 불화살이오!"

망루 감시의 외침에 주선(主船) 안은 일제히 소동이 일어났다. 선장 복길이 명령을 내리기도 전에 키잡이, 포수, 노꾼들이 제 자리로 달려가 명령을 기다리고 있다. 그러나 명령은 방주이며 주선의 사령관 격인 연화가 내놓아야 한다. 누각에 선 연화가 명령했다.

"호위선을 찾아라!"

"예, 방주!"

기운차게 대답한 복길의 목소리가 바다에 울렸다.

"서쪽으로!"

불화살이 깜박이다가 꺼지더니 다시 또 한 대가 기운차게 솟아올랐다. 이번에는 더 또렷하게 보인다. 이때는 망루 위에 올라가 있던 군관이 소리쳤다.

"거리는 서쪽 10리, 이대로 직진이오!"

22

박영준이 연화에게 물었다.

"방주, 해적선에게 쫓기고 있을까요?"

"저 신호는 위급하다는 신호야."

연화가 누각 기둥을 잡으며 말했다. 주선이 전속력으로 항진했기 때문이다. 주선에도 비상시에는 노를 사용한다. 그것도 양쪽에 12개씩 24개를 각각 군사 3명씩이 붙어서 젓기 때문에 평소의 3배 속력이 나온다. 그러나 노가 보통 노의 2배나 되어서 노꾼들이 금방 지치는 것이다. 구령에 맞춰 군사들이 일제히 노를 젓는 터라 주선은 거대한 선체를 뒤뚱거리며 나아가고 있는 것이다.

"그럼 저도 준비를 하지요."

박영준이 말하자 연화가 정색하고 시선을 주었다.

"감찰관 덕분이야."

"뭐가 말입니까?"

"군사들이 기운을 내고 있어, 저것 봐."

연화가 손으로 아래쪽을 가리켰다. 구령에 맞춰 노를 젓는 군사들 사이에서 웃음소리가 들렸다.

"저것은 우리가 배만 붙이면 이긴다는 자신감이야."

기름탄, 유황탄을 쏘는 대궁 덕분이다. 박영준은 잠자코 몸을 돌렸다.

"옳지, 나타났다."

스가가 손에 쥐고 있던 쇠부채로 난간을 두드렸다. 요란한 소리가 났다. 쇠부채는 부하들에게 신호 역할도 한다. 스가의 시선이 오른쪽 어둠 속으로 향해 있다. 모두의 시선도 그쪽으로 쏠려 있어서 용선 안이 잠깐 조용해졌다. 보라, 어둠 속에서 거대한 선체가 드러나고 있다. 용선보다는 못했지만 누각선, 백제방 방주의 주선(主船)이다. 백제방 주선은 용선과 선체가 다르다. 앞쪽 선수가 넓은 편이고 뒤쪽 선미는 평평하다.

"옳지, 이쪽으로 오는구나!"

스가가 부채로 다시 누각 난간을 치더니 소리쳤다.

"붙을 준비를 해라!"

용선을 붙여 부하들을 백제방 모선으로 덮쳐 가게 하는 것이다. 이제 앞쪽 호위선과 백제선의 추격전은 잊었다.

"주군, 선체가 큽니다."

흥분한 이찌마루가 밑에서 소리쳤다.

"아직 우리를 발견하지 못한 것 같습니다!"

거리는 5백여 보, 이쪽으로 다가오고 있어서 기다리기만 하면 된다.

"이찌마루! 배를 붙이자마자 쳐들어간다! 내 명령을 들을 것도 없다!"

스가가 다짐을 주었다.

"저기 대선(大船)이 있습니다."

복길이 손으로 앞쪽을 가리켰다. 거리는 5백 보, 어둠 속에 떠 있는 섬 같다. 박영준도 처음에는 섬으로 착각했는데 복길이 알려준 것이다. 그때 다로가 말했다.

"주인, 나가토 영주 스가의 용선입니다. 대왕선이라고도 부르지요."

다로의 목소리도 흥분으로 떨렸다.

"용선하고 부딪치게 되었군요. 저 용선에는 군사가 2백 명이나 타고 있습니다."

"기름탄 준비해라!"

박영준이 다로의 말을 들으며 군관들에게 지시했다.

"거리가 2백 보가 되었을 때 일제히 사격한다!"

밤바다를 박영준의 목소리가 울렸다.

"갈고리 준비!"

이찌마루가 소리쳤다. 이젠 백제방 주선은 눈을 가늘게 뜨지 않아도 보인다. 어둠 속에 드러난 백제선은 거침없이 다가오고 있다.

"저놈들이 우리를 보았을 터인데 부딪치려는 모양 아닌가?"

아래쪽에서 중신 다이라가 물었을 때 이찌마루가 웃었다.

"죽으려고 오는 겁니다. 우리가 배만 틀면 오히려 갈고리로 붙잡아 매면 되지요."

"그렇지."

누각 위에 선 스가가 따라 웃었다.

"저놈들이 충격으로 배 측면을 부수려고 전술을 썼지만 옛날이야기다. 그 충격술에 당하는 배는 없다."

"저 배에는 군사가 몇인가?"

다이라가 다시 묻자 이찌마루가 대답했다.

"백제방 주선(主船) 규모로 군사는 1백 명 정도요, 우리가 2배는 됩니다."

이제 백제선과의 거리는 3백 보로 가까워졌다.

누각 난간을 잡고 서 있는 연화 옆으로 옥금이 다가와 섰다.

"마마, 감찰관이 합방을 하시겠답니까?"

"그건 아직 모른다."

연화가 앞쪽을 응시한 채 말했다.

"나하고 같이 있고 싶다고 말하는군, 내 명은 듣기 싫다는 거야."

"그럼 그렇게 말씀 하시지요."

"싫다."

"한솔이 싫으십니까?"

연화가 입을 다물자 옥금이 입맛 다시는 소리를 내었다.

"마마, 한솔을 사모하시지요?"

"닥쳐라!"

그때 아래쪽에서 박영준이 소리쳤다.

"쏘아라!"

"엇!"

스가의 입에서 저절로 외침이 터졌다. 밤하늘에서 유성이 날아온다. 아니, 어둠 속에서 불덩이 3개가 날아오는 것이다. 그것을 용선의 모든 군사가 보았다.

"아니, 저것이…."

스가가 외쳤을 때 불덩이가 더 가까워졌다.

"저쪽 백제방선(船)에서 쏘았습니다!"

이찌마루가 뒤늦게 소리친 순간이다. 불덩이 하나가 날아와 배 선수를 스치고 지나 바다 속으로 박혔다.

"픽!"

바다 위에 불길이 일어났다.

"어엇!"

그때 놀란 외침이 일어났다. 불덩이 2개가 동시에 날아와 갑판 위에 떨어졌기 때문이다.

"펑! 펑!"

불덩이가 떨어져 부딪치면서 폭음과 함께 불길이 쫙 번졌다.

"으악!"

불길을 뒤집어쓴 군사 10여 명이 날뛰면서 돌아다녔고 갑판 안은 일

순간에 수라장이 되었다.

"으앗! 또 날아온다!"

누군가가 소리쳤을 때 스가가 머리를 들었다. 다시 불덩이 3개가 나란히 날아오고 있다.

"저, 저것이…."

스가가 쇠부채로 불덩이를 가리키며 소리쳤다.

"저것을 막아라!"

스가의 목소리가 밤하늘을 울렸다. 그때 이찌마루가 제대로 된 명령을 내렸다.

"선수를 틀어라! 왼쪽으로!"

악을 쓴 순간이다. 불덩이 3개가 와락 가까워지더니 이번에는 3개가 다 용선에 맞았다.

"펑! 펑! 펑!"

그중 하나는 누각에 적중했으므로 불길이 스가의 옷에도 번졌다. 어깨와 팔이 불길로 덮였다.

"으앗! 뜨거!"

저도 모르게 외친 스가가 손바닥으로 불길을 두드렸다가 손에도 불이 붙었다.

"으아앗!"

스가가 비명을 질렀을 때 옆에 있던 호위무사가 제 갑옷을 벗어 스가의 옷을 두드려 껐다.

"으앗 뜨거!"

스가가 고통으로 신음했다. 불에 탄 옷이 살에 눌어붙어 버린 것이다. 갑판은 이제 불길에 덮였다. 배는 겨우 옆으로 틀었지만 어둠 속에서 뚜렷한 표적이 되어 있는 상황이다.

"또 날아온다!"

몇 명이 비명처럼 외쳤을 때 스가가 눈을 치켜떴다. 또 악마의 불길 3개가 날아온다.

기름탄 10여 발을 맞은 용선이 불길에 싸여 있다. 아예 불덩이가 되어 있다.

"어, 잘 탄다."

선장 복길이 커다랗게 소리치자 군사들이 소리 내어 웃었다. 백제방주선(主船)에서 용선까지의 거리는 2백 보 정도, 이제 용선은 키잡이도 불에 탔는지 밤바다에 멈춰 서 있다. 3개의 돛에도 불이 붙어서 불꽃이 높게 솟아올랐다.

"어, 장관이다."

참다못한 군관 하나가 버럭 소리쳤다. 배에서 날뛰는 해적들이 뚜렷하게 보였다. 불길을 피한 해적들이 뛰어내리고 있다.

"뒤쪽에 왜선이오!"

다시 누군가 소리쳤다. 머리를 돌린 박영준이 뒤쪽에서 다가오는 왜선을 보았다. 거리는 5백 보 정도, 바다 위에 용선이 불타오르고 있어서 왜선의 형체가 뚜렷이 드러났다. 왜선은 호위선, 앞머리가 솟았고 선미는 닭 꼬리 같다. 왜선은 아직 영문을 모르는 것 같다. 불타오르는 용선을 향해 속력을 내어 다가가고 있다.

"기름탄 준비!"

박영준이 소리치자 이제는 익숙해진 군관과 군사들이 순식간에 기름탄을 장착했다.

"500보다. 창끝을 높게 쳐들어라!"

이제는 겨냥도 익숙해서 박영준의 구령에 창끝이 올라갔다.

"조준! 좌측 1번포부터 사격해서 겨냥을 맞춘다! 1번포 준비."

1번포로 거리를 재는 것이다.

"쏘아라!"

박영준의 외침에 기름탄이 불덩이가 되어서 날아갔다. 우측의 용선은 이제 더욱 불길이 강해져서 왜군이 대부분 바다로 뛰어내리고 있다. 거리가 5백 보여서 밤하늘에 유성처럼 긴 꼬리를 끌며 날아가던 불덩이가 곧 호위선에 떨어졌다.

"명중이다!"

배 안에서 함성이 울렸다.

"장하다!"

박영준이 칭찬했고 다시 소리쳤다.

"1번 군관이 겨냥을 맞춰줘라! 일제 사격!"

곧 기름탄 2발이 날아 올라갔다. 호위선도 불덩이가 떨어지자 곧 선체를 꺾었지만 뒤를 이어 날아간 기름탄이 연달아 적중하자 제자리에서 돌기 시작했다. 밤바다에는 이제 불기둥 2개가 피어났다. 그때 망루에 선 군사가 소리쳤다.

"호위선이 옵니다!"

배 안에서 함성이 울렸다. 호위선이 찾아온 것이다.


"용선이 불에 타 가라앉았으니 나가토 영주 스가도 화장되었을 것입니다."

다로가 뒤쪽에서 멀어져 가는 불덩이를 바라보며 말했다. 호위선의 불꽃이다. 이미 용선은 바다 속으로 가라앉고 호위선도 가라앉는 중이다.

"이 기회에 나가토에 상륙해서 스가의 성(城)을 접수하면 좋을 텐데요."

다로가 입맛을 다시면서 말을 이었다.

"성안에 무장들이 있겠지만 이제 오합지졸입니다. 머리가 떨어진 뱀이나 같지요. 분명히 투항해 올 장수가 있을 것이고 제가 마을에서 군사를 모집해 올 수도 있습니다, 주인."

"이놈아, 시끄럽다."

"나가토는 12만 석 영지올시다, 나리. 성이 6개, 스가가 들어앉은 거성은 스가성이라고 불리는데 성벽이 높이가 20자, 길이는 5리(2.5킬로)나 되지요, 그곳에 자리를 잡으면…."

"이놈, 닥쳐라."

박영준이 눈을 부릅뜨자 다로가 입을 다물었다. 선미의 난간에 선주종 둘의 주위로 이제는 어둠이 덮였다. 환호성으로 들썩이던 배 안도 조용해졌고 제각기 맡은 일을 하는 군사들이 바쁘게 움직이고 있다. 그때 뒤쪽에서 인기척이 나더니 옥금이 다가왔다.

"감찰관 나리, 방주께서 부르시오."

옥금이 옆에 서서 낮게 말했다.

"누각에 계십니다."

"감찰관, 대공(大功)을 세웠어."

누각 안으로 들어선 박영준에게 연화가 말했다.

"기름포, 유황포가 있으니 우린 천하무적이 되었어."

"그것만 가지고 전쟁이 안 됩니다, 방주."

박영준의 얼굴에 쓴웃음이 떠올랐다.

"빠르게 이동하는 육지전에서는 한계가 있지요."

"그건 알고 있어."

"기름탄, 유황탄도 곧 모조품이 나올 것이오."

"나 감찰관하고 같이 있고 싶어."

불쑥 연화가 말했다. 박영준이 머리를 들었지만 연화는 외면한 채 말을 이었다.

"내가 옥금을 시켜 지난번에 자고 간 것을 소문내라고 했어."

"…."

"이젠 배 안의 군사들까지 다 알아."

"…."

"아스카에 들어가면 백제방은 물론 천황께서도 알게 되실 거야."

"그래서 어쩌시려는 겁니까?"

박영준이 묻자 연화는 외면한 채 대답했다.

"그대를 잡으려는 거야."

"…."

"아스카에 도착하면 그대가 떠나갈 것 같아서 그래."

"그 이유를 듣고 싶소."

"백제방이나 천황가(家)의 힘이 미약하기 때문이지. 그대는 금방 현실을 깨닫게 돼."

박영준의 얼굴에 쓴웃음이 떠올랐다. 지금 연화는 자신의 입으로 백제방과 왕실의 내막을 말하고 있는 것이다. 소문을 스스로 확인해준 셈이었다. 박영준이 물었다.

"그래서 날 끌어들이려는 거요?"

"그래."

"이유는 그것뿐이오?"

"그래."

그때 머리를 든 연화가 똑바로 박영준을 보았다. 두 눈이 번들거리고 있다.

"내가 몸을 준 이유도 그것이야."


"주인, 저는 주인께서 누각에서 주무시고 올 줄 알았습니다."

박영준의 자리를 펴면서 다로가 느글느글한 목소리로 말했다. 선창 구석에 마련된 감찰관의 거처는 제법 아늑했다. 발을 내려놓아서 두 평 남짓한 공간도 만들어져 있다.

"왜 주무시지 않으셨소?"

자리를 편 다로가 옆쪽으로 물러나며 묻자 박영준이 풀썩 웃었다.

"이놈이 별것을 다 묻는구나."

"주인께 이런 말씀드리는 사람은 소인뿐이올시다."

"이놈, 건방지다."

"주인, 저는 주인께 목숨을 바쳐서 봉사하기로 마음을 굳힌 몸입니다."

"이놈아, 네 마음대로 주인을 고르느냐?"

"주인께선 백제방 감찰관으로 계실 분이 아니올시다."

박영준이 자리에 눕자 다로가 옆에 무릎걸음으로 다가와 앉았다. 이제 선창 안은 조용하다. 모두 잠이 든 것이다. 파도가 뱃전에 부딪는 소리가 났고 배는 흔들거리면서 바람을 타고 내해(內海)를 소리 없이 항진하고 있다. 다로가 목소리를 낮추고 말했다.

"주인, 지금 방주하고 틀어지실 필요는 없습니다. 아스카에 도착했을 때 당분간은 백제방에 머물면서 상황을 지켜보셔야 할 테니까요."

"이놈이 교활하구나."

"주인은 영주가 되셔야 하오."

"넌 가신(家臣)이 되겠단 말이구나."

"그렇습니다."

"이놈이 날 이용하려는 것이군."

"왜국 천하에 수백 명이 영주랍시고 날뛰고 있지만 제대로 된 놈이 없습니다."

다로의 눈이 어둠 속에서 반짝였다.

"왜국의 모국(母國)이나 같은 백제에서 대장군이 출현해서 천하를 평정하는 것입니다."


내해(內海)로 들어선 지 이틀째 되는 날 오후, 그동안 수십 척의 왜선을 만났지만 그냥 스치고 지나갔다. 해적선이라고 다르게 제작한 것이 아니어서 상선을 가장하고 있으면 바로 옆을 지나도 모른다.

대해(大海)에서는 덤벼드는 놈은 해적선으로 치지만 배 왕래가 많은 내해에서는 바짝 붙어서야 눈치채는 것이다.

"배 두 척이 다가옵니다!"

주선(主船) 망루에 선 군사가 소리쳤을 때 마침 박영준은 선수에 서 있다가 군사가 가리키는 쪽을 보았다. 우측에 검은 점 2개가 떠 있다.

"돛 1개짜리 대형선이오! 거리는 10리(5킬로)! 이쪽을 겨냥하고 옵니다!"

내해도 망망대해나 같아서 양쪽 육지는 보이지 않는다. 그런 상황에 이쪽으로 직진해 온다는 건 심상치가 않다.

"이곳은 부젠의 해적 영역이지요."

다로가 박영준에게 말했다.

배 2척이 다가오는 동안 주선과 호위선은 항로를 바꾸지 않고 직진했다. 누각에서도 이제 다가오는 배가 보였기 때문에 연화가 계단 아래에 서 있는 박영준에게 물었다.

"감찰관, 해적선이라면 격침시킬 건가?"

"이번에는 몇 놈은 생포할 작정이오."

박영준이 소리쳐 대답했다.

"바짝 다가오는 것이 우리가 누구인지 알고 있는 것 같습니다."

다로의 설명이 이어진다.

"부젠에는 해적선이 5척이 있는데 주로 다른 해적선을 습격해서 재물을 약탈합니다. 그런데 대낮에 이렇게 접근해 오는 건 수상합니다, 주인."

박영준이 군관에게 소리쳤다.

"어디, 이번에는 유황탄을 준비해라."

"예!"

군관의 목소리에 활기가 띠어졌다. 몸이 근질근질한 것처럼 재빠르게 돌아서서 군사들을 모으고 있다.

"하긴 백제방선(船)이 내해에 들어왔다는 건 다 알려졌을 테니까."

"대낮에 거침없이 다가오는 걸 보면 미리 준비하고 있었던 것 같습니다."

"백제방선인 줄 알고도 덤비는 건 이미 천황가도 무시하겠다는 표시다."

34

그때 어느덧 5백 보 거리로 좁혀진 2척의 배 윤곽이 드러났다. 길이가 60자(18미터) 정도의 상선이다. 그러나 갑판 위에 오가는 인원이 많다. 배 좌우에 노가 4개씩 움직이고 있었기 때문에 속력이 빠르다. 승선 인원은 각각 50, 60명쯤 될 것이다. 그때 선장 복길이 소리쳤다.

"깃발이 올라갑니다!"

모두의 시선이 앞쪽으로 다가오는 배의 돛대로 옮겨졌다. 흰 깃발이다. 흰 깃발은 투항한다는 신호다. 그것이 언제부터 유래되었는지 알 수 없지만 오래되었다. 누구는 '딴 마음이 없다'는 표시라고 했지만 알 수가 없다. 복길이 다시 소리쳤다.

"배가 옆으로 틉니다!"

과연 4백 보 거리로 다가온 배 2척이 일제히 옆으로 틀더니 옆구리를 보였다. 그것은 개가 주인 앞에서 배를 내밀고 눕는 것이나 같다. 허점을 다 드러내며 처분에 맡긴다는 표시다.

"투항하는 것 같다."

누각 위에서 연화가 말했다.

"접근해서 살펴라!"

연화가 지시하자 복길의 목소리가 배 안을 울렸다.

"갈고리 준비하고 배를 옆으로 붙여라!"

감찰관인 박영준은 군사들의 수장(首將)이니 명령을 내려야 한다.

"배에 오를 준비를 해야 됩니다."

옆에서 다로가 박영준에게 낮게 말했다.

"그것도 3개 조로 나눠서 오르지요. 한꺼번에 투입하면 위험합니다."

머리를 끄덕인 박영준이 쓴웃음을 지었다.

"네가 수전(水戰)의 스승이구나."

그러고는 소리쳤다.

"부장(副將)은 군사를 3개 조로 나누어서 배에 투입시켜라!"

박영준이 덧붙였다.

"투항한다면 베지 말라!"

갈고리로 배를 끌어당겨 붙인 후에 배로 넘어간 군사들은 한쪽 구석에 몰려 서 있는 군사, 관리들을 보고 놀랐다. 왜인이 아니었기 때문이다. 그때 앞에 서 있는 관리 차림의 사내가 소리쳤다.

"이 배는 신라선(船)이오!"

주위에 둘러선 백제군을 향해 사내가 다시 소리쳤다.

"우리도 천황가(家)에 가는 도중에 해적선의 공격을 받아 해안에 피신하고 있었소! 백제방 선단이 지나간다고 해서 기다리고 있던 중이오."

그때 2차로 배에 오른 박영준이 군사들을 헤치고 다가가 물었다.

"이 배의 주장(主將)은 누군가?"

"사신(使臣)으로 가는 4품 파진찬 윤복 님이시오."

장교가 소리쳤을 때다. 뒤쪽 신라군을 헤치고 관리 차림의 사내가 나왔다. 허리에 홍띠를 매었고 머리에는 금테를 두른 검정색 두건을 썼다. 염소수염, 둥근 얼굴의 차분한 표정이다. 사내가 박영준을 향해 두 손을 모아 보이고는 말했다.

"백기를 달아 투항 신호를 보낸 것은 귀선(貴船)과 동행하여 아스카로 함께 갔으면 하는 바람이었습니다."

"허 참, 신라와 백제가 지금 전쟁 중이라는 걸 모르고 계시는가?"

박영준이 꾸짖듯 묻자 사내가 다시 두 손을 모으며 말했다.

"허나 아스카의 천황께 사신으로 가는 임무이니 백제방은 보호해주실 것으로 믿소이다."

"사리로 따지면 맞는 말이다. 전쟁 중이라도 천황가를 보호하는 역할이다. 천황가(家)를 대신하여 사신(使臣)을 맞을 수도 있는 것이다."

"사신 일행은 얼마나 되시는가?"

박영준이 다시 묻자 사신 윤복이 대답했다.

"천황가의 왕자 이께다 님의 배필로 간택된 하진 공주님과 수행원 37명, 군사 65명, 그리고 수부(水夫) 38명이오. 본래 200여 인이 떠났으나 두 번에 걸친 해적선의 습격을 받아 배 한 척이 침몰되고 이렇게 남았습니다."

박영준이 숨을 들이켰다. 신라에서 천황가(家)와 혼사를 맺는다는 건 처음 듣는다.

"내가 방주께 여쭙고 올 테니 기다리시오."


"스미코 천황께서 기다리시겠군."

박영준의 보고를 받은 연화가 바로 말했다.

"둘째 왕자 이께다 님은 24세, 시라노의 영주 사토시의 딸과 혼인했지만 아직도 소생이 없어 그것을 기회로 신라에서 혼인으로 인연을 만든 모양이다."

연화의 얼굴에 웃음이 떠올랐다.

"우리에게 도움을 요청한 이상 데려가는 수밖에 없어. 따르라고 해."

"예, 방주."

그때 뒤에 서 있던 선장 복길이 말했다.

"방주께 아뢰오."

"말하라."

"신라선은 뒤쪽이 부서져서 속력은 빠르나 풍랑에 전복될 수 있습니다. 주선(主船)에 결박하면 안전할 것 같습니다."

"그것이 낫겠다."

연화가 바로 허락했다.

"아예 신라선 두 척을 묶어서 끌고 가도록 하자."

그날 밤 박영준이 누각으로 올라갔다.

밤, 자시(12시) 무렵이다. 발을 올리고 들어서자 어둠 속에서 연화의 목소리가 울렸다.

"한솔인가?"

"왔습니다."

그러자 안쪽 침상에서 연화가 상반신을 일으켰다. 어둠에 익숙해지면서 연화의 반짝이는 눈도 드러났다. 누각 위쪽의 터진 창으로 별빛이 들어왔기 때문이다. 침상으로 다가간 박영준이 잠자코 연화를 안았다. 연화가 잠깐 주춤하는 것 같더니 곧 온몸의 힘을 풀고 박영준의 품에 안겼다. 연화의 더운 숨결이 박영준의 턱을 스쳤고 망설이던 두 손이 마침내 뻗어 나와 목을 감아 안았다.

다음 날 오전, 주선(主船)에서 작은 소동이 일어났다. 군사들이 이리저리 뛰었고 수행원들이 누각 밑에 모여 서서 손님 맞을 차비를 했다. 군사들은 제각기 자리를 지켰으며 수부(水夫)들은 바닷물을 길어 배 갑판을 청소했다. 신라선에 타고 있던 신라 공주가 방주 연화에게 인사를 하려고 올 예정이었기 때문이다.

신라 공주라고 했지만 진평왕의 사촌동생 딸이다. 신라에는 이런 공주가 50명도 넘는다. 곧 서성이던 군사들이 조용해지더니 백제방 주선과 묶어 놓은 신라선에서 널빤지 위를 건너 신라 공주가 넘어왔다.

모두 도열해 서서 공주를 맞았고 수행원들을 거느린 공주가 누각 계단을 향해 다가왔다. 계단 위에는 백제방 방주이며 백제 무왕(武王)의 딸인 연화 공주가 서 있었는데 연화도 예복을 차려입었다.

금박으로 봉황을 수놓은 선홍색 장삼을 걸치고 허리에는 용을 수놓은 금대를 매었으며 머리에는 금실을 두른 붉은색 두건을 썼다. 검정가죽신의 테두리는 금이고 허리에 찬 장검의 손잡이도 금박을 입혔다. 실로 호화롭고 장중한 차림이다. 연화는 황궁을 오갈 때의 차림으로 신라가짜 공주에게 위압감을 주려는 것이다.

계단 밑에 서 있던 박영준은 다가오는 신라 공주를 보았다. 박영준이 공주를 맞아 누각으로 안내하는 역할을 맡은 것이다. 공주와의 거리가 여섯 걸음쯤으로 가까워졌을 때 시선이 마주쳤다. 그 순간 박영준은 숨을 들이켰다. 낯익은 얼굴이다. 어디서 보았는가? 머릿속이 텅 빈 느낌이 들었다가 금방 무엇으로 가득 찬 것 같기도 해서 박영준은 눈을 부릅떴다. 아름답다, 저 얼굴, 저 맑은 눈. 그때 다가온 공주가 박영준의 두 걸음 앞에서 멈춰 섰다.

"신라 공주님께서 방주를 뵙습니다!"

그때 하진의 뒤쪽에서 파진찬 윤복이 소리쳤다. 누각 위에 선 연화가 내려왔다. 연화가 머리를 끄덕이더니 계단을 내려왔다. 숨을 두 번 쉴 만큼 짧은 순간이었지만 그동안 박영준은 공주 하진의 얼굴을 자세히 보았다. 갸름하고 흰 얼굴, 눈은 수심에 잠겼고 입술은 굳게 닫혔다. 흰 장삼에 금박을 입힌 겉옷 차림이어서 순결한 분위기다. 연화와는 대

조적이다. 그때 박영준 옆을 지난 연화가 하진에게 두 발짝 거리로 다가가 섰다.

"공주, 이께다 님의 배필로 간택되었다니 곧 나하고도 친척이 되겠구려."

연화가 부드럽게 말하자 하진이 머리를 숙여 보이면서 대답했다.

"인사드립니다, 하진입니다. 방주께서 이끌어 주시기 바랍니다."

"자, 누각으로 오릅시다."

하진 앞으로 다가간 연화가 손을 잡고 끌었다.

"누각에서 앉아 이야기하십시다."


"신라인들은 아스카 궁성 안에 연락소를 차려놓고 무리를 지어 살지요."

방주의 수행원인 9품 고덕 황만이 박영준에게 말했다. 황만은 33세, 시종관 직책이었으니 연화의 비서실장 격이다. 주선의 선수에 나란히 선 황만이 박영준을 보았다.

"연락소에 신라 관리가 10여 명 상주하고 있는데 세작 역할입니다. 왜국과 백제방의 동향을 수시로 본국 신라에 보고하고 있어요."

황만의 시선이 뒤쪽 누각으로 옮겨졌다. 누각은 발이 내려졌고 안에서 연화와 하진이 담소 중이다.

"왜국에서도 백제와 신라가 치열하게 암투를 벌이고 있는 것입니다. 물론 백제방으로 왜국 왕실과 연결되어 있는 백제의 위세에 눌려 있기는 하지만 주변 영주들에게 금품을 주고 회유하거나 분란을 조성하기도 하지요."

"신라연락소의 수뇌는 누군가?"

"3품 잡찬 김찬성이오, 김찬성도 진골 왕족이라고 들었습니다."

백제 주선(主船)과 신라선은 배 옆구리를 붙여 묶은 상태여서 나란히 나아가고 있다. 또 한 척의 신라선도 백제 호위선에 붙여놓아서 두 척씩 나란히 내해를 항진한다. 그때 잔잔한 바다를 바라보던 박영준이 혼잣말을 했다.

"그렇다면 상륙하고 나서는 다시 암투가 벌어지겠군."

연화가 지그시 하진을 보았다. 지금 둘은 누각 안에서 마주보고 앉아 있다. 시녀 옥금이 둘 앞에 찻잔을 내려놓고 벽에 붙어 앉자 없는 사람 시늉을 했다. 연화가 웃음 띤 얼굴로 입을 열었다.

"공주, 나이가 몇이지요?"

"예, 스물입니다."

하진이 다소곳한 표정으로 대답했다. 같은 공주라도 연화가 서열이 높다. 왕의 친딸과 사촌의 딸은 천양지차다. 더구나 연화는 왜국 스미코 천황이 고모가 되는 것이다. 연화가 다시 물었다.

"공주는 신라에 돌아갈 수 없을지도 모르는데 괜찮소?"

"네, 방주님. 각오하고 왔습니다."

하진이 똑바로 연화를 보았다.

"부모님께도 작별 인사를 했습니다."

"장하세요. 그런데 낭군이 될 이께다 왕자에 대해서는 알고 계시는지?"

"모릅니다."

하진의 볼이 조금 붉어졌다. 연화의 시선을 받은 하진이 말을 이었다.

"궁성 밖으로 잘 나가시지 않는다는 것만 압니다."

"그것까지는 소문이 났지요."

연화의 얼굴에 다시 웃음이 떠올랐다.

"아마 내가 이께다 왕자를 가장 많이 만난 사람이 될 겁니다."

"…"

"이께다 왕자가 눈이 안 보인다는 거, 공주는 알고 가시는 것이 나을 겁니다."

그 순간 숨을 들이켠 하진의 얼굴이 하얗게 굳어졌다. 연화를 바라보는 눈동자의 초점이 멀어졌다. 그때 연화가 말을 이었다.

"이건 궁 안의 왕족, 그리고 시녀 몇 명만 알고 있는 비밀이지요. 궁중 신하는 물론 경호군사도 모르고 있지요. 그래서 왕자가 궁 밖 출입을 안 하고 있는 겁니다."

"…"

"눈이 안 보인 지 5년쯤 되었어요. 안질이 나서 치료를 했지만 결국 보이지 않게 되었습니다."

"…"

"놀라실 것 같아서 미리 말씀을 드리는 것이니까 나한테 들었다고 하지 마시고 의연하게 대처하시기 바랍니다."

"감사합니다."

그때서야 정신을 차린 하진이 앉은 채로 머리를 숙여 사례했다.

"미리 대비하도록 배려해주신 데 대해서 은혜 잊지 않겠습니다."


하진을 누각 밑으로 배웅하고 돌아온 연화가 쓴웃음을 지은 얼굴로 옥금에게 말했다.

"하진의 꿈을 깨뜨린 것 같아서 미안하구나. 하지만 미리 대비를 시켜야지."

"나이가 스무 살밖에 안 되었는데 행동이 의연하군요, 마마."

옥금이 감탄한 표정으로 말을 이었다.

"얼굴이 굳어졌지만 인사는 격식 있게 잘 합니다."

"난 저런 성격이 싫다."

이맛살을 찌푸린 연화가 머리를 저었다.

"속으로는 뱀이 또아리를 틀고 앉은 성격이야. 난 그런 말을 들으면 펑펑 울거나 불같이 화를 내는 성격이 좋다."

"바로 마마 성격이시지요."

"이께다가 저런 미인을 갖다니, 소경한테 미인 배필이 무슨 소용인가?"

"마마, 말씀이 지나치십니다."

"이께다가 눈이 먼 것은 하찌만 왕자 측이 독약을 먹였기 때문이라고 말해주면 놀라 도망갈까?"

"마마."

주위를 둘러본 오금이 무릎걸음으로 다가와 연화의 팔을 쥐었다.

"말씀 조심하시지요."

"바다 위에서 한 말이다, 누가 듣지 않는다."

그러나 박영준이 그 말을 들었다. 계단을 올라 누각으로 들어서려다가 둘의 이야기를 들은 것이다. 박영준이 헛기침을 했더니 안에서 말소리가 뚝 그치면서 옥금이 물었다.

"뉘시오?"

"감찰관이야."

43

그러자 잠깐 후에 발이 젖히면서 옥금이 옆으로 비켜섰다.

"들어오시지요."

어젯밤부터 박영준이 누각에서 연화와 동침하면서 옥금의 대우가 달려졌다. 목소리가 부드러워졌고 웃기까지 한다. 누각 안으로 들어선 박영준에게 연화가 말했다.

"감찰관, 이제 아스카까지는 열흘쯤 걸릴 거야. 내해는 풍랑이 적은 데다 안으로 들어갈수록 해적 무리는 드물어져."

"선장한테 들었습니다."

옥금이 밖으로 나갔기 때문에 누각 안에는 둘뿐이다. 연화 앞에 선 박영준이 물었다.

"방주, 아스카궁의 군사를 이끌 무장은 없습니까?"

"없어."

한 마디로 대답한 연화의 얼굴에 쓴웃음이 번졌다.

"감찰관이 언제 그 말을 물을까 기다리고 있었어."

"그렇다면 천황은 허수아비 아닙니까?"

"부근의 3영주가 천황의 호위역이지. 무슨 일이 생기면 3영주가 군사를 모아 천황가를 돕는다네."

"백제방은 무슨 일을 합니까?"

"조정 역이지. 가가, 나루세, 오오토모 3개 영지의 영주까지 모인 회의의 좌장 역할을 하지."

연화의 말이 이어졌다.

"이것은 30여 년 전부터 만들어진 관습이야. 그전에는 천황가가 직영 영지를 관할하고 직속군을 거느렸지만 가신들이 그 영지를 나눠 분가했어."

"…"

"가신들의 영향력이 커진 셈이지. 가가, 나루세, 오오토모가 30년 전에는 천황가의 중신(重臣)이었다가 분가했다네."

"…"

"그 주변의 10여 개 영주도 마찬가지네. 그들은 그보다 더 오래전에 분가해서 천황가에 대한 충성심이 흐려진 상태지."

연화의 얼굴에 쓴웃음이 번졌다.

"천황가가 겨우 명목을 이어 가는 것은 우리 백제방의 조정 역할이 있기 때문이야, 백제방이 없었다면 천황가는 사려졌을 것이네."

"내 생각이지만 백제방도 위험하오."

"그렇지, 백제방의 천황가의 직속군을 모아도 3천여 명 군사밖에 안 되니까."

연화가 가늘고 긴 숨을 뱉었다.

"더구나 신라가 영향력을 넓히려고 기를 쓰는 형편이야."

박영준이 잠자코 연화를 보았다. 백제방은 천황가를 보호하는 장식일 뿐이다. 왜국의 수백 개 영주는 현재 이합집산을 거듭하는 상황이다. 그래서 천황가는 그들에게 관작을 주고 영지를 인정하는 따위의 역할로 명맥을 유지하고 있는 것이다. 그때 박영준의 시선을 받은 연화가 말했다.

"감찰관이 무슨 생각을 하는지 알아. 하지만 섣불리 움직이다가 천황가(家)마저 사라질 수가 있어."

"알겠습니다."

"감찰관은 내 지아비가 되면 방주 역할을 같이 하게 될 거야."

마침내 연화가 본심을 털어놓았다.

"방주 역할을 이용해서 영향력을 키우고, 천황가를 등에 업고 나서면 유리할 거야."

연화의 두 눈이 번들거리고 있다.


신라선을 끼고 항진한 지 나흘째 되는 날 밤, 선단은 사누키 앞바다를 지나고 있다. 4척이 둘씩 짝을 짓고 나아가는 터여서 구경거리가 되었는데 속력까지 느려지는 바람에 소문이 먼저 앞질러 갔다. 그래서 일부러 옆을 지나는 상선도 있다.

밤, 자시(12시)가 지난 시간이라 선단은 소리 없이 나아간다. 배도 지나지 않고 바람도 일지 않는 바다 위를 물살을 따라 떠내려가는 셈이다. 다행히 물결은 동쪽으로 흐르고 있다. 박영준은 누각에서 나와 선미에 혼자 서 있었는데 요즘 들어 생긴 버릇이다. 이렇게 서서 머릿속 정리를 하는 것이다.

머릿속에는 엄청난 지식이 축적되어 있다. 컴퓨터 용량을 초과하는 지식이 어디로 날아가지는 않았다. 그러나 전(前)에는 쉴 새 없이 핵분열을 일으키는 것처럼 증가하던 뇌 운동이 뚝 그쳤다. 하긴 머릿속 지식의 백만분의 일도 제대로 활용할 수 없는 환경이다.

서기 640년, 무려 1,400년이나 과거로 떨어진 이 시대에 자동차 면허증이 무슨 필요가 있겠는가? 그렇다고 자동차를 만들겠는가? 활로 쏘는 기름탄, 유황탄을 만들었더니 세상을 정복할 것처럼 군사들이 기고만장해진 것이 현실이다.

자, 그럼 나는 어떻게 할 것인가? 연화의 지아비가 되어서 천황가를 이용하고 백제방 영역을 키울 생각은 없다. 차라리 다로를 데리고 아스카를 벗어나 영주가 되는 것이 낫겠다. 그러나 나는 언제 어떻게 돌아갈 것인가? 돌아갈 수는 있을까?

바다를 바라보고 선 박영준이 심호흡을 했다. 그때 옆쪽 신라선에서 검은 그림자가 어른거렸다. 이쪽은 선미여서 신라선의 선미가 나란히 붙여져 있다. 그러나 신라선의 길이가 짧고 높이도 낮아서 내려다볼 수 있다. 그런데 신라선 후미에서 어른거리던 그림자가 순식간에 사라졌다. 그때 철썩하는 물소리가 울렸다. 그 순간 박영준이 몸을 날렸다.

한 걸음에 신라선 후미로 뛰어 내린 박영준이 아래쪽을 보았다. 바다 위에 검은 물체가 보였다가 금방 사라졌다. 사람의 머리다. 그때 박영준이 소리쳤다.

"배를 멈춰라! 사람이 빠졌다!"

박영준의 목소리가 어둠 속을 울렸다.

"나는 백제방 감찰관이다! 배를 멈춰라!"

그때 군사들이 달려왔다. 박영준이 아래쪽을 보았을 때 검은 덩어리가 물 밖으로 솟았다. 사람의 머리다. 박영준이 저고리를 벗더니 소리쳤다.

"내가 구해내겠다! 밧줄을 준비해라!"

박영준은 20여 보 떨어진 머리가 여자인 것을 알아챈 것이다. 신라선에서 떨어진 여자라면 누구겠는가? 군사들이 모여들었고, 다음 순간 박영준이 바다 속으로 뛰어들었다. 머릿속 지식은 헤엄치는 데 충분하다.


"감찰관이 구해냈습니다."

옥금이 가쁜 숨을 몰아쉬며 말을 이었다.

"바다로 뛰어들어서 구해내었다는군요. 그것을 군사들이 밧줄을 던져 둘을 배로 끌어 올렸다고 합니다."

연화가 잠자코 옥금을 보았다. 누각 밖은 아직도 소란이 가라앉지 않았다. 신라선 쪽은 오히려 조용한 편인데 이쪽 백제방 주선이 시끄럽다. 군관들이 아직도 소리를 쳤고 군사들은 수군거린다. 그것도 그럴 것이 신라 공주가 물에 빠진 것을 백제방 감찰관 박영준이 발견하고 바다로 뛰어들어 건져내었기 때문이다. 물에 빠져 죽을 뻔했던 신라 공주를 살려낸 것이다.

"한솔은 어디 있느냐?"

연화가 묻자 오금이 입술을 비죽였다.

"갑판 안으로 들어가 있습니다. 안에서 신라 관리들의 감사 인사를 받고 있다는군요."

"…"

"글쎄, 신라 공주인지 시녀인지 밤중에 배 뒤에서 뭘 하다가 미끄러져 바다에 빠졌는지…. 소피를 보다가 빠졌을까요?"

"…"

"하긴 밖에서 소피보는 것이 시원하지요."

"죽으려고 한 거야."

"네?"

놀란 옥금이 숨을 들이켜더니 둘밖에 없는 누각 안을 둘러보는 시늉을 했다. 양초 불이 바람에 흔들렸다. 옥금의 시선을 받은 연화가 쓴웃음을 지었다.

"내 앞에서는 능구렁이 시늉을 했지만 마음이 여린 것 같다. 남편 될 왕자가 소경이라는 말을 듣고 억장이 무너졌던 모양이다."

"마마, 설마 그랬을라고요."

48

"아냐, 투신한 거다."

연화가 굳어진 얼굴로 말했다.

"그것을 한솔이 살려낸 거야."


"은혜를 잊지 않겠습니다."

파진찬 윤복이 허리까지 굽혀 박영준에게 절을 했다. 선창 안에는 신라 관리들이 10여 명이나 모여 있었는데 모두 상기된 표정이다.

"공주께서는 이제 일어나 앉아 계십니다."

윤복이 들뜬 목소리로 말을 이었다.

"저한테 한솔께 꼭 은혜를 잊지 않겠다는 말씀을 전하라고 하셨습니다."

"당연한 일이지요."

박영준이 쓴웃음을 짓고 말했다.

"제가 아니고 다른 사람이 보았더라도 같은 행동을 했겠지요."

"글쎄, 선미가 항상 물에 젖어서 미끄러운 바람에…."

"우리 백제방 주선(主船)도 그렇습니다."

"감사드립니다, 한솔."

윤복이 다시 허리를 굽혀 보이고는 자리에서 일어섰다.

"사례를 한다면 사양하지 않을 텐데 맨손으로 다녀가는군요."

그들이 나갔을 때 다로가 혼잣소리처럼 말했다.

"술병이라도 들고 왔어야 되는 것 아닙니까?"

"시끄럽다, 이놈아."

"소피를 보다가 미끄러졌을까요?"

박영준이 대답하지 않자 다로의 혼잣소리가 이어졌다.

"낮에 얼핏 보았더니 얼굴에 그늘이 끼었습니다. 그래서 어디 아픈가, 했더니 배탈이 난 모양이군요."

그때 휘장 밖에서 인기척이 나더니 옅은 기침 소리가 났다. 여자의 기침 소리다. 놀란 다로가 뛰듯이 나갔다가 곧 여자 하나와 함께 들어섰다. 배 안에는 여자가 넷이 있다. 연화와 시녀 옥금, 그리고 신라 공주 하진과 시녀다. 키는 작지만 다부지게 생긴 시녀가 박영준을 보더니 무릎을 꿇고 말했다.

"제 아씨께서 이걸 드리라고 했습니다."

시녀가 저고리 안에서 붉은 비단 주머니를 꺼냈다. 손바닥 절반 크기의 작은 주머니다. 시녀가 내민 주머니를 받은 박영준이 물었다.

"이게 뭐냐?"

"예, 안에 반지 하나가 들어 있습니다."

"반지?"

머리를 기울인 박영준이 주머니를 풀지도 않고 시녀에게 도로 내밀었다.

"난 이런 거 안 받는다."

"나리, 아니 되옵니다."

시녀가 똑바로 박영준을 보았다.

"아씨는 은인께 드린다고 하셨습니다."

"그런데 반지는 왜?"

주머니를 시녀 앞에 던진 박영준이 보료에 몸을 기댔다. 옆쪽에 선 다로가 주머니가 탐이 나는지 시선을 떼지 않는다. 그때 시녀가 말했다.

"그 반지는 이께다 왕자께 드리려고 가져온 것입니다."

50

"그런데 왜 나를 줘?"

"아씨는 볼 수 있는 사람께 드린다고만 하셨습니다. 저는 그게 무슨 말인지 모릅니다."

박영준이 숨을 들이켰다. 누각에 들어서기 전에 연화의 말을 듣지 않았다면 박영준도 무슨 말인지 몰랐을 것이다. 박영준이 입을 다문 사이에 시녀가 일어서더니 재빠르게 절을 하고 밖으로 나갔다. 그때 다로가 주머니를 집어 들더니 안에서 반지를 꺼냈다. 진홍색 호박 반지다. 남자용으로 만들었는지 크다.

"어이구, 주인 손가락에 맞겠습니다."

다로가 탄성을 뱉었다.


축시(오전 2시)도 더 지나서야 박영준이 누각으로 들어섰지만 연화는 깨어 있었다. 박영준을 기다리고 있었던 것이다.

"왜 이제 오는 거야?"

연화가 낮게 물었지만 꾸짖는 목소리는 아니다. 누각 안은 어둡다. 이제 주위는 깊은 정적에 덮였고 뱃전에 부딪는 물소리만 들린다. 침상으로 다가간 박영준이 말했다.

"신라 관리들의 인사를 받고 좀 쉬었소."

"여기서 쉬지, 여긴 불편한가?"

연화의 목소리에 웃음기가 띠어졌다.

"아무려나, 그쪽은 공주이고 방주니까."

"나도 여자야."

그때 박영준이 저고리와 바지를 벗고 연화의 옆에 누웠다. 연화가 박영준의 허리를 껴안고 얼굴을 가슴에 붙였다.

"질투를 하는 여자라고."

"질투를 하다니? 무슨 말이오?"

"하진의 허물을 덮어 주었더군."

"허물을 덮다니?"

"하진이 죽으려고 바다로 뛰어들었지 않아?"

숨을 삼킨 박영준이 눈만 껌벅였고 연화가 낮게 큭큭 웃었다.

"난 다 알고 있어, 한솔."

"무슨 말인지 모르겠군."

"한솔은 하진을 구해주고 나서 바다로 뛰어 들었다는 말을 하지 않았어."

"…."

"그 비밀을 아는 사람은 셋이 되겠구나. 하진, 한솔, 그리고 나."

"…."

"우린 서로 비밀을 공유한 관계야, 한솔, 그렇지 않아?"

박영준은 입을 다물었다. 몰랐다고 하기가 구차한 느낌이 들었기 때문이다. 영악한 연화에 대한 반발심이 일어나기도 했다. 그때 연화가 박영준의 몸 위로 오르면서 말했다.

"하진, 그년하고 인연이 얽히게 되었어."


배가 아스카 아래쪽 고다항에 도착한 것은 그로부터 사흘 후다. 백제방 주선(主船)이 도착했다는 기별이 가자 항구의 감독관인 조정 관리가 마중을 나왔다. 예복을 차려입고 있었는데 머리에 괴상한 모자를 썼다.

옷차림도 달라서 왜국에 온 실감이 났다. 박영준은 다로와 밤낮으로 왜 말을 주고받은 터라 어지간한 왜 말은 듣고 말할 수 있다. 관리가 연화에게 두 손을 모으고 말했다.

"백제방주님을 감독관 오모리가 맞습니다."

"오모리, 일 년 만에 폭삭 늙었구려."

연화가 말하자 감독관이 손바닥으로 얼굴을 쓸었다.

"이젠 이곳 고다 항구도 문을 닫아야 할 것 같습니다, 방주님."

"무슨 일이오?"

배에서 내린 연화가 감독관과 나란히 걸으면서 묻는다. 감독관 오모리는 50대쯤으로 마른 체격이다. 연화의 뒤를 따르는 박영준이 오모리의 말을 듣는다.

"예, 위쪽 셋쓰와 이즈미가 전쟁을 시작해서 이곳 항구를 전쟁터로 만들어 놓았습니다."

"아니, 그게 무슨 말이오?"

"셋쓰의 배가 정박하면 이즈미 군사가 몰려와 불을 지르고 이즈미 배가 오면 셋쓰가 내려옵니다."

"저런."

"항구 수비군은 2백 여 명뿐이어서 그 놈들이 전쟁을 벌이면 피하는 수밖에 없습니다."

"조정에서 항의를 해도 그렇소?"

"그렇습니다, 아예 콧방귀만 뀝니다."

"이런 죽일 놈들."

그때 박영준이 머리를 돌려 뒤쪽을 보았다. 신라 사신 일행이 다가오고 있다. 연화에게 인사를 하고 헤어질 모양이다.

다가온 하진이 두 손을 모으고 연화에게 머리를 숙여 인사를 했다.

"방주께 폐를 끼치고 갑니다."

"아스카에서 다시 만납시다, 공주."

연화가 웃음 띤 얼굴로 말을 이었다.

"궁으로 들어가 인사를 하실 때 나도 만나게 될 테니까요."

"네, 방주님."

시선을 내린 하진이 말을 이었다.

"궁에 들어가기 전에 먼저 인사를 올리겠습니다."

"그래요. 나를 먼저 만나는 것이 좋겠어요. 내가 안내를 해 드리지."

그때 머리를 든 하진의 시선이 연화 뒤쪽에 서 있는 박영준을 스치고 지나갔다. 스치고 지나는 눈길이었지만 박영준은 하진의 시선이 부딪치는 느낌이 들었다.


"셋쓰와 이즈미는 앙숙이지요. 수십 년 동안 수백 번 전쟁을 했을 것입니다."

다로가 옆을 따르며 말했다. 이제 아스카를 향한 육지 여행이다. 항구에서 아스카까지는 1백여 리(50여 킬로), 연화와 수행원 중 고위 관리는 말을 탔지만 1백 여 명의 군사와 시종들은 걸어야 한다. 더구나 짐을 실은 말이 50여 필이나 된다. 걸음이 늦춰질 수밖에 없다. 오전 사시(10시)경에 도착해서 오후 신시(4시)경에 짐을 풀고 출발했으니 한 시진(2시간)도 안 되어서 해가 서산에 걸렸다. 유시(6시) 무렵까지 행군한 거리는 10리(5킬로)도 안 되었다.

"여기는 이즈미 영토야."

언덕 위 공터에 일행이 멈췄을 때 연화가 주위를 둘러보며 말했다.

"이즈미의 간끼성이 위쪽으로 20리(10킬로) 거리에 있지만 거기까지 못 가겠어. 여기서 야영을 해야지."

"방주, 산적이 나올까 걱정입니다."

시종관 황만이 걱정스러운 얼굴로 말했다.

"이곳에서 산적을 만나면 저 봉물이 위험하지 않겠습니까?"

황만이 눈으로 가리킨 것은 50여 필의 말에 실린 짐이다. 군사들은 말에 실린 짐을 내리는 중이었는데 무거운지 두 사람씩 붙었다. 가죽 자루에 가득 담긴 짐은 모두 금화나 은화다. 금화가 5만 냥, 은화가 25만 냥인 것이다. 그때 연화가 누구를 찾는 시늉을 했다.

"감찰관은 어디 있느냐?"

"아래쪽에서 대궁(大弓)을 조립하고 있습니다."

그러자 연화의 얼굴에 웃음이 떠올랐다.

"감찰관이 있으니 산적 걱정은 안 해도 되겠다."

"하지만 이곳은 산중(山中)입니다. 바다에 떠 있는 배하고는 다르지 않습니까?"

"과연 그래."

"여기서도 대궁(大弓)과 기름탄, 유황탄이 통할 수 있겠습니까?"

"그건 감찰관에게 물어봐야지."

연화의 얼굴에 웃음이 떠올랐다.

"시종관은 걱정이 많다."

"저는 대왕께 보고를 드려야 합니다, 방주."

황만이 정색하고 연화를 보았다. 배 안에서 하지 못한 이야기를 작심하고 하려는 것이다.

"방주, 감찰관과 배 안에서 동침해 오신 것이 이제 아스카에 소문이 쫙 퍼질 것입니다."

"당연히 퍼지겠지."

나무 그늘에 앉은 연화가 생글생글 웃었다.

"아마 하루가 안 되어서 3영주도 알게 될 거다."

"어쩌려고 그러십니까?"

"어쩌다니?"

"대왕께서 본향도 알 수 없고 근본도 모르는 떠돌이 거인(巨人)을 부마로 맞으실 것 같습니까?"

"내가 언제 백제로 돌아가겠느냐?"

되물은 연화의 얼굴에 수심이 덮였다.

"나는 이제 이곳에 머물게 될 것이야."

"방주, 그러시면….."

"대왕께서도 날 막지 못하신다. 내 앞길은 내가 개척해야 된다."

연화의 시선이 금화, 은화 자루로 옮겨졌다.

"백제는 이제 더 이상 백제방을 도울 여력이 없어."

황만이 입을 다물었고 연화의 말이 이어졌다.

"대왕께서 아셔도 어쩔 수 없어. 내가 감찰관을 이용하고 있다는 걸 이해하실 테니까."

연화의 얼굴에 쓴웃음이 번졌다.

"그래, 내 몸을 무기로 사용하는 거야."


"이 정도면 되었다."

박영준이 앞쪽의 숲을 응시하며 말했다.

"조준 각도를 3백 보로 맞춰 고정시켜라."

대궁 3개가 앞쪽 숲을 겨냥하고 장착되어 있는 것이다. 앞쪽 숲까지는 3백 보 정도 탁 트인 공간이었기 때문에 대궁을 그쪽으로 고정시킨 것이다. 언덕 좌우는 벼랑이어서 무리가 기어 올라오기에 적당하지 않다. 허리를 편 박영준에게 군관 연춘이 말했다. 연춘은 그 동안 대궁의 조작, 조준을 익혀 3대의 대궁을 지휘하고 있다.

"나리, 아스카에 들어가면 2인이 사용하는 중궁(中弓)을 제작해야 되겠습니다."

"그렇지."

박영준이 머리를 끄덕였다.

"네가 대장을 맡아서 군사들을 훈련시켜라. 중궁은 내가 제작할 테다."

"그러면 2개 대로 나뉘어서 어떤 조건에서도 사용할 수 있겠지요."

연춘은 30대 중반쯤으로 다부진 체력이다. 대장을 시켜 준다는 말에 어깨가 솟았고 얼굴에 생기가 났다. 박영준이 한술 더 떴다.

"방주께 말해서 너를 15품 진무로 승급시키겠다."

연춘은 최말단 16품 극우 품위다. 16품 군관에서 15품 진무가 된다면 50명은 거느릴 수 있는 것이다.


"신라 사신들은 기마로 등천령을 넘어 갔습니다."

술시가 되었을 때 군관 하나가 진막 앞으로 다가와 보고했다.

"왜인들이 신라 사신들을 보았다고 합니다."

"등천령은 험하지만 지름길이오."

옆에 서 있던 황만이 박영준에게 말했다.

"짐이 없으니 그쪽으로 간 겁니다."

지리를 잘 모르는 박영준이 황만에게 물었다.

"등천령은 누구 영지 안에 있나?"

"이즈미령이지요, 영주 오카모도는 신라 측과 사이가 좋습니다. 아마 등천령도 안내인을 붙여 넘어가게 해 주었을 것입니다."

박영준이 머리를 끄덕였을 때 진막 안에서 옥금이 나왔다.

"방주께서 감찰관을 부르시오."

몸을 일으킨 박영준이 진막 안으로 들어서자 이미 등을 밝힌 진막 안에 앉아 있던 연화가 말했다.

"한솔, 아스카에 입성하면 먼저 천황을 뵈어야 돼. 천황께서 한솔에게 왜의 관작을 주실 거야."

"관작을 말씀이오?"

놀란 박영준이 되물었다. 예상하지 못했기 때문이다. 연화의 얼굴에 웃음이 떠올랐다.

"내가 고다 항구에 도착했을 때 전령 편에 천황께 청을 넣었어."

"난 왜의 관작 따위는 필요 없소."

"왜에서 살려면 필요해."

정색한 연화가 말을 이었다.

"백제방 감찰관, 백제 한솔 직은 아스카 주변에서만 통할 뿐이야."

"그럼 천황이 주는 관작이 바깥 영지에서 통한단 말입니까?"

"인정은 해주지."

연화의 얼굴에 쓴웃음이 떠올랐다.

"나는 왜의 2품 소덕이야, 백제의 달솔과 같은 관위지. 천황께 한솔은 4품 소례 관작을 내려 달라고 청했어. 4품이면 작은 영주 급이야."

"벌써 영주가 되었군요."

박영준이 혼잣소리처럼 말했을 때 연화가 말을 이었다.

"그리고 천황께 나하고 그대와의 관계를 말씀드렸어."

"잘하셨소. 아주 왜국 전역에 전령을 보내시지 그랬소?"

"아마 곧 그렇게 알려질 거야."

할 말을 잃은 박영준이 외면했을 때 연화가 손을 뻗어 박영준의 옷자락을 끌었다.

"한솔, 가까이 와."

뿌리치지 못한 박영준이 무릎걸음으로 다가가면서 소매를 휘둘러 기름 등불을 껐다. 진막 안이 어두워지자 연화가 거침없이 박영준의 바지 끈을 풀었다. 벌써 연화의 숨결이 거칠어졌다.

# 11장 풍운의 아스카

　　산적은 출현하지 않았다. 대궁(大弓)의 소문 때문이 아니라 백제방 방주의 행차를 건드릴 만한 간 큰 산적 떼가 근처에 없었던 것 같다. 아스카에 도착한 것은 다음 날 저녁 술시(8시) 무렵이다. 강행군을 한 것이다.

　　백제방의 대문 앞에서는 관리 1백 여 명, 군사 5, 6백 명이 나와 도열해 있었는데 밤이어서 횃불이 휘황했다. 그것을 보려고 구경꾼들까지 운집해서 장관을 이루었다.

　　"방주께 문안드리오."

　　그동안 백제방을 지켰던 달솔 사척이 커다랗게 소리치며 허리를 굽히자 관리, 시중꾼, 군사들까지 일제히 소리치며 허리를 굽혔다.

　　"방주께 문안드리오."

　　밤하늘에 외침이 천둥처럼 울렸다. 이 또한 장관이다. 수천의 구경꾼들이 감탄했고 이로써 백제방의 가치가 조금은 짙어졌다.

　　"달솔, 수고가 많으셨소."

연화가 사척에게 치하했다. 사척은 50대 초반으로 백제방에 온 지 10년이 넘는다. 백제방의 증인인 셈이다. 그때 연화가 뒤에 선 박영준을 소개했다.

"달솔, 여기 감찰관으로 온 한솔 박영준이오."

"오, 그대가!"

사척이 박영준을 올려다보면서 감탄했다. 그럴 만했다. 박영준이 사척보다 머리통 하나하고 절반만큼은 컸기 때문이다.

"그대가 거인(巨人)으로 신라군을 전멸시켰다는 용사인가?"

수천의 시선이 모여 있는데도 사척이 물었다.

"아니오, 달솔, 과장되었소."

"그대의 용명은 진즉부터 아스카에 퍼졌네, 해적선 선원들이 듣고 소문을 나른 것이지."

사척이 웃음 띤 얼굴로 말하고는 앞장서 연화를 안내했다. 뒤를 따르던 박영준에게 수천 쌍의 시선이 모였다. 박영준의 거인 풍모는 왜국에서 더 두드러졌다. 왜인이 백제, 신라인보다도 체구가 더 작았기 때문이다.


신라인들은 아스카 북문 근처에 10여 채의 가옥을 빌려 집단으로 거주하고 있었지만 안쪽 담장을 텄기 때문에 1천 명이 넘는 인원을 수용했다. 안쪽의 내궁(內宮) 안, 중심부의 가옥은 담장을 높게 쳤고 문 앞에 경비병을 세워 놓고 궁(宮)으로 부른다. 그 내궁의 내실에서 하진이 신라인 연락소의 수장(首長)인 잡찬 김찬성과 마주앉아 있다.

김찬성은 40대 후반의 건장한 체격으로 왕족이기도 하다. 김찬성이 입을 열었다.

"이께다 왕자는 천황이 될 두 번째 서열입니다. 스미코 천황이 장남인 하찌만 황자보다 이께다 왕자를 더 아낀다는 소문이 났습니다."

"…."

"사토시의 딸과 혼인을 했지만 소생도 없고 지금은 별거 중이니 공주께선 바로 정실 대우를 받게 되실 것이오."

머리를 든 김찬성이 차분한 표정의 하진이 불안한지 헛기침을 하고 물었다.

"공주, 몸은 괜찮으십니까?"

"네."

"바다에 빠지셨을 때 백제방 감찰관이 구해주셨다지만 그놈은 신라의 원수입니다."

"…."

"그놈을 제거해야 될 것입니다."

김찬성이 번들거리는 눈으로 하진을 보았다.

"혹시 공주께선 그놈을 생명의 은인으로…"

"아녜요."

하진이 정색하고 김찬성을 보았다.

"그런 감정 없습니다."

"그래야지요."

머리를 끄덕인 김찬성이 말을 이었다.

"이제 이께다 왕자와 결혼하시면 왜국의 천황비에 한 걸음 더 가깝게 다가가게 될 것입니다."

김찬성의 목소리가 낮아졌다.

"지금의 스미코 천황도 남편인 후가 천황이 죽었기 때문에 천황이 되셨지요."

"…"

"왜국의 천황이 지금은 비록 실권을 잃었지만 우리 신라가 뒤를 받쳐주면 예전의 힘을 되찾게 될 것입니다. 백제방이 붕괴되고 우리 신라방이 왜국을 통치할 날이 옵니다, 공주."

"바보 같은."

김찬성이 물러가고 방에 시녀 추선과 둘이 남았을 때 하진이 쓴웃음을 지었다.

"잡찬도 이께다 님이 소경인 줄 모르시는 모양이다."

"모두 도둑놈들입니다."

추선이 어깨를 부풀리고 말했다.

"공주님을 이용해서 제 욕심을 차리려는 것입니다."

"다 신라를 위한다고 하지 않느냐?"

"도대체 신라가 아씨께 무엇을 해주었습니까?"

추선이 작은 눈을 치켜떴다.

"아씨께서 시골 저택에서 어렵게 사실 때 대왕이 쌀 한 섬이라도 보내주셨습니까? 아씨 부모님이 돌아가셨을 때 베 한 필이라도 왕궁에서 보내왔던가요?"

"시끄럽다."

"아씨 미모가 소문이 나자 그때서야 대왕이 아씨를 불러 이곳 왜국에 인질로 보낸 것이 아닙니까? 그것도…."

"그만."

손을 들어 추선의 입을 막은 하진이 목소리를 낮췄다.

"너 감찰관께 다녀오너라."

추선이 숨을 죽였고 하진의 말이 이어졌다.

"내가 황궁에 가지 않으면 신라는 낭패를 보겠지만 백제에게는 득이 될 것이다. 그렇지 않으냐?"

대답 대신 추선이 입안에 고인 침만 삼켰을 때 하진이 길게 숨을 뱉었다.

"나 안 간다."

"아씨."

"내가 의지할 사람은 감찰관님밖에 없다."

"아씨, 그러시면….'

"네가 백제방을 찾아가 감찰관님을 만나야 한다. 그것도 소문이 나지 않게."

"…."

"백제방 안에서도 몰라야겠지. 특히 방주가 알면 안 된다."

그때서야 추선이 머리를 끄덕였다. 방주 연화 공주와 감찰관 박영준이 동침하는 사이인 줄은 그들도 아는 것이다.

"아씨, 뭐라고 전합니까?"

이제는 조바심이 난 추선이 바짝 다가와 앉았다. 두 눈이 번들거리고 있다.


달솔 사척이 정색하고 연화를 본다. 술시(오후 8시)가 조금 지난 백제방 내궁 안은 조용하다.

지금 둘은 방주의 거실에서 마주앉아 있다. 이윽고 사척이 물었다.

"방주, 감찰관을 어떻게 생각하시는지?"

이것은 그간에 소문에 대한 사척의 간접적인 확인이다. 사척의 시선을 받은 연화가 긴 숨부터 뱉었다.

"박영준은 비상한 머리에 용맹까지 갖추고 있어서 백제에 필요한 인물이오."

"과연."

사척이 머리를 끄덕이며 동조했지만 건성이다. 그러자 연화가 말을 이었다.

"대궁(大弓)을 제작, 신라군을 격멸시켰을 뿐만 아니라 아스카까지 오는 데도 해적선을 격침시켜 우리들의 목숨을 구해내었소."

"들었습니다."

"백제방에 필요한 인물이오."

이제 사척은 입을 다물었고 연화의 목소리에 열기가 띠어졌다.

"그자를 잡으려고 했던 거요. 그자를 이용해서 천황가(家)를 다시 일으키고 백제방이 천황가와 함께 왜국을 지배하려는 것이오."

"그렇다면 감찰관과 혼인을 하실 것입니까?"

"예식은 치르지 않았지만 우리는 이미 부부요."

"그렇다면 대왕께 말씀을 올려야 하지 않습니까?"

"전령을 보내겠소."

"천황께도 말씀을 드려야겠군요."

"그건 내일 내가 직접 말씀드릴 것이오."

"그렇게 결심하셨다면 저도 따르지요. 감찰관을 방주의 부군으로 인정하겠습니다."

사척이 머리를 숙여 보였다.

"방 내부에도 알려서 소문을 죽이지요. 경축 드립니다, 방주."

그 시간에 박영준은 다로와 함께 아스카 성안을  걷고 있었는데 왜인 복장으로 허리에는 장검을 찼다. 다로도 같은 차림이다. 그런데 박영준의 키가 커서 사람들의 이목을 끄는 바람에 한적한 길로만 다녀야 했다.

"키가 커서 불편하구나. 사람들이 대번에 나를 알아보는 것 같다."

박영준이 불평을 했다. 둘은 지금 궁성의 내성 벽을 따라 걷는 중이다. 이 길이 한산했기 때문이다. 밤이어서 주위는 어둡다. 주위에는 민가도 없다. 담장이 높아서 궁성 안도 보이지 않는다. 그때 다로가 말했다.

"예전에는 이곳 아스카가 사람들로 들끓었다고 합니다. 아래쪽에 수십 채의 영주 사택이 있었고 영지에서 올라온 영주들이 천황을 만나려고 줄을 서서 기다렸다는데 지금은 한 놈도 없지요."

다로의 말이 이어졌다.

"아스카 주변의 3영주가 겨우 천황가를 지탱해주고 있지만 이제는 그들도 사이가 좋지 않다고 합니다."

"무슨 말이냐?"

"전처럼 고분고분하지 않은 것이지요."

"힘이 있어야 돼."

성벽 밑이라 통행인이 드물어서 샛길에는 잡초가 무성했다. 잡초를 헤치고 가더니 박영준이 우뚝 걸음을 멈췄다. 왼쪽 성벽에서 사내가 내려오고 있다. 아래쪽 사내는 사다리를 잡고 있다. 도둑이다. 천황의 내궁에서 도둑이 나온다.

"도둑이오."

다로가 놀라 말했을 때 박영준이 발을 떼었다. 그 순간 성벽을 내려오던 도둑이 먼저 그들을 보았다.

"엇."

외침과 함께 사내가 펄쩍 뛰어 내리더니 등에 찬 장검을 빼들면서 달려왔다. 빠르다. 뛰어 내리면서 검을 빼들고 세 발짝을 뛰어 박영준 앞에까지 달려오는 것이 눈 깜박할 사이였다.

"엇."

사내의 두 번째 기합, 그것은 치켜들었던 검을 박영준의 왼쪽 어깨에서 비스듬히 내려쳤기 때문이다. 박영준은 그 순간 모든 것이 정지되어 있는 것처럼 느껴졌다. 사내의 내려치는 검, 치켜뜬 눈, 반쯤 벌어진 입, 그리고 뒤쪽에서 사다리를 잡고 이쪽을 보는 사내, 모두 움직이지 않는다. 다음 순간 정지되었던 사물이 움직였다. 상반신을 비틀어 검을 피한 박영준이 발을 들어 사내의 턱을 차 올렸다.

"털컥!"

턱을 정통으로 맞은 사내가 머리를 뒤로 젖히면서 넘어졌을 때 박영준이 내달렸다. 사다리를 잡고 있던 사내가 도망치기 때문이다.

"억!"

사내가 세 발짝을 떼었을 때 박영준이 내려친 장검의 칼집을 뒤통수에 맞고 앞으로 엎어졌다. 그때 박영준이 다로에게 말했다.

"이놈들을 데려가자."

잠시 후 성벽 위쪽의 숲 속, 이곳은 민가가 보이지도 않는 벼랑 밑의 숲이다. 박영준과 다로가 풀숲 위에 꿇어앉아 있는 두 사내를 내려다보고 있다. 둘은 아직 온전한 상태가 아니다. 턱을 차인 사내는 머리를 숙인 채였고 뒷머리를 맞은 사내는 반쯤 엎드린 채 신음을 뱉는다.

사내들 옆에는 자루 2개가 놓였는데 궁성 안에서 가져온 것이다. 다로가 자루를 뒤집어 내용물을 쏟아내었다. 그러자 쇳소리가 울리면서 그릇이 흩어졌다. 어둠 속이었지만 반짝이는 것이 은그릇이다. 주방에서 쓰는 그릇을 훔쳐온 것이다.

"이놈들이 은그릇을 훔쳐왔군요."

다로가 턱을 차인 사내의 등판을 발로 차면서 말했다.

"황궁 경비가 허술해서 도둑들이 제집 드나드는 것처럼 한다더니 사실입니다."

"이것을 어디에서 훔쳤느냐?"

박영준이 묻자 둘은 입을 열지 않았다. 그때 다로가 칼을 뽑아 목에 붙였다.

"어서, 그럼 죽이고 떠납시다."

그때 턱을 차인 사내가 입을 열었다.

"동궁 주방에서 가져왔소."

"동궁 주방 경비는 허술하더냐?"

"거긴 아예 사람이 없습니다."

"없어?"

"동궁이 없으니까 사람이 없지요."

"무슨 말이냐?"

박영준이 다로에게 물었다. 동궁이면 왕자 처소라는 것은 안다. 그때 다로가 대답했다.

"황자 하찌만이 없다는 것 같습니다."

"자세히 물어봐라."

박영준의 지시를 받은 다로가 칼날을 사내의 목에 붙이고 다시 물었다.

"자세히 말하면 살려주마. 동궁이 없다니 무슨 말이냐?"

"살려주겠다고 약속해주겠소?"

사내가 어둠 속에서 번들거리는 눈으로 다로와 박영준을 보았다.

"약속해준다면 다 말하지요."

"말해라, 약속할 테니까."

다로가 재촉하자 사내가 말을 이었다.

"하찌만 황자가 북쪽 영지로 나간 지 한 달이 되는데도 아직 소식이 없소. 그래서 천황은 황자의 동궁을 패쇄시킨 거요. 황자가 천황과 함께 있는 것처럼 보이기 위해서요."

"황자가 왜 소식이 없는 거냐?"

"궁 안에서는 황자가 북쪽에서 살해되었다는 소문이 났소."

"살해?"

"산적을 만났다는 거요."

다로가 머리를 돌려 박영준을 보았다. 그때 박영준이 말했다.

"이놈들 살려 보내라. 그릇까지 갖고 가도록 해."


박영준이 백제방 처소로 돌아왔을 때는 자시(12시)가 되어갈 무렵이다. 감찰관 처소의 하인 하나가 주춤거리면서 다가와 먼저 다로에게 말을 붙였다.

"여보시오."

"왜 불러?"

다로가 50대쯤의 사내를 흘겨보았다. 백제방 숙소의 하인들은 옷차림도 깔끔해서 다로가 오히려 하인 같다. 다로는 그것이 못마땅한 것이다. 그때 하인이 입을 열었다.

"아까부터 누가 와서 감찰관 나리를 기다리고 있소."

"누군데?"

"같이 주선(主船)을 타고 온 사람이라는 거요. 그럼 안다나?"

"무슨 말여?"

그때 박영준이 하인에게 말했다.

"데려와 보게."

하인이 서둘러 돌아서더니 곧 40대쯤의 사내와 함께 다가왔다. 마루 끝에 앉은 박영준의 시선을 받자 사내가 허리를 숙여 보이고는 말했다.

"소인이 심부름을 왔습니다."

"누구 심부름이냐?"

그때 사내가 한 발짝 다가서더니 목소리를 낮췄다.

"추선입니다."

"추선이 누구야?"

"예."

사내가 더 바짝 다가서더니 소곤대듯 말했다.

"예, 신라연락소에 와 있는 공주의 시녀입니다. 그 추선이가 밖에서 기다리고 있습니다."


잠시 후에 박영준은 처소의 방안에서 추선과 마주보고 앉아 있다. 추선은 신라방 사내를 시켜 박영준에게 전갈을 넣은 것이다. 방에 양초를 켜서 불꽃이 흔들렸고 그림자도 함께 흔들렸다.

"무슨 일이냐?"

박영준이 묻자 추선이 똑바로 시선을 준 채 말했다.

"나리, 우리 공주께서 황궁에 가지 않으신다고 합니다."

박영준이 숨을 죽였고 추선의 말이 이어졌다.

"공주께선 신라연락소에서도 빠져나오신다고 했습니다."

"허."

쓴웃음을 지은 박영준이 물었다.

"그래서 어떻게 하시겠다는 거냐? 그리고 나한테 온 이유부터 말해라."

"공주께선 바다에 빠져죽으려고 하셨다가 나리께서 구해주셨으니 나리께 인생을 바친다고 하셨습니다."

"이런."

"오늘 밤 제가 돌아가면 같이 연락소를 빠져나간다고 하셨습니다. 그러니 나리께서 은신처를 만들어 주시라고 합니다."

"허어."

"공주께선 나리의 첩실도 좋고 하녀라도 되시겠답니다. 만일 허락하지 않으신다면 오늘 밤 목을 맨다고 하십니다."

"그러라고 해라."

박영준이 어깨를 부풀리며 말했다.

"난 상관하지 않겠다."

그때 추선이 똑바로 박영준을 보았다.

"나리께서 그렇게 말씀하시면 이렇게 대답하라고 하시더군요."

박영준의 시선을 받은 추선이 말을 이었다.

"그것이 백제에 득이 될 것이라고 하셨습니다."


다음 날 아침 스미코 천황이 백제방 방주 연화의 인사를 받는다.

"오, 잘 다녀왔느냐?"

"인사가 늦었습니다."

공손히 절을 한 연화가 뒤에 선 관리가 들고 온 상자들을 앞에 내려놓게 했다. 가죽으로 덮개를 한 상자들은 3개였는데 모두 묵직했다.

"대왕께서 천황께 드리는 선물입니다."

연화가 상자 뚜껑을 하나씩 열었다.

"오오!"

자리에서 일어선 스미코 천황이 감탄했다. 스미코는 백제 무왕의 여동생이며 연화의 고모가 된다. 상자 안에는 스미코가 쓸 각종 패물, 보석, 금박을 입힌 옷가지들이 가득 차 있었던 것이다. 청 안에는 스미코의 심복 가신들만 서너 명이 모여 있었는데 모두 눈이 휘둥그레졌다. 그때 연화가 말을 이었다.

"금화 5만 냥, 은화 20만 냥을 가져왔습니다. 천황가(家) 국고에 보태 쓰시지요."

"고맙다, 내가 꼭 이 신세를 갚겠다. 내일 신라 공주가 올 테니 같이 만나보자꾸나."

"예, 천황마마."

"그리고 이번에 거인 감찰관을 대동하고 왔다면서?"

스미코가 연화 뒤쪽을 보는 시늉을 했다.

"오늘 데려오지 않았느냐?"

"갑자기 병이 나서 데려오지 못했습니다. 물이 다르기 때문인 것 같습니다."

"흥, 거인도 별수 없구나."

스미코가 웃었다. 그러자 꽃이 활짝 피는 것 같다. 스미코는 올해 37세, 아직 처녀 같은 얼굴과 몸매다. 그때 관리 하나가 뛰어 들어오더니 소리쳤다.

"마마, 신라 공주가 도망쳤다고 합니다!"

청 안이 순식간에 조용해졌다. 모두 숨을 죽였기 때문이다. 이윽고 스미코가 물었다.

"도망쳤다고?"

"예, 마마."

앞에 엎드린 관리가 스미코를 보았다.

"지금 신라연락소는 난리가 났습니다. 어젯밤에 공주와 시녀가 사라졌다는 것입니다."

"이럴 수가."

스미코가 헛웃음을 지었다.

"도대체 무슨 일이냐?"

"신라연락소 안에서는 외부로 말이 새나가지 않도록 단속을 시켰지만 이미 다 퍼져나갔습니다."

관리가 가쁜 숨을 가누더니 말을 이었다.

"공주는 옷가지하고 신라에서 가져온 패물만 들고 나갔다는데 소문으로는 신라로 돌아갈 것 같다고 합니다."

"신라로 돌아가?"

그때 연화가 나섰다.

"마마, 제가 알아보고 오겠습니다."

"오, 그리 해라."

건성으로 대답한 스미코가 주위를 둘러보았다. 청에 모인 신하들의 시선을 받은 스미코가

엄격한 표정으로 말했다.

"이께다 왕자한테 이 말이 들어가면 안 된다. 그러니 입단속을 철저

히 해라."

"예, 마마."

모두 허리를 굽혔을 때 스미코가 긴 숨을 뱉었다.

"이게 도대체 무슨 꼴이냐? 황자는 실종되고 둘째 왕자의 정실이 될 공주가 도망치다니."

스미코의 혼잣말을 듣고 난 연화가 머리를 숙여 인사를 했다. 돌아가겠다는 인사다.


"짐작 가는 데가 있다."

돌아가는 마상에서 연화가 시녀 옥금에게 말했다. 연화는 아스카 시내를 다닐 때 말을 탄다. 머리에 검정 두건을 썼고 금박을 입힌 검정 가죽갑옷 차림의 연화는 얼핏 보면 남자 무장(武將)이다. 그러나 꽃처럼 화사한 얼굴을 보고 나면 사내들은 넋을 잃는다. 옥금이 말을 바짝 붙이면서 물었다.

"마마, 짐작 가는 데가 있으시다니요?"

"공주가 도망친 곳 말이다."

"어딥니까?"

눈을 둥그렇게 뜬 옥금이 상반신을 기울였다. 그때 연화가 말했다.

"너 방(坊)에 돌아가서 어젯밤 감찰관의 행적을 은밀하게 알아보아라."

"그, 그러면 감찰관이…."

"공주가 의지할 곳이라고는 감찰관밖에 없다."

연화의 얼굴에 희미하게 웃음이 떠올랐다.

"감찰관이 생명의 은인 아니냐? 그러니 다시 몸을 의탁하는 것이지."

"그, 그럴 리가…."

"공주는 감찰관을 연모하게 되었을 거다."

거리의 행인들이 연화의 모습을 보려고 길가에 모여 서 있다. 연화가 그들에게 웃음을 띠어 보이고는 말을 잇는다.

"그 여우같은 년, 꼬리를 쳐서 감찰관을 홀렸을 것이다."


"변복을 했지만 곧 눈에 띄게 될 텐데요."

다로가 머리를 비틀고 말했는데 못마땅한 표정이다.

"지금 바로 다른 곳으로 옮겨야 될 것 같습니다."

백제방 안의 감찰관 처소에서 둘이 마주앉아 있다. 다로는 이제 소원인 백제인 복장으로 갈아입고 머리에는 회색 두건을 썼다. 그 두건이 백제에서는 장례식 때 쓰는 두건이었지만 알 리가 없는 다로가 백제방 창고지기가 주는 대로 쓴 것이다. 창고지기는 일부러 줬을 것이다. 박영준이 다로에게 물었다.

"다시 옮길 곳이 있겠느냐?"

"아스카에서 북쪽으로 20리(10킬로)쯤 가면 지신(地神)을 모시는 사당이 있습니다. 그 사당에서는 곡식을 받고 아들딸을 점지해주도록 기도를 올려준다는데 그곳에 의탁하면 어떨까요?"

"그럼 오늘 밤에 옮기도록 하지."

"주막에 손님이 들끓어서 남장을 했지만 발각되기 쉬운데요."

박영준이 입맛을 다셨을 때 다로가 바깥 동정을 살피려는 듯이 귀를 기울이는 시늉을 했다.

"방주님이 궁 안에 들어간 사이에 옮기시는 것이 좋겠습니다. 방주가 오시면 나리를 부르실지 모르지 않습니까?"

물이 달라서 배탈이 났다고 해놓고 연화를 따라 황궁에 들어가지 않았던 박영준이다. 어젯밤 공주 하진과 시녀 추선은 다로의 안내로 아스카 서문 근처의 주막에 몸을 의탁하고 있다. 이윽고 박영준이 자리에서 일어섰다.

"가자."


"이를 어쩐단 말인가?"

잡찬 김찬성이 발을 굴렀다. 마룻방이 삐걱댈 정도로 발을 구른 것이다. 지금 김찬성은 신라 연락소의 정청 역할을 하는 마룻방에 서 있다. 앞에는 파진찬 윤복이 서 있었는데 마치 넋이 나간 사람 같다. 다행히 잡인을 물리쳐서 청 안에는 둘뿐이다. 공주가 도망쳤다는 사실을 비밀에 붙였기 때문에 여럿이 있는 데서 이럴 수는 없는 것이다. 김찬성이 핏발 선 눈으로 윤복을 보았다.

"이보게 파진찬, 공주가 미치지 않고서야 이럴 수가 있는가? 그 시녀년까지 꾀어 달아나다니 이게 무슨 꼴인가?"

"나리."

어깨를 부풀렸다가 내린 윤복이 마침내 눈동자의 초점을 잡았다.

"드릴 말씀이 있소."

"말해라."

"공주가 내해에서 바다에 빠진 것이 아무래도 꺼림칙했습니다."

"그게 무슨 말이야?"

"풍랑도 없었는데 배에서 미끄러져 떨어졌다는 것이 미심쩍었소."

"아니, 그렇다면…."

김찬성이 눈을 치켜떴을 때 윤복이 말을 이었다.

"공주가 자진하려고 했던 것 같습니다."

"아니, 왜?"

"그건 모르지요."

"그 사건하고 공주가 도망친 것에 무슨 계기가 있단 말인가?"

"공주를 구해낸 것이 백제방 감찰관 박영준입니다."

"그래서?"

"공주가 박영준한테 호감이 간 것 아닐까요?"

"아니, 그게…."

말문이 막힌 김찬성이 멀거니 윤복을 보았다.

"공주는 아니라고 분명히 말했어. 그것에 연연하지 않겠다고."

"그것이 아닌 것 같습니다."

"그래서 둘이 밀회를 했단 말인가?"

"그건 모릅니다. 그저 그럴 가능성이…."

"그렇다면 그 감찰관 박영준을 찾아봐야겠군."

어깨를 늘어뜨린 김찬성이 말을 이었다.

"어쨌든 찾고 봐야 돼. 만일 그 말이 사실이라면 세상이 발칵 뒤집히겠군."


"감찰관은 조금 전에 나가셨습니다."

정문 경비장이 말하자 연화가 눈을 크게 떴다. 백제방에 들어서면서 정문 경비장에게 감찰관 박영준을 데려오라고 했던 것이다.

"조금 전에 나가? 배가 아프다고 누워 있다는 사람이?"

"예, 방주."

경비장이 멀뚱한 표정으로 연화를 보았다.

"말을 타고 나가셨습니다, 미복으로요."

"말을 타고?"

"예, 시종하고 둘이 나갔습니다."

"어디로 간다고 하더냐?"

"시찰을 나간다고 했습니다."

머리를 돌린 연화가 굳어진 표정이 되었다. 뒤에 선 일행들은 영문도 모른 채 두리번거리기만 한다.


방안으로 들어선 박영준이 하진을 보았다. 시선이 마주치자 하진이 머리를 숙였다. 그러나 볼이 붉어진 것이 눈에 띄었다. 미시(오후 2시)가 조금 지난 시간이다. 눈치를 챈 추선이 방을 나갔기 때문에 방안에는 둘뿐이다. 밖에서 사내들의 떠드는 소리가 들렸다. 이곳은 주막의 방안이다. 어젯밤 다로의 안내로 이곳에 온 둘은 하룻밤을 보낸 것이다. 하진은 남장을 했지만 고운 얼굴이 다 드러났다. 머리에 수건을 동여매었고 바지 차림이어서 상인 행색을 했어도 어색하다. 그래서 방밖으로 나가지도 못 하고 있었던 것이다. 박영준이 입을 열었다.

"나하고 아스카 북쪽으로 떠납시다."

그때 머리를 든 하진이 박영준을 보았다.

"어디로요?"

"20리(10킬로) 북쪽에 사당이 있다는군요. 그곳에서 곡식을 주고 아들딸 점지를 받으려고 기도를 하면서 묵는 모양이오. 당분간 그곳에서 몸을 의탁하는 것이 좋겠소."

"갈게요."

머리를 끄덕인 하진이 말했다.

"감사합니다."

"천만에."

"저를 후실로라도 데려가주세요."

"난 아직 부인을 둘 형편이 아니오."

"부담 드리지 않겠습니다."

"본인이야 그러시지만 난 그렇지 않소."

"믿을 분은 나리뿐입니다."

하진의 두 눈에 금방 눈물이 가득 고였다. 그것을 본 박영준이 숨을 들이켰다. 어디서 본 얼굴이었지만 기억이 나지 않는 것이다. 그 순간 숨을 들이켠 박영준이 어금니를 물었다. 하진을 안고 싶은 충동이 일어났기 때문이다. 그때 하진의 눈에서 주르르 눈물이 흘러내렸다.

"나리."

하진의 목소리가 떨렸다.

"저를 시녀라고 생각하시면 되지 않습니까?"

"공주."

박영준이 정색했다.

"내 상황도 아시지 않소?"

"약속만 해주시면 언제까지라도 기다리겠습니다, 나리."

하진의 표정이 간절했고 목소리가 떨렸다. 이윽고 박영준이 머리를 끄덕였다.

"갑시다, 가서 이야기 합시다."

박영준이 자리에서 일어서자 하진도 따라 몸을 일으켰다. 문이 열리더니 밖에 지키고 서 있던 다로가 반색을 했다.

"아이구, 나리, 가시지요. 손님들이 밀려들고 있으니까 뒷문으로 나가십시다.”

“염려하지 마시오. 부인께선 곧 장군감 사내아이를 낳게 되실 것이오.”

이곳은 지신(地神)의 사당 안쪽 마룻방, 나란히 앉은 박영준과 하진이 지신 호리의 말을 듣고 있다. 저녁 술시(8시) 무렵, 방안에는 기름등을 켜 놓아서 그림자가 흔들렸다.

호리는 둥근 얼굴에 머리를 깎아서 불빛을 받은 머리가 반짝였다. 40대 후반쯤 되었을까? 붉은 얼굴, 비대한 몸에 검정색 장삼을 입고 앉은 모양이 제법 당당한 풍모다. 호리가 말을 이었다.

“열흘 기도를 하면 아들, 닷새 기도는 딸이 될 것이오. 기도 열흘이면 은 두 냥, 닷새는 한 냥이지만 틀림없이 하기 위해서 은 한 냥씩이 더 필요하오.”

박영준은 눈만 껌벅였고 하진은 마룻바닥만 응시한 채 움직이지 않는다. 둘은 아들을 바라고 찾아온 부부가 되어 있는 것이다. 호리가 헛기침을 했다.

“자, 아들이오, 딸이오? 말을 하시오.”

그때 박영준이 대답했다.

“아들이오.”

“은 두 냥과 한 냥 더해서 석 냥.”

“틀림없소?”

“한 번도 틀린 적이 없소. 그래서 이곳 지신의 사당이 부부 손님들로 북적이는 것이오.”

과연 사당의 50여 개 마룻방에는 남녀 손님들이 북적대고 있다. 지금도 마룻방 밖에는 부부 3쌍이 기다리는 중이다. 그중에는 다로, 추선 부부도 끼어 있는 것이다. 호리의 시선을 받은 박영준이 품에서 은자 3 냥을 꺼내 내밀었다. 호리가 재빠르게 은자를 받더니 옆에 놓인 종을 들어 흔들었다. 옆쪽 방문이 열리고 하인이 얼굴만 들이밀자 호리가 소리쳤다.

"41번 방에서 사내아이 씨가 뿌려진다!"

41번 방은 마룻방에 짚을 넣어서 만든 두툼한 요가 깔렸고 위쪽에 작은 부엌이 있어서 식사를 해결할 수 있도록 했다.

"당분간 이곳에서 지내다가 옮기도록 합시다."

방안을 둘러본 박영준이 마루 끝 쪽에 걸터앉으면서 말했다.

"남녀가 둘이 있기에는 적당하구만."

하진은 요 한쪽에 쪼그리고 앉은 채 대답하지 않았다. 사당 안은 소란했다. 남녀가 방마다 묵고 있는 터여서 웃음소리, 싸우는 소리, 부르는 소리로 뒤덮였다. 그때 문에서 인기척이 나더니 다로와 추선이 들어섰다. 추선은 시치미를 딱 뗀 얼굴이지만 다로는 쓴웃음을 짓고 있다.

"나리, 저희 부부는 44번 방을 배정받았소이다."

"아들 낳는다고 했느냐?"

박영준이 정색하고 묻자 다로가 손으로 뒷머리를 긁었다.

"돈 아끼려고 딸 낳는다고 했소."

"잘했다."

"나리."

"뭐냐?"

"오늘 밤 이곳에서 묵고 가시지요."

머리를 든 박영준에게 다로가 시선을 내리고 말을 이었다.

"그냥 가기에는 돈이 아까워서 그럽니다."

"그럼 그놈한테서 돈을 빼앗든가."

"아니, 그것이 아니라….'

"그럼 뭐냐?"

"소인이 일 년 가깝게 여자를 품어본 적이 없습니다."

그때 하진 옆에 앉아 있던 추선이 쓴웃음을 짓고 말했다.

"미친놈."

"과연 저놈이 미쳤구나."

박영준이 거들었을 때 하진이 추선에게 말했다.

"너 잠깐 저 사람 데리고 네 방에 가 있어."

"예, 공주."

고분고분 대답한 추선이 일어서더니 앞장서 방을 나갔고 다로가 서둘러 따른다. 다시 방안에 둘이 남았을 때 하진이 말했다.

"나리, 저를 품고 가시지요."

"저 사기꾼 지신(地神) 놈 말대로 사내아이 씨를 뿌리란 말이오?"

"나리, 저를 드린다는 말씀입니다."

"내가 공주를 보호해 드리기는 하겠지만 그 대가를 바라지는 않소."

"저는 대가를 드리려는 것이 아닙니다."

그때 박영준이 머리를 저었다.

"공주, 나는 어떻게 될지 앞날을 알 수 없는 사람이오. 공주는 나하고 인연이 얽히면 상처만 받게 될 것이오."

"상처면 어떻습니까? 좋아하는 사람과 함께라면 어떤 것도 감수할 수 있습니다."

82

"허, 공주가 날 어떻게 아신다고 벌써 그런 말을 하시오?"

"첫눈에도 반하는 사이가 있다고 들었습니다."

그때 하진이 손을 뻗어 박영준의 손을 잡았다. 하진의 손은 따뜻했다. 박영준의 손이 저절로 움직여 하진의 손을 마주잡았다.


"으악!"

추선이 발길로 걷어찬 곳이 마침 다로의 사타구니다. 꼭 사타구니를 차려고 했던 것이 아니다. 발길질을 했던 것이 바로 정통으로 그곳에 맞은 것이다. 더구나 성이 난 그놈한테.

"아이구, 이년이."

몸을 새우처럼 웅크린 채 마룻방에 엎드린 다로가 신음했다.

"아이구, 나 죽어."

"응? 다쳤어?"

은근히 걱정이 된 추선이 이맛살을 찌푸리며 물었다. 발끝에 닿았던 촉감이 예사롭지 않았기도 했다.

"그래, 그거 부러졌다. 아이구, 어쩌면 좋아, 아이구."

"부러지기는?"

"이년아, 봐라. 큰일 났다, 아이구."

"뭘 봐?"

"난 배가 아파서 움직이지도 못 해. 그러니까 아이구….”

"그러니까 뭘?"

"빨리 붙여, 빨리! 아이구, 아이구."

"뭘 붙이란 말이야?"

초조해진 추선이 한 걸음 다가섰고 다로는 마룻방에 벌러덩 누워 발광을 했다.

"아이구, 나 죽는다. 아이구! 빨리 붙여!"

"뭘? 어떻게?"

"바지 벗기고 부러진 그놈을 붙이란 말이다! 아이구!"

"어, 어떻게?"

"부러진 것을 반듯이 세우면 돼! 아이구!"

"가만, 바지 끈 어딨어?"

추선이 다로의 바지 끈을 찾으려고 더듬거렸다.

"아이구, 나 죽는다! 빨리!"

바지 끈을 찾은 추선이 서둘러 다로의 바지를 벗겼다.

하진의 몸은 뜨겁다. 그러나 서툴다. 신음을 참으려고 이를 악물었지만 가는 신음이 이 사이로 번져 나온다. 그러나 하진의 골짜기는 젖어 가고 있다. 이제는 받아들이는 것이 익숙해져서 하반신이 비틀리지 않는다. 마룻방은 더운 열기가 덮이고 있다. 가쁜 숨소리와 낮은 신음이 계속해서 이어지고 있다.

"어머나! 부러졌다더니?"

반듯하게 세워진 다로의 남성을 본 추선이 소리쳤다. 그때 다로가 벌떡 일어나 추선을 넘어뜨렸다. 추선의 얼굴은 이미 상기되었고 숨소리도 가쁘다. 기다렸다는 듯이 순순히 넘어지더니 다로에게 몸을 맡겼다.

"아직도 들어오지 않았어?"

소리쳐 물은 연화가 곧 쓴웃음을 지었다.

"그년을 데리고 간 것이 틀림없군."

연화는 방금 신라연락소에서도 공주를 찾지 못했다는 보고를 들은 것이다. 그때 옥금이 물었다.

"마마, 신라연락소에서도 하진이 감찰관하고 같이 도주했다는 것을 알까요?"

"짐작하고 있는 놈들이 있겠지."

연화가 앞쪽을 노려본 채 말했다.

"그쪽도 이곳을 주시하고 있을지도 모른다."

방안에서 둘이 이야기를 나누고 있었지만 목소리를 죽이고 있다.

"마마, 감찰관이 돌아올까요?"

옥금이 묻자 연화는 머리를 끄덕였다.

"돌아오겠지."

"…."

"아마 그년을 어디에 숨겨두고 올 거다, 당분간 이곳에서 기반을 굳혀야 될 테니까."

"…."

"지금 아스카 밖으로 뛰쳐나간다면 아무리 거인이라고 해도 며칠 가지 못한다."

연화의 얼굴에 웃음기가 떠어졌다.

"내일쯤 멀쩡한 얼굴로 돌아오겠지. 그럼 나도 모르는 척 받아들여주겠다."

그러고는 연화가 자리에서 일어섰다. 침실로 가려는 것이다.

"백제방에서도 박영준을 찾느라고 난리야."

백제방 동태를 살피고 돌아온 사내로부터 보고를 받은 김찬성이 윤복에게 말했다.

"박영준이 공주를 데려간 거야."

"박영준이 말입니까?"

윤복이 건성으로 물었지만 김찬성이 한 마디씩 힘주어 대답했다.

"아니, 하진이 박영준을 찾아가 꾀어낸 것 같다."

"…"

"하진이 없어진 시각이 빨라."

어깨를 부풀렸다가 내린 김찬성이 쓴웃음을 지었다.

"백제방주가 질투심으로 속이 부글부글 끓고 있겠군."

"스미코 천황이 우리를 질책할지도 모르지 않습니까?"

"내일 아침에 천황에게 알현을 신청할 예정이다."

"알현을 말입니까?"

놀란 윤복의 시선을 받은 김찬성이 빙그레 웃었다.

"그래, 천황에게 백제방 감찰관 박영준이 이께다 왕자의 배필이 될 신라의 하진 공주를 유혹해서 데리고 도망쳤다고 보고를 하는 거다."

"아하!"

감탄한 윤복의 두 눈이 반짝였다. 얼굴에는 웃음까지 떠올라 있다.

"그렇군요, 묘수올시다."

"백제방주는 제 정부(情夫)가 신라 공주와 도망쳤다고 보고하지는 못할 테니까 말이야."

"그렇습니다."

"가죽궤에 금화를 1천 냥만 넣어두도록, 내일 천황께 주고 오겠다."

"알겠습니다."

자리에서 일어선 윤복이 방을 나가자 김찬성이 길게 숨을 뱉었다.

"어디, 연화가 어떻게 나오는가 보자."

김찬성의 혼잣말이 이어졌다.

"하찌만 황자가 실종된 상황에서 이제 남은 건 장님 이께다야."

김찬성은 이께다가 장님인 줄을 아는 것이다.


"감찰관이 돌아왔습니다."

시종관 고덕 황만이 청 밖에서 소리쳐 말한 순간 주위가 조용해졌다. 청 안에는 10여 명의 백제방 간부가 모여 서 있었는데 달솔 사척도 와 있다. 상석에 앉은 방주 연화의 얼굴에 쓴웃음이 떠올랐다.

"일이 늦게 끝났으면 기별을 해야지. 감찰관이 벼슬살이에 익숙지 않군."

모두 연화를 응시한 채 눈동자만 굴리고 있다. 어젯밤까지 감찰관을 찾으라고 난리를 피웠던 방주 아니었던가? 그런데 오늘 아침에 청에 와서는 아무 소리 않고 있다가 나타나니 이상한 소리를 한다. 그때 이번에는 청 아래에 서 있던 경호군사가 소리쳤다.

"감찰관이 오셨소."

곧 청 아래쪽 계단에서 박영준의 머리가 나타나면서 쑥쑥 올라와 곧 청 안으로 들어섰다. 어깨를 편 박영준은 미복 차림이다. 박영준이 들어서자 서 있던 간부들이 길을 텄는데 5품 한솔 품위는 백제방 안에서 네 번째로 고위직이기 때문이다. 박영준이 방주 연화의 다섯 걸음 앞에서 허리를 숙였다가 펴고는 막 입을 벌렸을 때다. 연화가 먼저 말했다.

"한솔, 내가 가라고 했던 기찌산에 가지 않고 만지천으로 갔다면서?

내가 어젯밤에 계속 찾았지 않은가?"

꾸짖듯이 말한 연화가 똑바로 박영준을 보았다.

"만지천에 갔다는 것을 어젯밤 늦게 기별을 받았어. 그래 하야토 도사를 만나 기 치료를 받았는가?"

"예, 방주."

박영준이 대답하고는 어깨를 늘어뜨렸다.

"그래, 하야토 도사 이야기는 나중에 하지. 수고했으니 들어가 쉬도록 하라."

"예, 방주."

박영준은 '예, 방주'라고 두 번만 대답하고 몸을 돌려 청을 나왔다.


"어젯밤 늦게 방주의 시녀 옥금이 말을 타고 만지천에 다녀왔습니다."

마방 관리인 준복이 사척에게 말했다.

"방주의 경호원 둘이 옥금을 안내하고 갔지요."

"그렇군."

사척이 머리를 끄덕였다.

"만지천에 가서 그곳에 감찰관이 있는 것을 확인하고 돌아온 모양이군."

사척을 따라온 관리들도 머리를 끄덕였다. 모두 싱겁다는 표정이다. 마방을 나온 사척이 옆을 따르는 시덕 현길에게 낮게 말했다.

"과연 방주는 처신이 빠르다. 감찰관과 신라 공주와의 염문을 차단시키는 것이 급선무라는 것을 알고 박영준을 덮어주려는 것이야, 박영준이 신라 공주를 빼돌렸다고 신라연락소에서 손을 쓸 테니까 말이다."

"아침 일찍 웬일이냐?"

잠옷 차림의 스미코 천황이 침실에서 나오면서 연화에게 물었다. 오전 사시(10시) 무렵, 이 시간은 스미코가 막 일어날 시간이다.

"마마, 급히 아뢰올 말씀이 있어서요."

눈웃음을 친 연화가 의자에 앉은 스미코 앞에 무릎을 꿇고 앉았다. 바짝 붙어 앉았기 때문에 얼굴이 무릎에 닿을 정도였다. 이 세상에서 이렇게 천황 앞에 앉은 인간은 백제방주 연화뿐이다. 왕자들도 이런 적이 없다. 연화가 어리광부리듯이 입을 열었다.

"마마, 신라연락소에서 일을 벌이고 있다고 합니다."

"일을?"

"예, 신라연락소의 신라인들은 공주가 도망친 죄를 백제방에 뒤집어씌우려 하는 것 같습니다."

"아니, 왜?"

"그제 오후에 제가 배가 아프다는 감찰관에게 기찌산에 가서 약수를 마시라고 보냈더니 누구 말을 들었는지 만지천의 하야토 도사를 만나 기(氣) 치료를 받고 돌아왔습니다."

"그것이 어쨌단 말이냐?"

짜증이 난 스미코가 독촉했다.

"그것이 도망친 신라 공주 년하고 무슨 상관이 있어?"

"있지요, 마마."

정색한 연화가 말을 이었다.

"백제방에서 감찰관을 찾고 있다는 것을 안 신라연락소에서 감찰관이 신라 공주를 꾀어 도망쳤다고 뒤집어씌울 작정이라고 합니다. 마마께서 기다려 보시지요."

"감찰관이 어쨌단 말이냐?"

가가 영주 신지로가 눈을 가늘게 떴다. 신지로는 38세, 아스카의 3영주 중 가장 좌장으로 영지는 22만 석, 정병 2만을 거느린 대영주 축에 든다. 신지로가 앞에 앉은 가신 한베에게 다시 물었다.

"감찰관이 백제방의 실세가 될 것이라니, 무슨 말이냐?"

"예, 감찰관 박영준이라는 자는 거인입니다."

"거인?"

"예, 신장이 7척으로 보통 사람보다 머리통 2개 이상 큽니다."

"그럼 그놈은 눈 감고 활을 쏘아도 맞히겠구나."

신지로가 말하자 둘러앉은 가신들이 '와' 웃었다. 가가 영지의 도성인 우찌다성 안이다. 상석에 앉은 신지로의 앞쪽 좌우에는 50여 명의 가신들이 질서 있게 둘러앉았는데 제법 위엄이 풍겨 나왔다.

신지로는 스미코 천황의 호위역을 자처했지만 계산이 빠른 인물이다. 손해가 될 일은 나서지 않는다. 오늘 신지로는 아스카에서 돌아온 가신 한베로부터 황궁 주변의 동향을 보고받는 중이다. 한베가 말을 이었다.

"주군, 감찰관 박영준은 몸은 거인이지만 무술이 뛰어났고 병법에도 능하다는 소문이 났습니다, 거기에다…."

"말이 길다, 한베."

신지로가 꾸짖었다.

"짧게 말해라."

"예, 대궁(大弓)을 만들었는데 활 크기가 10자가 넘고 창끝에 기름을 달고 쏜다고 합니다."

"미친놈이구만."

다시 가신들이 '와' 웃었으므로 한베는 입을 다물었다. 신지로는 자존심이 강해서 지려고 하지 않는다. 어렸을 때부터의 버릇으로, 15살 때는 검술 사범을 뒤에서 찔러 죽인 적도 있다. 검술 사범과 목검 승부 겨루기를 했다가 여지없이 패했기 때문이다.

청을 나온 한베가 옆을 따르는 호위무사 고토에게 말했다.

"고토, 네 말을 내가 듣지 않는다면 어떻게 하겠느냐?"

고토는 청 아래쪽 마당에 서서 영주 신지로와 주군인 한베의 주고받는 이야기를 다 들었다. 주군 한베가 웃음거리가 된 것도 듣고 보았을 터였다. 고토가 어깨를 펴더니 거침없이 말했다.

"베지는 않겠지만 주군을 떠나겠소."

"이놈, 그걸 못 참고 떠나?"

"그런 주군은 모실 가치가 없소."

"이놈아, 충성을 맹세한 사이다, 수모도 참고 모셔야지."

"주군이나 모시지요, 난 싫소."

한베는 33세, 검술도 뛰어났지만 발이 빠르고 정보 수집력이 좋아서 타지(他地)로 돌아다닌 지 10년 가깝게 된다. 녹봉은 3백 석, 8년 전에 죽은 신지로의 부친 야마노가 고용하고 중용했지만 신지로의 대(代)에 이르러서는 8년 동안 녹봉도 오르지 않는 데다 무시받기 일쑤였다. 한베를 일개 세작 취급을 해서 보고도 잘 듣지 않는 것이다. 청 마당을 빠져나가면서 한베가 혼잣소리처럼 말했다.

"내가 우찌다성을 몇 번이나 더 올지 모르겠구나."

그 시간에 신라연락소 좌장인 잡찬 김찬성이 의관을 차려입고 스미코 천황을 만나고 있다. 앞에 놓인 궤 뚜껑이 열렸고 금화가 번쩍이고 있다. 선물로 금화 1천 냥을 가져온 것이다. 스미코가 굳은 얼굴로 물었다.

"잡찬, 사라진 공주는 찾았는가?"

"마마, 그렇지 않아도 그 말씀을 드리려고 합니다."

입안의 침을 삼킨 김찬성이 스미코를 보았다.

"백제방의 감찰관 박영준이 공주를 꾀어 달아난 것입니다, 백제방 방주가 어젯밤 돌아오지 않았다는 것이 그 증거올시다, 마마."

"신라인들은 제 정신이 아니군."

스미코가 눈을 치켜뜨고 소리쳤다.

"조금 전에 백제방 방주가 다녀갔다. 감찰관 박영준은 어젯밤 만지천의 하야토 도사를 만나 배탈을 치료하고 돌아왔어, 교활한 꾀를 내지 말도록 하라, 잡찬."

청으로 들어선 박영준이 상석에 앉아 있는 연화를 보았다. 저녁 술시(8시) 무렵, 연화는 내궁의 청에서 박영준을 부른 것이다. 연화는 옥금도 물리치고 박영준을 기다렸다.

"방주, 부르셨습니까?"

다섯 걸음 앞에 선 박영준이 법도대로 허리를 굽히며 물었을 때 연화가 입을 열었다.

"공주는 어디에 숨겨 두었나?"

"말씀드릴 수 없습니다."

"공주와 몸을 섞었나?"

"예, 방주."

"그대가 첫 남자인가?"

"예, 방주."

"어떻게 할 작정인가?"

"아직 모르겠습니다."

"공주가 후실도 받아들이겠다고 하던가?"

"시녀라도 상관없다고 했습니다."

그때 연화의 눈빛이 강해졌다.

"한솔, 나는 그대의 누구인가?"

"주인이고 방주이시오."

"그것뿐인가?"

"방주께선 내 무엇이 되고 싶으시오?"

"정실부인."

"대왕께서 허락하실까요?"

"내가 결정해."

"좋습니다."

어깨를 편 박영준이 연화를 보았다.

"방주는 내 정실부인이시오."

"고맙네."

"내가 황송하오."

"믿겠어."

"남아일언중천금이오."

"그렇다면"

연화가 목소리를 낮췄다.

"한솔, 신라 공주 하진의 은신처를 나에게 알려주게."

"…."

"이것은 한솔의 정실부인이 후실의 거처를 묻는 것이네."

"…."

"하진이 잠적함으로써 신라 연락소는 곤경에 빠져 있어. 백제방의 입장에서 보면 하진은 공을 세운 거야."

연화의 얼굴에 희미하게 웃음기가 떠올랐다.

"그대의 정실이 후실을 보호해줘야 되지 않겠는가? 이제 한 가족이 되었으니 말이네."


술잔을 든 한베가 고토에게 말했다.

"고토, 이제 아스카의 정세를 파악할 수 있게 되었다."

아스카 북문 안쪽의 주막집 골방 안이다. 술시(오후 8시)가 조금 지난 시간이어서 바깥쪽 주막은 소란스럽다. 세발소반 위에 술병과 매실 안주만을 놓고 앉은 한베가 말을 이었다.

"백제방주가 데려온 감찰관 박영준이 신라 공주 하진을 데려갔어."

"박영준이 만지천의 하야토 도사를 만나 기 치료를 받았다지 않습니까?"

고토가 되묻자 한베는 쓴웃음을 지었다.

"이놈아, 백제방주 그릇이 크다. 다 덮고 신라 측의 공세에 선수를 친 거다."

"아니, 그렇다면…."

"백제방주가 백제를 위해서 박영준을 감싸 안은 것이지."

"그렇군요."

"나도 이제 마음을 정해야겠다."

정색한 한베가 고토를 보았다.

"고토, 너 나를 따르겠느냐?"

"주군 따라서 10년이오."

어깨를 늘어뜨린 고토가 투덜거렸다.

"10년 동안 온갖 풍상을 다 겪고, 베어 죽인 놈들만 1백 명이 넘소. 그런데 아직도 녹봉이 10석이라니."

"이놈, 말이 많다."

"하긴 주군도 10년 동안 3백 석이니 할 말이 없소."

"날 따르겠느냐고 물었다."

"지금도 따르고 있지 않소?"

"내가 어디로 가든 말이냐?"

"북문으로 나가든, 남문으로 나가든…."

"내가 가가의 신지로 가문을 떠나도 말이냐?"

그 순간 숨을 들이켠 고토가 지그시 한베를 보았다. 둘의 시선이 두 자(60센티) 거리에서 부딪쳤고 한동안 떼어지지 않았다. 그러고 나서 고토가 빙그레 웃었다.

"주군, 옛 주군께서 돌아가셨을 때 그 말을 하셨어야 했소, 8년이 늦었소."

"나 백제방으로 가겠다."

"백제방주에게 말이오?"

"아니, 감찰관 박영준에게."

그러자 고토가 어깨를 부풀렸다가 내렸다.

"과연, 주군은 다르시오."

"가겠느냐?"

"따르지요."

고토가 번들거리는 눈으로 한베를 보았다.

"그런데 박영준은 아직 영지도 없지 않소?"

"만들어야지."

한베가 자르듯 말하고는 다시 술잔을 들었다.

"널린 것이 영지다."

자시(12시) 무렵, 신사(神祠)는 떠들썩한 소음 대신 방사의 신음과 헐떡이는 소리로 가득 차 있다. 아들딸 낳는 작업을 하려고 들어온 방이니만치 대놓고 소리를 지르고 탄성을 뱉는다. 가만 보면 서로 경쟁하듯이 탄성을 뱉고 발광을 한다.

방구석에 쪼그리고 앉은 하진이 두 손으로 귀를 막았다. 특히 옆방, 40호실의 남녀는 요란했다. 여자가 찢어지는 소리로 비명을 지르면서 남자를 맞는 것이다. 하진은 그것이 돼지를 잡는 소리처럼 들렸다. 다시 손바닥으로 귀를 막은 하진이 눈까지 감았다. 그러자 박영준의 모습이 떠올랐다. 어젯밤 안겨 있을 때의 느낌도 전해졌다. 얼굴이 달아올랐고 다리 사이가 뜨거워진 하진이 몸을 비틀면서 눈을 떴다.

"앗!"

그 순간 하진의 입에서 놀란 외침이 터졌다. 바로 앞에 백제방주 연화가 앉아 있는 것이다. 시선이 마주치자 연화가 빙그레 웃었다.

"자, 일어나."

연화가 말했다.

"어서 여기를 나가자."

엉겁결에 벌떡 일어선 하진의 눈동자가 흔들렸다.

"방, 방주께서…."

"입 닥치고 짐 꾸려라."

연화가 이맛살을 찌푸리며 말했다.

"한솔 박영준의 정실이 후실을 보호해주려는 거다, 서둘러."

그러고 보니 연화는 남장이다. 바지에 저고리를 입었고 상인처럼 두 건을 썼다.

"방, 방주님, 저는…."

"따라와."

연화가 앞장을 섰고 하진이 이제는 입을 다물고 뒤를 따른다.


이곳까지 안내해 온 것이 다로다. 지신(地神)의 사당을 나와 밤길을 걷는 일행은 모두 7명, 앞장을 선 것이 방주 연화의 시종장 고덕 황만이었고 그 뒤를 방주 연화와 하진이 나란히 따른다. 그 뒤에는 하진의 시녀 추선과 다로가 따랐고 뒤를 황만의 부하 둘이 호위하고 있다. 모두 말을 탔기 때문에 속보로 나아가고 있다.

"어디로 가는 거야?"

정작 공주 하진은 말에 오른 후부터 입을 다물고 있었지만 시녀 추선이 다로에게 자꾸 물었다.

"여기서 멀어?"

"시끄럽다."

"뭐가 시끄러?"

"소리를 내야 할 때는 입을 다물더니."

"언제?"

"방사 치를 때."

그때서야 추선이 입을 다물었다. 대신 눈이 찢어지라고 흘겼지만 어둠 속이어서 보이지 않았다. 기마 일행은 곧 강을 따라 북상하기 시작했다. 그때 연화가 하진에게 말했다.

"공주, 그대의 삶도 기구하구만."

하진이 시선만 주었고 어둠 속에서 연화의 목소리가 이어 울렸다.

"왜국에까지 흘러 들어와 도망자의 신세가 되다니, 이께다 왕자가 소경이라는 말에 충격을 받았는가?"

"아닙니다, 방주."

"목숨을 구해준 한솔한테 마음을 주었는가?"

하진은 대답하지 않았고 주위는 말굽 소리만 울렸다. 적막한 강가다. 말굽이 젖은 땅에 박히는 소리만 울리고 있다. 맨 뒤를 따르는 황만의 부하들도 다 들었을 것이다. 그때 연화가 다시 물었다.

"한솔이 내 지아비가 될 사람이란 것을 알고 있었지 않은가?"

"예, 방주."

"나에 대해서 죄를 짓는다는 생각은 안 했는가?"

"했습니다, 방주."

"그런데 왜?"

"그래서 한솔께 첩실도, 시녀도 좋다고 말씀드렸습니다."

하진의 목소리가 강물 위로 굴러가는 것 같다. 그때 연화가 말했다.

"공주, 앞으로는 날 언니라고 불러라, 내가 한솔의 정실이니까."


깊은 밤, 마당에 선 박영준이 장검을 두 손으로 쥐고 앞을 노려보고 있다. 앞쪽은 어둠 속, 담장이 가로막혀 있다. 검정 바지저고리 차림이어서 박영준의 몸은 어둠에 묻힌 상태다. 이윽고 박영준이 장검을 천천히 치켜들었다.

머릿속에 든 수백 가지의 검법, 아직 한 번도 활용해보지 않았지만 앞으로 유용하게 사용할 것이다. 박영준이 천천히 장검을 상단으로 겨누고는 한 걸음 앞으로 발을 디뎠다. 다음 순간 박영준의 몸이 허공으로 솟았고 사방으로 번쩍이는 빛발이 뿌려졌다.

요즘은 틈이 날 때마다 검법을 수련하는 것이다. 머릿속에 입력된 검법을 쏟아내어 확인해 보는 셈이다. 땅을 딛고 선 박영준이 다시 검을 치켜들고는 머리를 돌려 왼쪽 담장을 보았다. 그러고는 낮게 말했다.

"거기, 담장 뒤에 숨은 놈, 이리 나오너라."

담장 쪽에서 기척이 없었지만 박영준이 다시 말했다.

"머리에 검정 두건을 쓴 놈, 담장을 넘어 오너라."

그러자 사내 하나가 담장을 뛰어 넘더니 박영준의 앞에 한쪽 무릎을 꿇고 앉았다.

"넌 누구냐?"

박영준이 낮게 묻자 사내는 머리를 들었다. 어둠 속에서도 사내의 얼굴 윤곽이 선명하게 드러났다.

"저는 가가 영주 신지로의 가신 한베라고 합니다."

사내도 낮게 대답했다. 눈의 흰자위가 정면으로 박영준의 시선을 받는다.

"그런데 왜 나를 염탐하고 있느냐?"

"감찰관님을 뵈려고 했던 것입니다."

"네가 숨어서 나를 주시한 지 일각이나 지났다, 무슨 꿍꿍이냐?"

"나리의 검술을 구경했습니다."

박영준의 얼굴에 웃음이 떠올랐다.

"할 일이 없는 가가의 신하로군, 용건은 그것이냐?"

"나리, 저를 가신으로 삼아주시지요."

"가가의 가신이라며?"

"가가 신지로의 가신입니다."

"신지로인지 구지로인지 난 모른다."

"신지로를 떠나 나리를 모시고 싶습니다."

"네가 모시고 싶다고 해서 내가 모셔라 해야 하느냐?"

"나리께 목숨을 바치겠습니다."

"그만둬라, 난 너를 먹여 살릴 영지도 없는 백제방의 감찰관이다."

"나리께선 감찰관으로 머무실 분이 아닙니다."

한베가 열심히 말했다.

"나리께선 대영주가 되셔야 할 분이오."

"말은 고맙지만 그만 주절거리고 담을 도로 넘어 가거라."

"저는 가가의 3백 석 녹봉을 던지고 온 것입니다."

"그건 네 마음이고."

"내일 다시 찾아뵙지요."

자리에서 일어선 한베가 허리를 굽혀 주군께 행하는 예를 차렸다.

"나리의 검술은 제가 본 적도 없는 신검술(神劍術)이었습니다."


방으로 들어선 박영준이 어둠에 덮인 안쪽 침상을 보았다. 방주 연화의 침실이다. 그때 침상에서 인기척이 들리더니 연화가 말했다.

"한솔인가?"

"그렇습니다."

"늦었어."

100

"검술 연마를 했소."

침상으로 다가간 박영준이 저고리를 벗으면서 말을 이었다.

"신라 공주를 피신시켜준 인사가 늦었습니다, 폐를 끼쳤소."

"정실이 후실 챙겨준 거야."

박영준이 옆으로 눕자 몸을 붙이면서 연화가 말했다.

"하진의 성품이 곱더군."

"여우라고 하시지 않았소?"

"그건 신라연락소에 있을 때 이야기지, 나한테 언니라고 부르는 사이에서는 아니야."

연화의 손이 뻗어 나와 박영준의 바지 끈을 풀었다. 박영준도 저절로 연화의 바지를 벗긴다. 백제방의 밤이 깊어가고 있다. 뜨거운 밤이다.


다음 날 오전, 청으로 나온 달솔 사척이 연화에게 보고했다.

"방주, 서문(西門) 안 백제촌에서 귀남이라는 사내가 어젯밤 피살당했습니다."

청 안이 조용해졌고 사척의 말이 이어졌다.

"칼로 뒤에서 베였는데 어깨에서 허리까지 거의 두 동강이 나도록 잘렸소."

연화가 이맛살을 찌푸렸고 사척의 목소리가 청을 울렸다.

"그런데 귀남은 서문 안 백제촌의 향도올시다. 2백여 명의 백제인을 지도하는 인물인데 뒤에서 암습을 당했소."

"누구 소행인 것 같소?"

답답해진 연화가 불쑥 묻자 사척이 머리를 기울였다.

"신라연락소 무반 짓일 수도 있고 아스카에 잠입한 외부 영주들의 자객이 한 짓일 수도 있습니다."

"고구려 유민들의 짓일 수도 있겠지."

연화가 혼잣소리처럼 말한 것은 사척을 비꼬는 것이다. 사척이 헛기침을 했다.

"방주, 사건을 조사해서 백제방 주민을 안돈시켜야 합니다, 감찰관을 보내 조사하게 하십시오."

"감찰관이 살인범 수사관인가?"

연화가 묻자 사척이 외면하고 대답했다.

"감찰관밖에 나설 인물이 없습니다."

그때 옆쪽에 서 있던 박영준이 단상의 연화에게 말했다.

"제가 가 보겠습니다."

"그러겠는가?"

연화가 외면한 채 되묻고는 자리에서 일어섰다.

"감찰관이 백제촌 동향을 파악할 겸 가보는 것도 좋겠지."


"감찰관이 서문 안 백제촌에 갑니다."

고토가 한베에게 다가와 말했다.

"어젯밤에 백제촌 향도가 살해된 사건을 조사하려고 간답니다."

"전(前)에는 하급 관리를 보냈는데 이번은 다르군."

"달솔 사척이 주장했답니다."

둘은 백제방 북쪽 담장에 기대서서 말을 주고받는다. 사시(오전 10시) 무렵, 둘은 떠돌이 행상 차림으로 허리에는 칼을 찼다. 머리를 끄덕인 한베가 발을 떼며 말했다.

"달솔 사척이 방주 대신으로 감찰관을 견제하는군, 방주와 감찰관은 이제 동체(同體)니까 말이야."

"밤마다 방주 침소에서 우는 소리가 들린답니다, 방주가 우는 것이지요."

"시끄럽다."

"감찰관은 복이 터졌소, 신라 공주까지 제 것으로 만들었으니."

"이놈아, 신라 공주는 지금 실종 상태다, 소문 퍼뜨리지 마라."

"이미 소문은 다 났소."

한베의 발길은 서문 쪽으로 향하고 있다. 실제로 본 사람은 없지만 시중(市中) 소문이 허황된 것만은 아니다. 신라 공주 하진을 구해준 것이 백제방 감찰관인 것이다. 말 지어내기 좋아하는 인간들이 박영준과 하진을 연결시킬 만했다. 둘이 배에서부터 약조를 했다는 소문도 있다.


시체를 내려다본 박영준이 숨을 삼켰다. 몸이 절단되어 있는 것이다. 시체는 창고 안에 옮겨져 있었는데 피비린내가 가득 차 있다. 다로는 멀찍이 떨어진 창고 문 쪽에 서서 비린내를 맡지 않으려고 했다.

"귀남이도 검술이 능한데 뒤에서 갑자기 베어버린 모양이오."

박영준을 안내한 촌로(村老) 온보가 설명했다. 창고 안에는 백제촌 주민 서너 명이 따라와 있다. 온보가 말을 이었다.

"집의 대문 앞에서 당했습니다. 몸에 지닌 것도 없어서 원한을 가진 놈의 소행이오."

"누가 있소?"

박영준이 묻자 주민 하나가 대답했다.

"백제촌 주민은 아니오. 그럴 위인도 없고 귀남은 인심을 많이 얻었으니까. 신라놈들의 소행입니다."

"그럴 만한 일이라도 있소?"

그때 다른 주민이 나섰다.

"지난달 성문 밖에서 왜인 하나가 무참하게 살해되었는데 허리가 두 동강이 났소. 그런데 그 왜인이 귀남과 거래하는 상인이었단 말입니다."

박영준의 시선을 받은 주민이 말을 이었다.

"귀남이 그 왜인을 살해한 범인이 신라 검사(劍士)라고 떠들고 다녔지요. 그 보복을 한 것 같습니다."

"신라 검사라니?"

이번에는 온보가 나섰다.

"작년부터 신라촌 부근에서 피살자가 여럿 생겼지만 아스카 관리들은 속수무책이었습니다. 그래서 주민들은 신라 검사가 일으킨 사건이라고 부르지요."

"그 증거는?"

"신라를 비방하거나 원한이 있는 자들이 대부분 살해되었기 때문이오."

그러면 귀남도 그중 하나가 된다. 박영준이 머리를 끄덕이며 말했다.

"시신은 치우시오."


백제촌에서 돌아오던 박영준의 말 옆으로 사내 하나가 다가왔다.

"나리, 제가 말고삐를 잡지요."

내려다본 박영준이 사내가 어젯밤에 본 한베임을 알았다.

"이놈, 귀찮구나."

"백제촌 살인 사건을 보고 오시지요?"

말고삐를 쥔 한베가 박영준을 올려다보며 물었다. 갑자기 다가온 터라 뒤를 따르던 다로와 기마군들이 당황했지만 박영준이 손을 들어 진정시켰다. 이곳은 시중의 혼잡한 도로다. 기마 일행은 천천히 인파를 헤치고 가는 중이다.

"내 뒤를 따랐느냐?"

"먼저 가서 기다리고 있었습니다."

한베가 정색한 얼굴로 박영준을 보았다.

"주민들은 신라 검사의 짓이라고 하지요?"

"그렇더군."

이제는 박영준도 말을 받는다.

"귀남이 신라 검사를 비방하고 다녔다는 거다. 그래서 베었다는군."

"신라 검사는 없습니다."

"네가 어떻게 아느냐?"

"절 수하로 인정해 주시지요. 저는 가가의 신하로 10년 동안 아스카는 물론 왜국을 돌아다니면서 정보를 모았습니다."

한베가 절절한 표정으로 박영준을 올려다보았다.

"제가 나리의 길잡이가 되지요, 주군."

"주군이라고 했느냐?"

쓴웃음을 지은 박영준이 묻자 한베가 정색하고 대답했다.

"예, 주군."

"난 너한테 줄 녹봉이 없다."

"나중에 영지를 갖게 되면 주십시오."

"신라 검사가 없다고 했느냐?"

"나루세 영주 다무라 님이 가가와 오오토모의 정보원을 베어 죽이는 것이지요."

한베가 목소리를 낮추고 말을 이었다.

"다무라 님이 고용한 무사 효고의 소행입니다, 주군."

"네가 어떻게 아느냐?"

"다무라 님 측근에서 얻은 정보지요."

"다무라가 그러는 이유는?"

"아스카에 영향력을 키우려는 것입니다."

"그렇다면 가가, 오오토모는 가만히 당하고만 있단 말인가?"

"가가에서는 료마라는 검사를 보냈지만 지난달에 오히려 목이 잘렸지요. 그래서 지금 검사를 물색하는 중입니다."

길이 더 복잡해졌기 때문에 인마의 속도는 늦춰졌다. 말고삐를 쥔 한베가 박영준의 말을 길가로 끌면서 말했다.

"오오토모 측에서는 아직 내막을 모르고 있습니다."

"그 효고라는 검사는 어떤 놈이냐?"

"빼어 치기의 달인인데 다무라 님이 5백 석 녹봉을 주고 고용했다고 합니다."

"굉장한 놈인 모양이군."

"주군께 비교하면 어른 앞의 아이일 것입니다."

"네가 그놈이 칼 쓰는 것을 보았느냐?"

"저도 15년 동안 검술 수련을 했습니다만 주군의 검법은 생전 처음 보는 것이었습니다."

그럴 만도 했다. 박영준이 시전(示展)했던 검술은 중국 대륙을 석권한 무당파의 검술을 집합한 것이었기 때문이다. 한베의 넋이 나갈 만했다. 이윽고 박영준이 머리를 끄덕였다.

"내일 밤 자시에 나한테 오너라."

그 시간에 스미코 천황은 침실 옆 대기실에서 백제방주 연화와 밀담 중이다.

시녀들도 다 물리친 방안에서 둘이 마주보고 앉아 있다. 스미코가 연화를 급히 불러낸 것이다. 이윽고 스미코가 머리를 들고 연화를 보았다.

"하찌만이 야마시로에서 피살되었다는 소문이 있다."

놀란 연화가 눈만 크게 떴고 스미코가 말을 이었다.

"야마시로에서 온 정보원이 어젯밤 말해주었다."

"마마, 그런 소문은 지난달에도 나지 않았습니까? 그때는 단바에서 도둑떼를 만나 살해당했다는 소문이 났지요."

연화가 조심스럽게 말을 이었다.

"작년에도 두 달이나 연락이 끊겼다가 돌아오시지 않았습니까? 조금만 더 기다려 보시지요."

"이번은 석 달 반이나 지났어."

스미코의 눈썹이 치켜졌다.

"그리고 수행원 네 놈 중 단 한 놈도 연락이 없다. 작년에는 수행원들이 수시로 소식을 보내 주었지만 지금은 두 달 동안 아무 연락이 없다."

연화가 입을 다물었고 스미코는 긴 숨을 뱉었다.

"이께다는 신라 공주가 잠적해버린 것을 알았는지 방에서 두문불출이야. 이제 천황가의 대가 끊어지게 되었다."

"마마, 그렇게 될 리는 없습니다."

"그래서 너한테 부탁이 있다."

"말씀하십시오."

"내일 감찰관을 데려온다고 했느냐?"

"예, 내일 인사를 드릴 것입니다."

"감찰관에게 하찌만을 찾으라는 밀명을 내릴 작정이다."

그 순간 숨을 들이켠 연화가 스미코를 보았다.

"마마, 감찰관은 아직 지리에 익숙하지 않습니다."

"너도 아스카 밖은 모르지 않느냐? 길 안내를 붙이면 된다."

"…."

"감찰관이 거인에다 무술의 달인이라는 소문이 있다. 맞느냐?"

"예. 그것은…."

"더구나 네 수하라 믿을 만하고 특히 네 지아비이니 믿을 만해서 그런다."

스미코가 지아비라고 하는 바람에 연화의 얼굴이 붉어졌다. 그것을 본 스미코가 쓴웃음을 지었다.

"내가 대왕께 너희 둘의 혼례를 빨리 치르는 것이 좋겠다는 사신을 보낼 예정이다."

"예, 마마."

연화가 겨우 대답했을 때 스미코가 다짐하듯 말했다.

"될 수 있는 한 빨리 출발시켜야겠다."


연화가 황궁에 들어간 터라 보고는 사척이 받았다.

"왜인의 소행 같습니다."

박영준이 그렇게만 말했더니 사척의 이맛살이 찌푸려졌다.

"그 증거가 있는가?"

"소문이오."

"내가 들은 소문은 신라 검객이던데."

"나루세에서 보낸 왜인 검객이라는 소문이 있습니다."

"나루세에서?"

사척이 되물었고 주위에 선 관리들이 웅성거렸다. 의외였던 것이다. 백제방 청 안이다. 박영준이 둘러선 관리들을 훑어보고 나서 말을 이었다.

"지금까지 의문의 피살을 당한 사람은 지난 1년 동안 20여 명인데, 모두 왜인이었고 백제계로는 귀남 하나뿐이었소. 그런데 피살된 나머지 왜인은 모두 가가, 오오토모의 정보원이었습니다."

"아니, 그대는 잠깐 백제촌에 들어갔다 왔는데 어찌 그리 잘 아는가?"

놀란 사척이 묻자 박영준의 얼굴에 쓴웃음이 번졌다.

"소인도 정보원을 고용했기 때문이오."

"나루세의 검객이 살인을 저질렀다는 말이지?"

"예. 아스카에 혼란을 조성하기 위해서 먼저 가가, 오오토모의 정보원을 암살하고 정보를 독점하려고 했습니다."

"그것을 가가, 오오토모 측에서 아는가?"

"아마 지금쯤 소문이 그쪽에도 닿았을 것입니다."

"허, 아스카의 3영주 간 전쟁이 일어나겠군."

"나루세가 불씨를 일으킨 것이지요."

"그 말이 맞건 안 맞건 간에 그대가 맡은 일은 확실하게 해놓고 돌아왔군."

마침내 사척이 박영준을 치하했다.

그날 밤 잠자리에 들었을 때 연화가 박영준의 가슴에서 얼굴을 들고 말했다.

"내일 천황이 그대에게 하찌만 황자를 찾으러 야마시로에 가라고 할 거야."

"야마시로?"

박영준이 되묻자 연화가 두 팔로 허리를 감싸 안았다.

"이곳에서 4백 리 떨어진 곳이야. 영주는 다케다, 45만 석의 영지에 군사는 5만. 중부의 강자지"

"…"

"48세로 50세가 되기 전에 아스카로 진군해서 천황을 모시고 장군이 되겠다고 공언하고 있는 인간이야."

"…"

"욕심이 많고 교활하고 용병술이 뛰어나 지금까지 패한 적이 없어. 위쪽의 단바 영주 사이고 하고는 원수지간이어서 사이고만 없었으면 벌써 아스카로 동진(東進)해 왔을 거야."

"황자가 야마시로에 있소?"

"야마시로에서 피살당했다는 소문이 있기 때문이야."

"거긴 뭐 하러 간 거요?"

"석 달 전에 수행원 넷을 데리고 황궁을 빠져나가 세상유람을 다닌 것이지. 한 달 전에는 단바에서 살해당했다는 소문이 났었고."

"찾으면 끌고 오라는 겁니까? 시체는 싣고 오고?"

"스미코 천황이 그대에게 관작을 내리면서 지시할 거야. 백제방을 위해서라도 명을 받들도록 해."

연화가 박영준의 바지 끈을 풀면서 말했다.

"천황께서도 그대를 내 지아비로 인정하셨어."

"그대는 4품 소례다."

스미코가 엄숙한 표정으로 말했다.

"관작을 받으라."

그러자 옆쪽에서 황궁 관리가 두 손으로 예복과 띠, 소례라고 붉은색 글자가 새겨진 상아 호패를 가져왔다. 청 안의 관리들이 엄숙하게 늘어선 중앙에서 박영준이 받아들고 허리를 굽혀 사례했다.

"삼가 명을 받들겠소."

4품 소례면 영주 급이다. 아스카 3영주의 품위는 3품 대례지만 지금 위세를 떨치고 있는 야마시로나 단바 영주의 품위도 4품인 것이다. 백제방 감찰관 박영준의 상견례가 끝나고 관리들이 흩어졌다. 박영준도 연화를 따라 나와 청 앞마당을 건너 밖으로 나온 다음, 다시 옆쪽 내궁의 쪽문을 열고 안으로 들어섰다.

그곳에서 기다리던 시녀의 안내로 다시 내궁 안 접견실로 들어섰을 때 기다리고 앉아 있던 스미코 천황이 둘을 맞았다. 접견실에는 셋뿐이다. 그때 스미코가 박영준에게 말했다.

"소례, 방주한테 이야기 들었겠지? 내일 중으로 야마시로에 가주기 바란다."

자시(12시)가 되자 백제방의 별채는 깊은 정적에 덮였다. 별채 왼쪽의 6칸짜리 객사에도 불이 꺼졌다. 이곳이 감찰관의 숙소인 것이다. 이곳은 외진 곳이라 한낮에도 인적이 드물다. 박영준이 담장 쪽으로 다가갔을 때 앞쪽 담장이 흔들리는 것 같더니 곧 검은 그림자가 떼어졌다.

박영준이 다가가자 그림자의 형체가 드러났다, 한베다. 검정색 옷차림의 한베가 한쪽 무릎을 꿇고 박영준을 보았다.

"주군, 하찌만 황자를 찾으라는 밀명을 받으셨지요?"

불쑥 한베가 묻는 바람에 박영준은 쓴웃음을 지었다. 스미코와 연화, 그리고 박영준만 아는 비밀로 하라고 했던 것이다.

"어떻게 알았느냐?"

"천황의 시녀가 궁중 위사에게 말해주는 바람에 이미 시중에 소문이 쫙 퍼졌습니다."

한베가 말을 이었다.

"천황가의 기강이 문란해져서 이께다 왕자가 소경이 되었다는 소문도 요즘 번져가고 있습니다."

"나는 내일 떠난다."

"그래서 제가 주군을 모시고 가려고 준비하고 있습니다."

"이놈이 주군, 주군 해대는구나."

"주군께서 이미 마음을 굳히신 것으로 알고 있습니다."

"좋다, 한베. 네가 내 첫 가신이다."

"예엣."

한베가 두 손을 땅바닥에 짚고 납작 엎드렸다. 이마를 땅바닥에 붙였다가 뗀 한베가 박영준을 보았다. 어둠 속에서 두 눈이 번들거리고 있다.

"목숨을 바쳐 충성하겠습니다, 주군."

"내일 떠나기 전에 이곳에서 처리해야 할 일이 있다."

"말씀 하시지요, 주군."

"나루세의 검사 효고를 베고 가야겠다."

그러자 한베가 어깨를 부풀렸다.

"효고가 동문 근처의 애첩 집에 묵고 있습니다, 지금쯤 집에 들어와 있을 것입니다."

효고 신지는 왜인답지 않게 큰 키에 완력이 세었다. 아스카에 온 후에 낮에는 상인 차림으로 시내를 배회하다가 밤에만 살인을 했는데 지금까지 살인한 숫자가 2백 인 가깝게 되었다.

아스카에서는 하루에도 수십 건씩 살인 사건이 일어나는 터라 효고의 살인은 묻혔지만 엄청난 숫자다. 오늘도 효고는 서문 안에서 가가에 양곡 거래를 하는 상인 하나를 베어 죽이고 돌아온 참이다. 강도로 위장하려고 상인이 차고 있던 전대를 풀어왔는데 안에 금 12냥이 들어 있었다.

횡재를 한 효고의 애인 시즈코가 기뻐 날뛰는 바람에 집안이 한바탕 떠들썩해졌다. 시즈코는 기방에서 몸을 팔던 창기였는데 효고가 금화 3냥을 주고 빼내어서 살림을 차려준 것이다.

"나리, 이 돈으로 방 4칸짜리 저택을 삽시다. 하녀까지 한 명 데려올 수 있어요."

시즈코가 아양을 떨며 말했다.

"그동안 주신 돈이 금화 7냥쯤 되니까 가재도구도 다 바꿀 수 있어요."

"나중에."

말을 자른 효고가 칼날에 기름칠을 하다가 멈추고는 귀를 기울이는 시늉을 했다. 이곳은 주택가 골목 안의 집으로 대문 밖은 사람 셋이 겨우 다닐 수 있는 골목이다. 머리를 든 효고가 시즈코에게 말했다.

"불을 꺼라."

효고의 표정을 본 시즈코가 등잔 앞으로 무릎걸음으로 다가가더니 입김으로 불을 껐다. 그때 효고가 다시 낮게 말했다.

"넌 네 방으로 들어가 있어."

시즈코는 효고가 검사인 줄은 안다. 숨을 죽인 시즈코가 소리 없이 미닫이문을 열고 옆방으로 들어갔다. 효고는 기름칠을 끝낸 장검을 치켜들고 자리에서 일어섰다. 분명히 인기척을 들었던 것이다.

인기척은 골목이 아니라 마당에서 났다. 10평 정도의 좁은 마당이지만 효고가 검술 수련을 하는 데는 적당한 넓이다. 일어선 효고가 다시 귀를 기울였다. 인기척은 뚝 끊겨 있다. 그러나 그것으로 방심할 효고가 아니다. 숨을 죽인 효고의 얼굴에 웃음이 떠올랐다. 인기척의 숨소리가 들리는 것이다.


담장 위에 걸터앉은 한베가 20보쯤 건너편의 방을 주시하고 있다. 조금 전 방의 불이 꺼지더니 문 여닫는 소리가 난 것이다. 방에서 남녀의 도란거리던 소리가 뚝 그쳤고 이제는 정적에 덮여 있다. 숨을 고른 한베의 시선이 왼쪽으로 옮겨졌다. 주군 박영준이 마당 끝에 서 있는 것이다.

장검을 지팡이처럼 땅에 붙이고 서서 안방을 주시하고 있다. 안방과의 거리는 10보 정도, 효고가 인기척을 눈치챈 것 같다. 그래서 주군은 저렇게 기다리고 있지 않은가? 한베는 소리 죽여 침을 삼켰다. 그 순간 목구멍 안에서 마치 한 바가지의 물이 위장으로 떨어져 내려가는 소리가 났다. 바로 그때다.

방문이 젖혀지면서 검은 덩어리가 밖으로 튕겨 나왔다. 효고다. 한

114

베가 저절로 눈을 치켜떴고 입을 딱 벌렸다. 효고의 몸놀림이 그야말로 전광석화다.

효고가 뛰쳐나오는 순간 박영준은 그대로 선 채 움직이지 않았다. 화살처럼 다가온다는 표현이 맞다. 눈 깜박하는 사이에 효고의 모습이 선명해졌다. 두 손으로 장검을 움켜쥐고 치켜든 자세, 내려칠 때의 속도는 엄청날 것이었다. 빈틈이 없다.

어느 쪽으로 움직여도, 땅바닥으로 굴러도, 하늘로 솟아도, 거리가 두 발짝 앞으로 다가왔고 효고의 장검이 내려쳐졌다. 기합 소리가 함께 울린다.

"야앗!"

기합 소리는 밤하늘에 우렛소리처럼 울렸다.

효고 신지는 장검이 내려쳐진 순간 심장 박동이 빨라졌다. 벤 것이다. 지금까지 수백 번 겪은 경험이다. 그러나 그 찰나 같은 다음 순간이 되었을 때 효고의 심장이 더 빨리 한 번 뛰었다. 머릿속 뇌는 심장보다 몇백 배 빨리 생각을 펼쳐 놓았다. 허공을 베었다!

장검이 아직 밑까지 내려가기도 전에 뇌가 전달해준 것이다. 헛칼질, 그것은 바로 치명상으로 연결된다. 이런 경우는 처음, 다음 순간 효고가 몸을 비틀어 상대방의 공격을 피했다. 그때서야 헛칼질한 칼날이 땅바닥에 닿는 충격을 느꼈고 몸은 반쯤 비틀어진 상태, 참으로 유연하고 빠른 대응이다. 그러나 다음 순간.

"으악!"

효고의 입에서 비명이 터졌다. 아무리 천하장사라고 해도 불의의 충

115

격을 받으면 고통의 신음이 저절로 터져 나오는 법이다. 효고는 몸을 비튼 채 자신의 손에서 장검이 떨어져 나가는 것을 보았다. 아니, 두 손이 팔목에서부터 함께 절단되어 장검과 함께 떨어진 것이다.

이제 효고는 두 손이 없어진 채 몸을 바로 세웠다. 그러나 몸의 기능은 뇌에서 제대로 전달을 받지 못한 채 두 팔이 안으로 좁혀져 있다. 마치 장검을 쥐고 있는 모양이 된다. 잘린 양쪽 팔목에서는 피를 내뿜고 있다.

"으으윽!"

제 팔을 내려다본 효고의 입에서 다시 절규 같은 신음이 터졌다. 그때 효고는 입을 딱 벌렸다. 이번에는 양쪽 무릎 밑이 '시큰'하는 느낌이 들더니 몸이 앞으로 쓰러져 버린 것이다. 그리고 보라, 두 다리가 땅바닥을 딛고 그대로 서 있다. 무릎 밑에서 절단된 두 다리가, 다리만 서 있는 것이다.


백제방으로 돌아가는 동안 박영준과 한베는 입을 열지 않았다. 둘다 상인 차림으로 박영준은 다섯 자(150센티)짜리 긴 지팡이를 쥐었고 한베는 장검을 찼다. 박영준의 지팡이는 안에 날이 넉자(120센티)가 되는 장검이 끼어져 있는 것이다. 말없이 걷던 둘이 백제방 대문이 보이는 대로에 나왔을 때다.

"주군, 그 검법이 무슨 검법입니까?"

벼르고 있었던 것처럼 한베가 물었다.

"마치 흐느적거리는 것처럼 주군께선 칼을 흔드셨는데 효고보다 머리칼 한 올만큼 빨리 움직이셨소."

"그림자 검법이다."

116

발을 떼며 박영준이 말하자 한베가 바짝 따르면서 다시 물었다.

"그림자 검법이라니요? 누가 시조(始祖)이십니까?"

"나다."

숨만 들이켠 한베는 박영준의 말을 이어서 듣는다.

"내가 창안했다. 그림자처럼 붙어서 떼어지지 않는 검법이다. 상대의 그림자가 되었다가 머리칼 한 올만큼 먼저 치는 것이다."

한베는 눈만 껌벅였다.


다음 날 오시(12시) 무렵, 아스카의 북문을 나서는 기마인 5명이 있다. 모두 상인 차림으로 짐을 실은 말 5필에 예비마 3필까지 끌고 가는 행차였는데 먼 길을 가는 행상단이다. 오가는 행상단이 많았기 때문에 큰 주의는 끌지 않았지만 아스카를 벗어나 호젓한 대로에 들어서자 뒤를 따르던 고토가 말했다.

"쑥고개 산적들한테 기별이 갔을 것입니다."

쑥고개는 이곳에서 30리(15킬로)쯤 떨어진 고개를 말한다. 고개에 쑥이 많아서 쑥고개지만 길고 모퉁이가 많은 터라 산적 떼가 6개 무리나 모여 있는 곳이다. 고토가 소리치듯 말을 이었다.

"해질 무렵에 쑥고개 밑의 주막에서 쉬고 내일 아침에 행상단과 무리를 지어 올라가도록 하지요."

그때 안내역으로 붙여진 황실 관리 후부키가 말했다.

"옳습니다, 대감."

후부키는 박영준을 대감으로 부른다. 일행은 고토, 다로, 한베까지 합해 다섯이 된다.

쑥고개 밑 주막에 도착했을 때는 술시(8시)가 되어갈 무렵이다. 예상

117

보다 늦게 도착한 것이다. 주막은 숙사가 2채나 되는 데다 하인이 10여 명이나 되었다. 손님이 많아서 70, 80명이 토방과 주막 안 마룻방에서 저녁을 먹거나 술을 마셨는데 소란했다. 박영준 일행이 들어서자 하인 하나가 맞았다.

"방이 두 개 남았소, 방값이 하룻밤에 20푼, 식사는 1인당 10푼, 말 먹이로도 10푼을 받소."

"허, 이런 도둑놈."

고토가 눈을 부라렸다.

"손님이 많다고 방값, 밥값을 두 배씩 올리는구나. 네놈들은 산적보다 더 나쁜 놈들이다."

"난 모르겠소, 주인한테 물어보시오."

하인이 몸을 돌려 버렸다.

"제가 주인을 만나고 오지요."

한베가 말하더니 주방 안으로 들어간 지 얼마 되지 않아서 주인으로 보이는 사내와 함께 박영준 앞으로 다가왔다. 50대쯤의 대머리에 가는 체격의 사내다.

"방 세 개를 드리지요."

사내가 허리를 굽히고 나서 말했다.

"내일 아침에 이곳 일행이 모두 함께 떠납니다. 행상꾼이 데려온 경호역이 모두 20명 가깝게 되니까 도둑떼가 두 패 이상 합치지 않으면 덤비지 못할 것입니다."

"잘되었군."

박영준이 주인에게 사례했다.

"그리고 고맙소."

"아닙니다, 감찰관 나리."

사내의 얼굴에 웃음이 떠올랐다.

"제가 백제계올시다. 제 부친이 50년 전에 웅진성에서 옮겨 오셨지요."

주위를 둘러본 주인이 목소리를 낮췄다.

"이곳 손님들 중에 도적의 세작이 끼어 있습니다. 그러니 물건은 방에 두시고 감시를 붙여 놓으셔야 합니다."

그들이 이야기를 하는 도중에도 이곳저곳에서 시선이 모였다. 머리를 끄덕인 박영준이 주인의 안내를 받고 마룻방을 나갔다.


"주군, 효고를 베셨으니 아스카가 떠들썩해질 것입니다."

저녁을 마치고 방에 둘이 남았을 때 한베가 박영준에게 말했다.

"무참하게 죽었으니 소문이 불길 일어나듯이 번지겠지요."

"내가 일부러 그런 거다."

"주군께서 그럴 의도신지 알고 있었습니다."

한베가 두 손을 방바닥에 짚고 박영준을 보았다.

"주군, 아스카 3영주 중 나루세의 다무라 님이 가장 호전적입니다."

박영준이 잠자코 시선만 주었고 한베가 말을 이었다.

"또한 천황가의 관백과 중신들을 포섭해 놓아서 만일 아스카에 진입한다면 천황을 대신해서 섭정 노릇을 하는 데 가장 유리하지요."

"군사는 얼마나 되느냐?"

"32만 석에 3만 명 정도입니다. 가가보다 약간 많고 오오토모의 36만 석보다는 약간 적지만 군사가 강군(強軍)입니다."

한베의 목소리가 더 낮아졌다.

"이곳 쑥고개도 나루세 영지에서 가깝습니다. 도적 무리를 배후에서 조종한다는 소문이 있지요."

박영준이 벽에 등을 붙이고 말했다.

"나는 이제 전장(戰場)으로 들어가는 것 같다."


그날 밤 자시(12시) 무렵, 쑥고개 중턱의 '오끼동굴'에서 두목 오끼가 주막에서 달려온 가네의 보고를 받는다.

"행상 중에 변복을 한 관리가 있습니다."

가네가 작은 눈을 반짝이며 말했다.

"일행이 다섯인데 그중 수뇌는 거인(巨人)이고 관리 행색의 둘이 따르고 둘은 시종인데 모두 칼을 찼습니다."

"황궁 놈들이군."

7년 동안 쑥고개에서 강도질을 한 터라 오끼가 대번에 말했다. 오끼는 33세, 본래 나루세 영지 안에서 대장장이로 먹고 살다가 칼을 맞추러 온 관리와 시비가 붙어서 들고 있던 도끼로 죽인 다음 이곳으로 도망쳐 온 것이다. 힘이 장사인 데다 눈치가 빠르고 부하들을 잘 장악해서 나루세의 6도적 무리 중 세 번째 서열에 든다. 휘하 부하는 50여 명, 쑥고개로 오르는 4개의 길목 중 두 번째 길을 차지하고 있다. 오끼가 가네에게 물었다.

"주막에 다 있느냐?"

6무리 도적단 정탐꾼들이 다 있느냐고 묻는 것이다.

"예, 다 있지요."

"수괴가 거인이라고 했어?"

"예, 저보다 대갈통 2개는 더 컸습니다."

"아나코산 위쪽에 그런 거인들이 많지, 털이 많이 났더냐?"

"털은 없습니다."

"혹시 백제에서 데려왔다는 백제방의 감찰관놈 아니냐?"

"감찰관놈이 뭐 하러 쑥고개로 오겠습니까? 아스카에도 할 일이 많은데요."

"그건 그렇지."

"두목, 어떻게 할까요? 정탐꾼들이 모두 그놈들을 노리고 있습니다."

"우리 길로 와야 잡지."

"운선령을 건너기 전까지는 임자 없는 땅 아닙니까? 숲 속에 숨어 있다가 먼저 덮칩시다."

"이놈이 급했구먼."

"말이 모두 13필이오, 5필에는 귀물이 가득 실려 있습니다."

"…."

"행상의 물품이 아닙니다. 금화나 은화 자루가 실린 것 같아요. 대나무 광주리를 마치 돌덩이를 실은 것처럼 무겁게 내려놓습니다."

마침내 오끼가 허리를 폈다.

"소두목들을 모두 모아라."


"이쪽입니다."

한베가 가리킨 길은 능선 우측으로 뻗은 길이다. 쑥고개는 산중턱을 여러 번 휘어 도는 지형으로 길이 여러 가닥으로 나뉜다. 고개 중턱까지 가는 동안 모두 4개 가닥으로 갈라지는데 그 가닥 끝의 목적지가 각각 다르기 때문이다. 지금 박영준 일행은 두 번째 가닥으로 꺾어지고 있다. 밤하늘 중천에 보름달이 떠 있어서 건너편 산마루까지 보인다.

박영준이 발을 떼며 말했다.

"아침에는 주막에서 우리가 사라진 것을 알아차리게 되겠지."

"예, 주군."

한베의 얼굴에 쓴웃음이 떠올랐다.

"주막 주인 연태가 도와주지 않았으면 나오기 힘들었을 것입니다."

그때 안내역 후부키가 말했다.

"대감, 이 길은 나루세로 통하는 길이옵고 길목 주인이 오끼라는 놈입니다."

후부키가 말을 이었다.

"이 길목을 지나는 행상이나 행인이 오끼의 몫이라는 것입니다."

"그런가? 그럼 오끼의 소굴도 이 길목에 있겠구나."

"예, 대감."

"그대는 아는가?"

"모릅니다."

후부키는 40대 중반으로 작은 체구다. 후부키의 시선이 한베에게로 옮겨졌다.

"그대가 나보다 더 잘 아실 것 같은데, 말씀해보시오."

"아니, 대의님, 내가 뭘 안다고 그러시오?"

놀란 듯 한베가 되묻자 후부키가 정색했다.

"그대를 유심히 보았소. 그대는 나보다 지리나 사정을 더 잘 아는 사람이오."

"대의님은 거기에다 각 영주의 내막을 꿰고 계시지요."

웃음 띤 얼굴로 말한 한베가 박영준을 보았다.

"주군, 제가 성 밖 물정을 안다면 대의님은 각 영주의 성안 속사정을 아시는 분입니다."

박영준이 머리를 끄덕였다. 대의(大義)는 후부키의 벼슬 이름이다. 7
품 벼슬의 대의는 궁중 벼슬이긴 하나 지방으로 나가면 고위직이다. 황
실의 권위가 셌을 때는 영주가 마중을 나오기도 했다.


아침, 날이 밝았을 때 안채 마당에 들어갔다 나온 소다가 눈을 부릅
뜨고 소리쳤다.

"어젯밤에 온 행상 일행이 없어졌어!"

그때 청에 모여 있던 사내들 중에서 셋이 뛰어 일어나 안채 마당으
로 달려갔다. 6개 무리의 정탐꾼들이다.

"그게 무슨 말이오? 누가 없어졌어?"

행상 하나가 물었지만 막상 소리쳤던 사내도 몸을 돌리더니 뛰어 나
갔다.

"별일이군."

사내가 투덜거리자 나이든 동료 하나가 말했다.

"저 뛰어나간 놈들이 도둑들의 정탐꾼들이야."

"형님이 어떻게 아시오?"

"보면 모르나? 행상인 척하지만 짐도 없고 말도 없어, 하인들이 저놈
들 눈치만 보고. 그만하면 알겠나?"

그때 행상 하나가 청 안으로 들어오더니 혼잣소리로 말했지만 다 들
렸다.

"별일이네. 사내들이 엉덩이에 불이 붙은 것처럼 제각기 고개 위쪽
으로 달려가고 있어."

모두 입을 다물었다.

"무엇이? 밤에 없어졌어?"

오끼의 목소리가 동굴을 울렸다. 동굴 안이 조용해졌고 모두의 시선이 모였다. 주막에서 달려온 가네는 가쁜 숨을 몰아쉬고 있다. 반나절 동안에 주막에서 동굴까지 두 번 왕복을 한 셈이다.

"예, 아침에 일어나 보니까 말까지 다…."

"이런 병신 같은…."

어깨를 부풀렸던 오끼가 힐끗 동굴 밖을 보았다. 환하다. 아마 오시(12시)쯤 된 것 같다. 진시(8시) 무렵에 호구 일행이 없어진 것을 안 가네가 두 시진(4시간) 동안 다시 죽을 둥 살 둥 뛰어온 것이다. 밤에 없어졌다면 그 호구들은 이미 쑥고개의 정상 근처까지 닿았을 것이다.

"위쪽 하야시와 마고네 진에 정탐병을 보내라."

오끼가 이 사이로 말했다.

"주막을 떠난 걸 아무도 몰랐다면 위쪽 놈들도 허탕을 쳤을 거다."

우리가 먹지 못했다면 다른 쪽도 그래야만 공평하다. 소두목 하나가 서둘러 정탐병 둘을 동굴 밖으로 내보내자 오끼가 입맛을 다셨다.

"쑥고개를 떠나 아스카에서 민가를 터는 것이 낫겠다."

그때 밖에서 외침 소리가 울렸다. 한낮에 외침이 울린 것은 쑥고개 7년 생활 동안 처음이다.

# 12장 백제영주

"무슨 일이냐!"

놀란 오끼가 소리치자 졸개 서너 명이 우르르 밖으로 뛰어나갔다. 동굴 안에는 20여 명의 부하가 모여 있었는데 모두 긴장하고 있다. 오끼가 물었다.

"밖에 누가 있었느냐?

"번을 서는 두 명이 있었습니다."

누군가 대답했을 때 밖에서 외침 소리가 다시 들리더니 부하 하나가 뛰어 들어왔다. 두 눈이 치켜떠져 있다.

"두목! 당했습니다!"

"뭐가 말이냐!"

이제는 화가 솟구친 오끼가 버럭 소리쳤다.

"살에 맞았소!"

부하가 헐떡이며 말을 이었다.

"넷이오! 번을 서는 놈들 둘은 이미 죽었고 방금 나간 아사노, 쥬베가 또 살을 맞았소!"

"뒤쪽으로 나가자!"

벌떡 일어선 오끼가 벽에 세워둔 장검을 들고 소리쳤다.

"놈들이 앞쪽에 있다!"


"이놈들이 태평성대를 누리고 있었구먼."

화살을 시위에 먹인 박영준이 동굴 출구를 응시하면서 말했다. 이곳에서 동굴 출구까지 거리는 70보 정도, 박영준이 쥔 백제 각궁으로는 10발 10중이다.

"주군, 여우 사냥하는 것 같습니다."

옆에 엎드린 한베가 손에 화살통을 쥐고 말했다. 동굴 정면의 경비병과 안에서 뛰어나온 부하들까지 넷을 활로 쏘아 잡은 후에 바로 뒤쪽 출구 앞으로 옮겨온 것이다. 동굴 앞, 뒤쪽 출입구를 조사하고 나서 뒷문으로 쏟아져 나올 것을 예상한 작전이다. 그때 뒤쪽 출구로 사내 하나가 빠져 나왔다.

"나옵니다!"

한베가 소리쳤을 때 박영준의 시위에서 화살이 날아갔다.

"악!"

70보 거리에서 화살은 금방 닿았고 사내의 신음도 선명하게 들린다. 두 번째로 나온 사내는 다섯 발짝도 떼기 전에 목에 살이 박혀 거꾸러졌다. 뒤쪽 출입구는 좁아서 한 명밖에 나올 수 없는 것이다. 안에서는 밖으로 나간 동료가 무슨 일을 당하는지 알 수가 없기 때문에 계속해서 나오고 있다.

"옳지, 여섯 명."

여섯 번째 사내가 거꾸러졌을 때 갑자기 나오는 산적이 뚝 끊겼다.

"이놈들이 눈치챈 것 같다."

쓴웃음을 지은 박영준이 곧 옆에 놓인 화살을 집었다. 화살촉 바로 위쪽으로 기름종이에 싼 유황탄 뭉치가 붙여진 화살이다. 박영준이 화살을 집자 한베가 부시를 쳐서 종이 뭉치 옆에 끼어진 심지에 불꽃을 옮겨 붙였다.

다섯 치(15센티)쯤 되는 심지가 빠른 속도로 타 들어갔으므로 박영준이 활에 화살을 끼웠다. 그러고는 힘껏 시위를 당겨 동굴 뒤쪽 출구를 겨누었다가 화살 끝을 놓았다.

"팅!"

시위를 튕겨나간 유황탄 화살이 날아갔다. 다음 순간 화살은 동굴 출구로 빨려 들어갔다. 긴장한 둘이 숨을 들이켰을 때다.

"꽝!"

엄청난 폭음과 함께 동굴 뒤쪽 출구 안이 폭발하면서 바윗덩이가 밖으로 쏟아져 나왔다.

"옳지!"

한베가 소리친 순간 동굴 위쪽이 무너지면서 출입구가 바윗덩이로 덮였다. 그때 박영준이 화살통을 집어 들고 뛰었다. 다시 앞쪽 출입구로 돌아가려는 것이다.


"꽝!"

폭음이 울리면서 동굴 앞쪽 입구가 무너졌을 때 오끼는 벽에 등을 붙이고 파편을 피했다.

"우앗! 동굴이 무너진다!"

어둠 속에서 부하 하나가 외쳤다. 이제 동굴 앞, 뒤쪽 출구가 모두 무너진 것이다.

"바위를 치워라!"

소두목 하나가 소리쳤다.

"불을 켜라!"

다시 누가 소리쳤고 비명 소리도 함께 울린다. 폭발하는 파편에 다친 부하들이다. 동굴 안은 아비규환의 지옥이 되었다. 오끼는 어금니를 물었다. 이것이 무슨 일이란 말인가? 이 불벼락은 또 무엇인가?


"동굴 밖에서 12명을 죽였고 나머지는 동굴 안에 매장시켰으니 이제 오끼 무리는 없어졌다고 봐도 될 것 입니다."

말을 몰아 쑥고개 정상으로 오르면서 한베가 말을 이었다.

"위쪽에 노무라 패거리가 있지만 그놈들하고는 길이 다르니 만날 일은 없을 것입니다."

이쪽 방향은 오끼 영역인 것이다. 산적 무리도 영지가 있는 셈이다. 일행 다섯은 일렬종대로 서서 가파른 고갯길을 오르고 있다. 사람들이 나란히 서서 갈 만한 길이어서 말을 탄 일행은 일렬로 설 수밖에 없다. 맨 앞에 선 한베가 머리를 돌려 뒤를 따르는 박영준을 보았다.

"나리, 쑥고개 아래쪽은 나루세입니다, 다무라 님의 영지지요."

"…"

"야마시로를 가려면 사미성을 통과해야 합니다. 그렇지 않으면 산을 돌아가야 하는데 일정이 사흘 늦춰질 것입니다."

"성문의 기찰이 심한가?"

그때 뒤를 따르던 후부키가 말했다.

"사미성주 오꼬모는 다무라의 신임을 받고 있는 인물로 나루세의 3대 무장(武將)에 들어갑니다, 철저한 성품이어서 성문의 기찰이 엄격할 것 같은데요."

"내가 천황이 주신 증표가 있다. 행상 행세를 하되 기찰에 걸리면 증표를 보이도록 하라."

이렇게 결정이 되었다.

사미성의 성문에 닿았을 때는 유시(오후 6시) 무렵, 성문이 조금 전에 닫혔다. 그때 한베의 부하 고토가 다가와 말했다.

"나리, 샛길이 있습니다."

"오, 네가 샛길을 아느냐? 다행이다."

박영준이 웃음 띤 얼굴로 고토를 보았다.

"진즉 말했으면 곧장 샛길로 들어갈걸 그랬지 않느냐?"

"성벽 보수 공사를 하는 곳으로 소인이 두 달 쯤 전에 한 번 지나간 적이 있지요."

말 머리를 돌린 일행은 어두워지기 시작하는 성벽을 따라 걷는다. 과연 1리(500미터)쯤 나아갔을 때 성벽이 드문드문 허물어졌고 보수 공사하는 흔적이 보였다.

초병이 성벽 위에 서 있었지만 허물어진 곳이 많아서 빈틈투성이다. 박영준의 앞쪽에서 민간인 서너 명이 성벽 틈 사이로 빠져 들어가 보이지 않았다.

"이렇게 허점이 많다니."

이맛살을 찌푸린 박영준이 앞쪽에 크게 허물어진 성벽 옆으로 다가가 멈춰 섰다. 일행이 주위에 모여 서자 박영준이 쓴웃음을 짓고 말했다.

"오꼬모가 철저한 성품이라고 했지?"

후부키의 시선을 받은 박영준이 말을 이었다.

"그렇다면 저것은 함정이다, 덫을 놓고 기다리는 것 같다. 이곳으로 드나드는 무리는 범법자들일 테니까."

"하지만 조금 전에도 민간인 서너 명이 들어갔습니다. 그 전에도 행상 서너 명이 성벽 허물어진 틈으로 들어갔고요."

다로가 열심히 말하자 박영준은 머리를 저었다.

"미끼다."

"우리를 꼬여내려고 한 것입니까?"

그때 한베가 나섰다.

"주군 말씀이 맞는 것 같습니다. 성으로 들어가지 말고 우회해서 야마시로로 가시지요. 북쪽으로 30리(15킬로)만 가면 산 밑에 주막이 있습니다."

"우리가 성을 지나면 우리를 감시하고 있던 놈들이 뒤를 따를 것이다. 그때 그놈들이 함정을 파고 있었다는 것을 알 수 있겠지."

박영준이 말 머리를 돌리면서 말했다.


과연 성을 벗어나 3리(1.5킬로)쯤 북상했을 때 박영준은 뒤를 따르는 한 무리의 사내들을 보았다. 모두 6명, 기마 군사다.

"과연."

한베가 그들을 돌아보더니 감탄했다.

"주군, 성안에 기마군을 숨겨 놓았던 것 같습니다."

혀를 찬 한베가 고토를 나무랐다.

"이놈아, 네가 우리를 함정으로 끌고 들어갈 뻔했다. 네 놈이 나루세의 첩자인 것 같구나."

"제가 혼자 성벽 틈을 통과할 때는 아무 일이 없었소."

"네가 미끼 노릇을 한 거다, 이 바보 같은 놈아."

그때 맨 뒤를 따르던 다로가 말했다.

"저놈들이 가깝게 다가옵니다."

머리를 돌린 박영준은 기마 군사와의 거리가 어느덧 1리(500미터) 정도로 가까워져 있는 것을 보았다. 박영준이 앞쪽 숲을 눈으로 가리켰다.

"모두 저 숲으로!"

숲과의 거리는 2백 보 정도다.

일행이 숲 속에 몸을 감췄을 때 다가온 기마군이 숲에서 1백 보쯤 거리를 두고 멈춰 섰다. 그들이 숲으로 들어간 것을 보았지만 선뜻 따라 들어가지를 못 하고 있는 것이다. 울창한 숲인 데다 이제 술시(오후 8시)가 넘은 밤이다.

일렬로 벌려 선 기마군 6명이 한동안 숲을 응시한 채 저희들끼리 낮게 이야기를 주고받았다. 숲 속에 선 박영준이 한베에게 말했다.

"훈련이 잘된 기마군이군."

"예, 나루세의 기마군은 강합니다."

한베가 말을 이었다.

"아스카 3영주 중 기마군 전력이 가장 강하지요, 훈련도 잘되어 있습니다."

그때 기마군이 일제히 말 머리를 돌리자 모두 숨을 죽였다.

"돌아갑니다."

다로가 낮게 말했다.

"포기한 것 같습니다."

박영준과 한베는 입을 다물었고 곧 6기의 기마군이 어둠 속으로 자취를 감췄다.

"이 길은 어디로 뻗어 나가느냐?"

박영준이 앞쪽 샛길을 눈으로 가리키며 묻자 한베가 대답했다.

"산 밑의 주막입니다, 30리(15킬로) 정도를 가야만 합니다."

"저놈들이 우리 행선지를 아는 것 같군."

쓴웃음을 지은 박영준이 말을 이었다.

"곧 군사들을 더 모아서 주막 쪽으로 달려가겠지."

그러고는 박영준이 말 머리를 틀었다.

"돌아가자, 지금쯤 사미성 함정은 허술해져 있을 것이다."


숲을 우회해서 다시 사미성 성벽 쪽으로 다가갔을 때는 해시(오후 10시)가 되어갈 무렵이다. 그때 말굽 소리가 땅을 울렸다. 일행이 황급히 근처의 낮은 언덕 쪽으로 몸을 피했을 때 일대의 기마군이 나타났다. 약 150기, 기마군은 자욱한 먼지를 일으키며 일행의 앞을 지났다. 방향은 숲 쪽이다.

"철저하군."

박영준이 감탄했다.

"숲을 수색하고 나서 산 밑의 주막으로 가려는 것이다."

박영준이 말고삐를 잡아채며 말했다.

"자, 이제 성벽 틈으로 들어가 보자."

예상했던 대로 성벽 틈으로 들어간 일행을 막는 군사는 보이지 않았다. 깊은 밤이어서 그들은 인적이 드문 성안으로 서둘러 진입했다. 성은 컸다. 민가도 많았고 길도 잘 정비되었다. 안으로 깊숙이 들어간 일행이 말을 멈춘 곳은 꽤 큰 여관 앞이다. 여관 안은 떠들썩했다.

"손님이 많은 모양입니다."

이곳까지 안내해 온 한베가 말에서 내리면서 말했다. 여관 주인이 한베와 동향인으로 자주 묵었다는 것이다. 그들이 안으로 들어서자 곧 하인들이 맞았고 이어서 50대쯤 보이는 주인이 나왔다.

"아니, 한베, 늦은 시간에 웬일인가?"

놀란 듯 사내가 일행을 둘러보면서 물었다.

"북쪽으로 가는 중입니다, 아저씨."

다가간 한베가 목소리를 낮췄다.

"일행을 둘로 나누어 주시지요."

"그러지."

금방 눈치를 챈 주인이 일행을 둘로 나누어 방을 잡아 주었는데 박영준과 한베가 일행이 되고 후부키는 고토와 다로가 따랐다. 박영준과 한베를 방으로 안내해준 주인이 다시 물었다.

"가가에는 언제 들어가려나? 내 동생에게 전해줄 것이 있어서 그러네."

"당분간은 못 갈 것 같습니다. 그런데 여관이 왜 이렇게 소란스럽습니까?"

"몰랐는가? 내일이 성주 생일이라 성 밖의 마을에서 축하 사절이 몰려 왔다네."

"그렇군요."

주인의 시선이 박영준에게 옮겨졌다.

"그대 동행은 거인(巨人)이라 남의 눈에 띄기 쉬우니 조심하게."

"그렇지 않아도 가마를 빌리려고 합니다."

쓴웃음을 지은 한베가 말을 이었다.

"가마 안에 앉아서 휘장 사이로 밖을 보면 되겠지요."

"그렇군."

머리를 끄덕인 주인이 다시 박영준의 위아래를 훑어보았다. 박영준이 주인보다 머리통 3개만큼은 컸기 때문이다.

"난 대인 같은 거인은 처음 보았소이다. 이번에 백제방에 온 감찰관이 키가 커서 이마가 성 문턱에 부딪쳤다는데 그 사람 다음은 되는 것 같소."

"내가 바로 감찰관이오."

박영준이 말하자 주인이 숨을 들이켰다. 금방 얼굴이 하얗게 질렸으므로 한베가 소매를 끌고 밖으로 나가더니 한참 만에 다시 둘이 들어섰다.

"주군께 사이또가 인사드립니다."

주인이 방바닥에 털썩 무릎을 꿇더니 이마를 조아리며 인사를 했다.

"한베한테서 말씀 들었습니다. 한베의 주군이시면 저한테도 주군이 되십니다. 제가 비록 여관 주인이나 밖에서 충성을 다하여 모시겠습니다."

"주인은 일어나시게."

쓴웃음을 지은 박영준이 주인에게 다가가 팔을 잡아 일으켰다.

"나는 폐 끼치는 것을 바라지 않네."

"아닙니다, 저는 가가의 신지로가 싫어서 이곳으로 도피했고 이제는 이곳의 다무라도 싫어졌습니다. 이젠 주군으로 모시지요."

사이또가 간절한 표정으로 말을 이었다.

"새 세상이 되어야합니다."


나루세 영주 다무라는 40세, 키가 작지만 다부진 체격으로 아스카 3 영주 중 가장 호전적인 인물이다. 그러나 유흥을 좋아해서 나루세 영지에 기방이 가장 많았다. 변두리의 사미성도 마찬가지다. 내일이 성주 오꼬모의 생일이라고 마을 원로들이 몰려왔는데 밤을 그냥 보내겠는가?

기방의 기녀들을 여관으로 불러 놓았다 사이또의 여관에서도 마찬가지다. 여관에는 인근의 구레 마을과 사시 마을 원로 50여 명이 투숙했다. 그들은 기녀 10여 명을 불러 놓고 있었기 때문에 자시(12시)가 넘도록 소란이 끊이지 않았다.

그때 여관을 빠져 나가는 두 그림자가 보였다. 둘 다 검은 옷차림이어서 검은 그림자가 움직이는 것 같다. 큰 그림자는 박영준이고 옆을 따르는 사내는 한베다. 둘은 소리 없이 골목을 빠져나와 내성으로 달려갔다.


내성 안의 집무청, 자시(12시)가 훨씬 넘었는데도 청 안에는 오늘 밤의 수비장 오카와 휘하 부장들이 술렁거리고 있다. 오카는 성주 오꼬모가 신임하는 기마대장 중 하나로 오늘 밤의 당직 수비장이다.

"나카오한테서 연락이 안 왔느냐?"

오카가 소리쳐 묻자 청 아래에서 누군가 대답했다.

"예! 아직 안 왔습니다."

"그럼 아치고산 밑 주막까지 간 것 같습니다."

옆에 서 있던 부장이 말했다.

나카오는 숲에 숨은 수상한 행상 5인을 추적하려고 나간 부장이다. 기마군 150기를 끌고 나간 나카오는 풀숲을 뒤져 찾지 못하면 아치고산 밑까지 갔다 올 것이었다.

"우리 함정을 알고 피한 놈들이야. 가가나 오오토모의 세작 무리가 분명하다."

미행한 기마군의 보고를 받고 부장 나카오에게 150기를 떼어줘 추적시킨 것이 오카다.

"요즘 우리가 성주의 생일잔치로 기강이 해이해진 줄 알고 세작들이 들어오려고 한 것이지."

"아치고산 주막에서 산등성이의 마을까지는 30리(15킬로) 길입니다. 산 밑 주막에서도 보이지 않으면 마을까지 추격합니까?"

"그래야지."

오카가 얼굴을 펴고 웃었다.

"내가 당직 수비장일 때 그놈들은 잘못 걸린 거야, 그놈들 다섯 놈은 끝까지 추적한다."


"저놈이 당직일 때 잘못 걸렸군요, 주군."

한베가 입술만 달싹이며 말했을 때 박영준이 주위를 둘러보았다. 가까운 거리여서 청을 울리는 말소리가 다 들린다.

"저놈이 임자를 잘못 만난 것이지."

"예?"

"경비가 삼엄하구나, 이 성의 방비는 단단하다."

"오꼬모 성주가 나루세의 3대(大) 무장입니다."

옆에 붙어 선 한베가 말을 이었다.

"그래서 영주 다무라의 견제를 받지요. 변방의 성주로 밀려나서 도 성인 하몬성 근처로 오지 못합니다."

"그렇군."

박영준이 등에 맨 각궁을 손에 쥐었기 때문에 한베가 숨을 들이켰다.

"주군, 무엇을 하시려고 그러십니까?"

"저놈을 죽이겠다."

시위에 화살을 먹인 박영준이 한베를 보았다.

"내가 저놈 오카를 여기서 쏘아 죽인다면 어떻게 되겠느냐?"

"예, 당장 성안을 수색할 것입니다."

"성주 오꼬모도 나서겠지?"

"당연하지요."

"이곳으로 올까?"

얼굴을 굳힌 한베가 주위를 둘러보았다. 이곳은 집무청이 정면으로 보이는 창고 옆 담장 밑이다. 창고에는 보초병도 서 있지 않은 데다 안쪽에 위치해서 인적도 없다. 집무청의 표적을 저격하기에는 알맞은 위치였다.

거리는 50보 정도, 박영준에게 고정된 표적이라면 10발 10중이 되는 거리다. 한베가 굳어진 얼굴로 물었다.

"주군, 그럼 성주 오꼬모를 사살하시려는 것입니까?"

"목표는 오꼬모다. 그래서 먼저 오카를 미끼로 삼는 것이지, 놈들이 성벽을 허물어 미끼를 들락거리게 한 것처럼."

"주군, 이곳 위치가 발각되지 않을까요?"

"먼저 오카를 쏘고 저곳으로 달려가는 거다."

박영준이 눈으로 가리킨 곳은 집무청이다. 집무청에 있는 오카를 쏘고 집무청으로 달려가다니, 눈만 크게 뜬 한베를 향해 박영준이 말을 이었다.

"담장을 돌아서 뒤로 집무청 지붕 위로 오르는 것이야, 그리고 집무청 지붕 위에 엎드려서 오꼬모가 오기를 기다리는 것이지."

"과연."

한베가 커다랗게 머리를 끄덕였다.

"집무청 지붕 위에서 보면 오꼬모가 오는 것이 정면으로 보이겠군요."

"그렇다, 입구는 정면으로 보인다."

입구는 그들의 우측 1백 보에 위치한 대문이다.

"그리고 집무청에서 살을 맞은 오카는 화살이 날아온 이곳을 수색하게 될 것이군요."

한베가 말하더니 박영준을 보았다. 어둠 속에서 두 눈이 번들거리고 있다.


"내일 성주님 생신에 대비해서 화근을 뽑으려는 것이야."

오카가 호기 있게 말했다. 청 좌우에는 부장 대여섯 명, 기마대 조장 10여 명이 모여 서 있었지만 활기 띤 분위기다. 청 아래쪽 마당에는 모닥불이 세 곳에서나 타고 있어서 주변은 환하다.

허물어진 성벽을 미끼로 오늘 밤에만 도둑 네 명, 죄를 짓고 도망 다니는 죄인 두 명, 그리고 세작임이 분명한 한 놈을 잡았다. 그중 행상을 가장한 5인조 무리를 놓친 것이 아쉬워서 기마군을 내보낸 것이다.

"그놈들은 어느 곳에서든 잡힌다, 도망칠 곳이 없어."

오카가 어깨를 부풀리며 말했다. 실제로 그렇다. 이곳 사미성에서 북쪽 아치고산, 그리고 그 위쪽 마을까지는 외길이다. 옆으로 빠진다면 사흘이나 나흘이 걸려서 되돌아가야만 한다. 오카가 말을 이었다.

"오늘 밤 안으로…."

오카가 말을 그쳤지만 아무도 안쪽을 주시하지 않았다. 오카는 안쪽 벽에 등을 붙이고는 보료에 비스듬히 몸을 기대고 앉아 있다. 청 안에는 양초를 여러 개 켜 놓았지만 기둥에 가려 그림자가 길게 깔렸고 안쪽은 어둡다. 그때 옆쪽 부장 하나가 머리를 돌려 오카를 보았다.

오카는 머리를 숙이고 앉아 있어서 잠이 든 것 같다. 말하다가 잠이 들었는가 보다고 생각한 부장이 목을 조금 뽑았다가 오카의 숙인 머리에 화살이 박혀 있는 것을 보았다. 이마에 깊숙이 박혀 있는 것이다. 그 순간 부장의 외침이 터졌다.

"악! 화살!"


"무엇이? 오카가 죽었어?"

버럭 소리친 오꼬모가 침상에서 일어서더니 발을 굴렀다.

"내 허리갑옷! 칼!"

동침하던 애첩 유니가 놀라 벌거숭이 몸으로 허둥거렸다. 오꼬모가 바지를 꿰면서 문밖의 위사에게 물었다.

"화살을 맞고 죽었다고 했느냐?"

"예, 성주. 이마에 박혔습니다."

"청 안에서 말이냐?"

"예, 성주!"

"근위군을 모두 소집시켜라! 나하고 집무청으로 간다!"

서둘러 옷을 챙겨 입은 오꼬모가 침실을 나왔다.

지붕 위, 아래쪽 소음이 점점 커지면서 더 밝아졌다. 수십 개의 횃불이 늘어났기 때문이다. 오카의 시신은 아직 청 안에 눕혀져 있지만 수백 명의 수색대가 화살이 날아온 앞쪽과 좌우 건물까지 수색하는 중이다. 물론 둘이 있었던 창고 쪽은 가장 먼저 수색을 당했다.

지붕 위에 나란히 엎드린 한베에게 박영준이 말했다.

"한베, 오꼬모가 피살되었을 때 다무라는 어떻게 할 것 같으냐?"

"놀라겠지만 한편으로는 아프던 이가 빠진 것 같겠지요. 다무라의 후계자는 아직 13살입니다, 주군."

"다무라는 범인이 누구라고 생각할까?"

"이렇게 대담한 행동을 할 위인은 아무도 없습니다, 주군."

어깨를 부풀렸다가 내린 한베가 어둠 속에서 번들거리는 눈으로 박영준을 보았다.

"가가의 신지로 님은 말할 것도 없고 오오토모의 하다카 님, 다른 영주도 마찬가지입니다."

"그러냐?"

박영준이 이를 드러내고 소리 없이 웃었다.

"나루세의 다무라는 효고라는 검객을 보내 아스카를 혼란에 빠뜨린 죗값을 먼저 받은 셈이다."

숨을 고른 박영준이 덧붙였다.

"오꼬모 제거는 다무라의 앓는 이를 빼는 것이 아니다, 입술을 없애는 것이야."

그때 앞쪽이 밝아졌다. 정문에 성주가 나타난 것 같다.

오꼬모는 위풍이 당당했다. 왜인 치고는 큰 키여서 다섯 자 반(165센티)의 신장에 넓은 어깨, 거기에다 한 뼘이 넘는 황소 뿔을 붙인 투구를 썼고 갑옷으로 전신을 감싼 차림이다. 안채에서 1백 보밖에 떨어지지 않은 터라 오꼬모는 도보로 집무청에 온 것이다. 미리 연락을 받은 장졸들이 도열해 있는 중앙을 통과하면서 오꼬모가 소리쳤다.

"오카는 어디에 있느냐?"

"예, 청 안에 눕혀 놓았습니다."

문 앞으로 마중나간 무장 하나가 대답했다. 오꼬모의 시선이 청으로 옮겨졌다.

오꼬모의 시선이 옮겨지면서 박영준과 일직선상에 놓여졌다. 거리는 70여 보, 바로 마당 건너편이다. 오꼬모의 번들거리는 눈도 보인다. 이쪽은 밤의 어둠을 배경으로 지붕 위에 엎드려 있는 터라 윤곽도 드러나지 않았지만 오꼬모는 그 반대다. 사방에서 타오르는 횃불 중심에 서 있어서 손가락 움직이는 것도 보인다. 박영준은 살 끝을 놓았다. 그 순간 만월처럼 부풀어 있던 시위가 화살을 튕겨내었다

"쌕!"

짧은 거리, 밤하늘을 날아간 화살이 막 입을 벌렸던 오코모의 입을 뚫고 들어가 목 뒤로 한 뼘이나 빠져나왔다.


다음 날 아침, 일행은 혼란에 싸인 사미성을 빠져나왔다. 성주 오꼬모가 피살되면서 성은 공황 상태가 되었기 때문이다. 부장(副將)급 장수들이 5명이나 있었지만 성안 질서를 잡기는커녕 서로 갑론을박하면서 겨우 도성으로 사신을 보내는 정도였다.

부장들은 오꼬모가 나루세 영주에 의해서 제거되었을지도 모른다고

생각하고 있었던 것이다. 그러니 성문을 닫고 범인을 수색할 의욕이 일어날 리가 없다.

"주군, 벌써 소문이 그렇게 퍼지고 있습니다. 과연 소문이란 것이 민심을 나타내는군요. 저는 예상하지 못했습니다."

말 머리를 나란히 붙인 채 걸으면서 한베가 말했다. 성문을 빠져 나온 그들은 서쪽으로 방향을 틀어 산속의 외길로 들어서고 있다. 이곳은 산 밑 주막과는 반대 방향이다. 박영준은 나루세 영지를 통과하지 않고 강을 건너 단바 영지로 방향을 바꾼 것이다.

지난밤에 떠난 추적군 150기는 아직 돌아오지 않았다. 그들은 사미성이 뒤집혀 있을 줄은 상상도 못 할 것이다. 한베가 말을 이었다.

"장수들한테 인심을 얻고 있었던 오꼬모인 터라 휘하 장수들은 물론 가신들도 다무라 님을 불신하게 될 것입니다."

"강한 독재자일수록 쉽게 망하는 법이야."

"과연 그렇습니다. 지난 몇 년간 셀 수도 없는 영지의 영주가 바뀌었지요. 그들 대부분이 저 혼자 잘난 척하던 위인들이었습니다."

일행은 첩첩산중으로 들어가 이제는 다시 일렬종대로 산길을 오르기 시작했다. 그때 뒤쪽에서 안내역 후부키가 말했다.

"대감, 이쪽 방향은 단바에서 떨어져나간 데쓰의 영역입니다. 작년에 단바의 토벌군이 진입했지만 패퇴했지요."

한베가 말을 받았다.

"데쓰는 단바 영주 사이고 님의 중신이었다가 반란을 일으켜 남쪽 영지 일부분을 차지했지요. 3만5천 석쯤 되는 영지지만 산이 험하고 출입구가 좁아서 단바군(軍)이 고전을 했습니다."

"단바군(軍)은 어떠냐?"

박영준이 묻자 이번에는 아베가 대답했다.

"단바는 47만 석 영지에 군사가 5만 가깝게 됩니다. 기마군 1만에 보군 4만 규모지요. 사이고 님은 42세, 황실 관등이 4품 소례로 대감과 동급이십니다."

그때 뒤에서 듣던 다로가 소리쳤다.

"우리 주군께서 단바 영주로 가시면 되겠소!"

"이놈, 시끄럽다!"

한베가 꾸짖었고 다로는 입을 다물었다. 이제 박영준 일행의 내부에도 질서가 잡혀서 한베는 중신(重臣) 노릇을 했다. 다로와 고토는 같은 서열이다. 한베가 말을 이었다.

"단바에서 반란을 일으킨 데쓰는 오랜 중신 집안이었는데 사이고 님이 가로(家老) 야마다를 중용하고 녹봉을 깎자 일당을 모아 '충신(忠臣)을 배척하는 주군은 필요 없다'라면서 반란을 일으킨 것입니다."

"녹봉 때문이냐?"

"사이고 님의 의심 때문이지요."

후부키가 다시 나섰다.

"사이고 님은 끊임없이 중신을 의심해서 분란이 끊이지 않았습니다. 몇 년 전에는 가로가 자살을 했지요."

박영준이 입을 다물었다. 그러고 보면 전란은 영주들의 욕심과 의심 때문에 일어난다. 온전한 영주가 많으면 전란도 일어나지 않을 것이다.


이곳은 데쓰의 영지, 3만5천 석짜리 영주지만 성(城)이 2개, 군사 5천의 강병이다. 기마군 2천은 잘 훈련되었고 사기도 좋다. 작년에 단바군을 패퇴시키면서 주변 영주들의 데쓰를 대하는 태도들도 달라졌다.

특히 단바와 수십 년간 대결 상태인 야마시로의 다케다는 두 달 전에 화살 10만 개를 선물로 보내주기까지 했다. 오늘 데쓰는 거성인 나베성까지 단바에서 온 밀정 오시로를 만나고 있다.

"주군, 야마시로와 단바 간에 곧 전쟁이 일어날 것 같습니다."

밀정 오시로가 두 손을 방바닥에 짚고 말을 이었다.

"단바군이 북쪽으로 이동 중이고 야마시로군은 남쪽으로 움직이고 있습니다."

"이번에는 무엇 때문이냐?"

"단바 북쪽에서 정찰대끼리 충돌이 있었는데 단바군(軍) 30여 명이 피살되었습니다. 야마시로군의 함정에 빠진 것이지요. 그래서 복수를 한다는 것입니다."

"모내기 철인데 사이고는 또 지랄병이 발작했군."

"양군(兩軍)은 각각 1만 명 정도가 움직이고 있습니다."

"단바군 대장은?"

"아소 님입니다."

"아소가?"

데쓰가 눈을 크게 떴다. 아소는 중신으로 한때 중용되었다가 사이고의 의심을 받고 자택에서 은신하는 처지였기 때문이다.

"아소가 다시 중용되었단 말이냐?"

"감군으로 하찌베가 따라갑니다."

"그러면 그렇지."

하찌베는 사이고의 애첩 나리코의 오빠다. 교활한 성품이지만 사이고의 비위를 잘 맞추기 때문에 언제나 측근에 머물고 있다. 쓴웃음을 지은 데쓰가 물었다.

"야마시로군 대장은?"

"데루모도입니다."

"그렇다면 이번 전쟁은 아소가 이기겠는데 하찌베 때문에 망쳤다."

데쓰가 보료에 등을 기댔다. 데쓰는 53세, 반백의 머리에 얼굴은 주름이 깊다.

데쓰가 혼잣소리처럼 말했다.

"이 난국을 평정할 인사가 어디에서 나올 것인가? 이젠 그칠 때도 되었지 않나?"


산모퉁이를 돈 순간에 앞쪽에서 외침이 울렸다.

"서라!"

박영준도 놀라 말고삐를 챘지만 이미 늦었다. 50보쯤 앞쪽에서 나타난 군사들은 10여 명, 모두 갑옷에 칼과 창을 쥐었고 서너 명은 활에 화살을 먹이고 이쪽을 겨누고 있다. 데쓰군(軍)이다. 그러나 이곳은 길도 없는 산모퉁이, 데쓰군의 검문을 받으리라고는 예상하지 못했다. 그때 다시 호통소리.

"모두 말에서 내려라!"

앞장선 무장이 소리치고 있다. 모두 보군이다. 그때 한베가 박영준에게 말했다.

"데쓰군 초병입니다. 신분을 밝히는 것이 나을 것 같습니다, 주군."

박영준이 머리를 끄덕이자 한베가 말을 한 걸음 앞으로 몰면서 소리쳤다.

"우린 아스카에서 온 천황가(家)의 소례님 행차시다! 너희들은 누구냐!"

"무엇이!"

무장은 아직도 기가 죽지 않았다. 어깨를 부풀린 무장이 소리쳤다.

"소례님이 왜 길도 없는 산기슭으로 오시는가? 너희들은 밀정 일행이다!"

"닥쳐라!"

한베의 외침이 골짜기를 울렸다.

"길을 잃었다! 너희들의 상전께 안내해라! 그럼 알 것 아니냐! 너는 누구냐?"

"우리는 데쓰 고지로군(軍)의 가신 아세 님의 기동대로 나는 아카사라고 한다!"

왜국은 아직도 전투가 시작될 때 자신의 이름과 소속을 길게 밝히는 습관이 남아 있다. 신라, 고구려, 백제는 1백여 년 전에 사라졌기 때문에 박영준도 신기했다. 그때 한베가 소리쳤다.

"데쓰 님께 우리를 안내해라!"

데쓰 고지로는 53세, 키는 작지만 어깨가 넓고 건장한 체격이다. 데쓰가 청으로 들어서는 박영준을 보자 벌떡 일어나 두 손을 모으고 다가왔다. 윗사람을 맞는 예의를 차리는 것이다.

"소례님을 데쓰 고지로가 뵙습니다."

"갑자기 찾아와 폐를 끼칩니다."

"아니올시다, 광명이오."

데쓰의 안내로 청 안쪽에 나란히 앉았을 때 박영준이 웃음 띤 얼굴로 말했다.

"이곳까지 오는 동안 경비가 삼엄했습니다. 군사들도 훈련이 잘 되어 있더군요."

"과찬이십니다. 소례님께선 백제국에서 명성을 떨치신 용장이시니 왜국의 군세는 몇 수 아래로 보셨겠지요."

"그럴 리가 있습니까?"

이곳은 데쓰의 거성인 나베성이다. 먼저 전령을 시켜 박영준의 증표와 소개를 전해 준 터라 데쓰는 그동안 다 알아봤을 터였다. 오후 유시(6시)쯤 되어서 곧 그들 앞에 술상과 음식상이 차례로 놓였다. 그때 한베가 데쓰에게 말했다.

"저는 가가의 신지로 님 가신으로 3백 석을 받고 있다가 이번에 박영준 님을 주군으로 모시게 된 한베입니다."

"오, 한베."

데쓰의 주름진 얼굴에 웃음이 떠올랐다.

"그대의 명성은 들었지, 이제야 실물을 보는군."

"명성이라니, 과찬이십니다."

"그대가 빠져나갔으니 신지로 님도 충격을 받으셨겠네."

"죄송할 따름이지요."

그때 후부키가 거들었다.

"유능한 부하를 잃는 것은 주군(主君)의 책임이올시다."

"허허, 대의님께서 내 비위를 맞춰주시는구려."

데쓰가 웃음 띤 얼굴로 말하자 둘러앉은 가신들이 웃었다. 데쓰와 부하들의 관계가 드러난 장면이다. 주군과 신하 사이가 격식에 얽매이지 않고 부드럽다. 박영준도 가벼운 마음으로 술잔을 들었다.

그날 밤, 침소에서 잠깐 잠이 들었던 박영준이 밖의 기척에 잠에서 깨어났다. 소리를 죽이고 있었지만 밖의 소음은 긴박했다. 뛰고 낮게 부르고 먼 쪽에서는 말굽 소리가 울린다. 자시(12시) 가까운 시간인 데도 그렇다. 그때 문밖에서 인기척이 났다.

"주군."

한베의 목소리다.

"오, 한베, 무슨 일이냐?"

박영준이 묻자 한베가 방으로 들어섰다.

"주군, 단바군이 기습을 해왔습니다, 데쓰 님의 구마도성을 함락시켰다고 합니다."

데쓰의 2개 성 중 1개를 함락시킨 셈이다.

"단바군은 7천 병력인데 이미 기선을 제압했으니 데쓰군은 불리합니다. 구마도성의 2천 가까운 병력도 궤멸되었다니 데쓰군은 3천 남짓밖에 남지 않았습니다."

한베가 서둘러 말을 마쳤을 때 밖의 소란은 더 커졌다. 입맛을 다신 박영준이 자리에서 일어섰다.

"이곳은 사방이 전쟁터구나."

다음 날 아침, 갑옷 차림의 데쓰가 박영준의 침소로 찾아왔다. 출전 인사를 하려는 것이다. 그때 침소 옆 대기실에서 기다리던 박영준이 데쓰를 맞았다. 박영준은 떠날 차림이다.

"며칠 더 쉬셨으면 좋았을 것을 제가 출전을 해야 되어서 섭섭합니다."

데쓰가 예의를 차리고 인사를 하자 박영준이 정색했다.

"데쓰 님, 저도 돕지요. 갑옷을 빌려주시면 객장(客將)으로 함께 출전하고 싶습니다."

"아니, 그러셔도 됩니까?"

놀란 데쓰가 물었지만 얼굴이 환해졌다. 그때 박영준이 말했다.

"제 이름은 앞으로 오다로 불러주시지요, 객장 오다올시다."

가명이다.

"예, 오다 님."

데쓰가 허리를 굽혀 예를 보였다.

"천군만마를 얻은 것 같습니다."


"주군, 이제야 주군을 모시는 것 같습니다."

한베가 정색하고 말했다. 갑옷 차림의 한베는 머리에 황소 뿔 투구를 쓰고 있었는데 잘 어울렸다. 갑옷도 쇠사슬 장식이 번쩍이는 새것이다. 뒤를 따르는 다로와 고토도 제각기 무장 차림이다. 후부키는 무장이 아니어서 나베성에 남았다. 한베가 말을 이었다.

"주군께서 객장으로 가신다고 해서 깜짝 놀랐지만 곧 주군의 뜻을 알 수 있었습니다."

"뭘 알게 되었단 말이냐?"

말을 몰면서 박영준이 가볍게 물었다. 그들은 행군 대열의 중군을 따르고 있었는데 기마군 5백여 기다. 이것이 데쓰군(軍)의 기마군 주력이 된 것이다. 중군에는 데쓰와 가신 대여섯 명이 중심이 되었고 선봉은 기마군 2백에 보군 5백, 후군이 보군 8백여 명이다. 이것이 데쓰군의 주력(主力)이다. 그때 한베가 다가와 나란히 말을 걸렸다.

"왜국의 전쟁에 처음 참가하시는 것 아닙니까?"

한베가 묻자 박영준이 머리를 끄덕였다.

"그렇구나."

"왜국의 전쟁을 보시려는 것이지요."

"장비부터가 많이 다르구나."

"그렇습니까?"

백제, 신라, 고구려 군(軍)을 본적이 없는 한베인 터라 다시 묻는다.

"어떻게 다릅니까?"

"쓸데없는 장비가 많다."

박영준이 말에 부착된 가죽 갑옷과 쇠사슬 장식을 눈으로 가리켰다.

"이 보호대는 전혀 도움이 안 되고 말을 불편하게 만든다."

박영준이 이제는 손으로 제 갑옷을 두드렸다.

"이 어깨받침, 쇠사슬 다리 보호대, 팔꿈치 가리개는 다 떼어내야 될 것이다."

"백제군은 그렇게 합니까?"

"그렇다, 왜군 기마군은 신라군보다 더 중무장을 했구나."

박영준이 얼굴을 펴고 웃었다.

"신라 기마군도 요즘은 경량화하고 있는 상황이야."


오후 미시(2시)가 되었을 때 대열이 멈추더니 데쓰가 중군에서 작전 회의를 열었다. 이곳은 단바군이 점령한 구마도성에서 30리(15킬로) 거리의 황야다. 데쓰가 장수들을 둘러보며 말했다.

"놈들도 우리가 오는 것을 다 알고 있을 게다, 이곳에서 결전한다."

모두 숙연했고 데쓰의 말이 이어졌다.

"단바군은 기마군 3천, 보군 3천이다. 우리가 기습을 하면 승산이 있다."

데쓰가 황무지의 좌, 우측을 손으로 가리켰다.

"좌우 숲에 기마군 3백씩을 매복시키고 정면에 보군 5백, 그리고 뒤쪽에 보군 3백을 예비대로 남겨둔다."

뒤쪽 산을 가리킨 데쓰가 심호흡을 했다.

"나는 보군 5백과 기마군 1백을 데리고 중앙에서 미끼 노릇을 한다."

"주군."

가신 서너 명이 일제히 데쓰를 불렀다. 둘러선 장수들이 웅성거렸고 중신 오구라가 대표해서 말했다.

"주군, 안 됩니다. 제가 대신 중군을 맡을 테니 주군께선 후위에 계시지요."

"내가 중군에 있어야 사또가 정면으로 부딪쳐 온다, 그걸 모르느냐?"

사또가 단바군의 대장이다. 전에 사또와 데쓰는 주장(主將)과 부장(副將)으로 전쟁에 여러 번 참여해서 서로를 잘 아는 것이다. 사또는 용의주도한 성품이어서 꼭 확인을 해야만 움직인다. 이번에도 중군(中軍)에 데쓰가 있는 것을 확인해야 공격해 올 것이었다. 모두 입을 다물었고 데쓰의 말이 이어졌다.

"명심해라, 사또의 중군이 나한테 부딪칠 때까지 좌우 기마군은 움직이지 말도록. 내가 신호를 할 때까지 기다리도록. 알았느냐?"

기마군 대장 둘이 마지못한 표정으로 대답했을 때다. 박영준이 입을 열었다.

"데쓰 님, 전략은 훌륭하지만 사또가 좌우군을 휩쓸고 온다면 모두 전멸입니다."

데쓰가 숨부터 들이켰고 모두의 시선이 박영준에게 몰렸다. 그때 박영준이 말했다.

"사또군이 성에서 나왔을 때 고기떼를 몰듯이 요격하는 것이 낫습니다. 1백 기 정도가 좌우에서 혼을 빼놓으면 전장으로 몰려나온 사또군은 조급해진 상태가 될 것이오, 그때 다시 전략을 펴는 것입니다."

그러고는 박영준이 덧붙였다.

"요격군은 제가 맡지요."

잠시 후에 박영준의 앞에 기마군 1백 기가 모였다. 데쓰군(軍)의 요격군이다. 중무장한 기마군의 위용은 볼 만하지만 박영준의 얼굴은 찌푸려져 있다. 한낮, 미시(2시)가 조금 지난 시간이다. 그때 박영준이 말했다.

"말 갑옷을 안장만 빼고 다 떼어내라."

그 순간 모두 눈만 멀뚱거렸다가 서로의 얼굴을 보았다. 1백 기의 중무장한 기마군이다. 말은 가슴에 굵은 쇠사슬 갑옷을 늘어뜨렸고 머리에는 철판으로 만든 머리 보호대를 끼었다. 두 눈과 코만 내놓은 것이다. 그리고 몸통은 다시 철로 만든 덮개를 둘렀으며 엉덩이도 쇠사슬로 덮였다. 말 갑옷 무게만 해도 20관(75킬로)이 나간다. 거기에다 중무장한 기마 군사 또한 쇠사슬과 철갑으로 무장을 했으니 말은 쇳덩어리를 등에 지고 움직이는 꼴이다. 그때 박영준인 소리쳤다.

"무얼 하느냐! 말안장만 빼고 갑옷을 다 벗겨라!"

그러고는 다시 소리쳤다.

"기마군도 마찬가지! 투구 장식도 다 떼고 허리 갑옷만 남기고 갑옷도 다 벗는다!"

그때 한베가 악을 썼다.

"모두 벗어라!"

잠시 후에 1백 명의 요격군이 기묘한 형상으로 황무지에 서 있다. 주위를 지나던 데쓰군이 몇 번씩 돌아보고 갈 정도였다.

군사는 허리갑옷만 둘렀고 머리에는 장식이 없는 투구만 썼다. 그러고는 바지저고리 차림이다. 더구나 말은 안장만 채워져서 경중거리며 뛰거나 제자리에서 맴돈다. 갑자기 몸이 가벼워진 때문이다. 기마군도 10관(37.5㎏)이 넘는 갑옷 장비를 풀어냈기 때문에 말은 날아갈 것 같았을 것이다. 그때 박영준이 요격군을 둘러보았다.

"요격군은 빨라야만 한다. 지금부터 너희들은 2배 이상 빨리 뛸 수 있을 것이다."


사또는 48세, 단바군의 노장(老將)에 포함된다. 지금 야마시로군과 대치 중인 아소와 둘이 단바의 양대(兩大) 무장(武將)에 든다. 데쓰가 뛰쳐나가지 않았을 때는 3대(三大) 무장이었다. 사또가 마당에서 척후의 보고를 받는다.

"데쓰군이 앞쪽 황무지에 진을 쳤습니다. 기마군 7백, 보군 1,500 정도이며 중군(中軍)에 데쓰의 깃발이 꽂혔습니다."

"데쓰가 중군에 있는 것이 확실하냐?"

"예, 사또 님."

척후는 30대의 노련한 무사다.

"제가 1백 보 거리까지 다가가 확인했습니다. 데쓰 고지로 님이 분명합니다."

"히라다, 널 믿겠다."

사또의 얼굴에 웃음이 떠올랐다.

"데쓰가 이곳에서 결전을 하려는 모양이군, 하긴 이곳을 떠나면 오갈 데가 없지."

그때 옆에 서 있던 감군 하라시가 물었다.

"사또 님, 오늘 결전을 하시렵니까?"

"오늘 안으로 끝내야 되오."

사또가 정색하고 하라시를 보았다. 하라시는 영주 사이고의 집사다. 집사지만 1천 석을 받는 무사 대우를 받으며 이렇게 전장에서 감군 노릇을 하고 있다. 허리에도 검을 찼지만 사람을 베기는커녕 휘두른 적도 없을 것이다. 하라시가 헛기침을 했다.

"사또 님, 주군께선 싸움에 승산이 있을 때만 움직이라고 하셨습니다."

"그래서 구마도성을 점령했던 것 아니오?"

"열린 성문으로 진입하는 것과 이번 작전은 다르지 않겠습니까?"

"그럼 어쩌란 말인가?"

마침내 사또가 벌컥 화를 내었다. 하라시는 35세, 사또보다 10여 년 연하다. 사또의 시선을 받은 하라시가 흰 얼굴을 펴고 웃었다.

"사또 님, 제가 영주님 대리로 와 있다는 것을 잠시 잊으신 것 같군요."

"지금 진격해야 되오, 하라시 님."

"승산이 있습니까?"

"그건 해봐야 알겠지만 정공법으로 밀어붙이면 승산이 있소."

"책임지시겠습니까?"

"그럼 도망칠 것 같은가?"

버럭 소리친 사또가 몸을 돌려 장수들을 보았다.

"자, 들어라! 곧장 황야로 진군한다! 오늘 밤이 되기 전에 데쓰 고지로를 땅에 묻는다!"


"옳지, 나온다!"

성에서 10리쯤 떨어진 야산 기슭에서 기다리던 박영준의 요격군이 다가오는 단바군의 선봉을 보았다. 1백 기는 척후도 없고 후미도 없다. 그저 한 덩이가 되어서 움직이고 있다.

"기마군 5백 기 정도입니다."

한베가 박영준에게 말했다. 거리는 3리(1,500미터) 정도, 자욱한 먼지를 일으키면서 선봉 기마군이 속보로 다가오고 있다.

"곧장 황무지로 가려는 것 같습니다."

"바로 결전을 하려는 것이다."

박영준이 시선을 준 채 대답했다. 선봉군 뒤쪽은 아직 보이지 않는다. 그러나 대군(大軍)이 따르고 있을 것이다. 머리를 돌린 박영준이 기마군을 보았다.

"내 뒤만 따르면 된다, 알았느냐?"

"옛!"

일제히 대답한 기마군의 행색이 유별났다. 모두 가벼운 경장 차림으로 말도 벌거벗은 것이나 같다. 박영준이 다가오는 선봉군을 보더니 안장에 걸어놓은 각궁을 손에 쥐었다. 그것을 본 뒤쪽 기마군도 일제히 활을 손에 쥐었다.


사또군의 선봉은 녹봉 1,500석을 받는 야시로, 38세에 역전의 용장이다. 앞에 첨병 10기를 세우고 1백 보 떨어진 뒤를 선봉군 5백 기가 따르고 있다. 그러나 달릴 수는 없고 속보로 전진이다. 중무장한 말과 기수가 빨리 달릴 수 없기 때문이다.

"말이 지치면 안 되니까 속도를 늦춰라!"

야시로가 지시하자 부관이 소리를 쳐 선봉군의 속보 속도가 더 늦춰졌다. 그러자 말에 부착된 쇠갑옷이 덜컥거리는 소리가 황야를 울렸다.

"엇! 저기!"

그때 누군가가 소리치자 야시로가 그쪽을 보았다. 오른쪽 숲에서 기마군이 쏟아져 나오고 있다. 거리는 500보 정도, 그런데 야시로가 숨을 들이켰다. 빠르다. 저렇게 빠른 기마군이 있었단 말인가?

"누구냐!"

"척후를 보내라!"

"어디 기마군이야?"

선봉군의 안에서 놀란 외침이 일어났다.

"우측으로 틀어라!"

부장(副將) 카스기가 소리쳤을 때 기마군과의 거리는 이미 2백여 보로 가까워졌다.

"어엇!"

옆쪽에서 놀란 외침이 울렸고 야시로도 숨을 들이켰다. 기마군의 복장, 그리고 말의 모습이 희한했기 때문이다. 말은 마치 벌거벗은 것 같다. 말 위에 달랑 안장 하나만 걸쳐졌다. 그리고 기마군은? 이건 또 어느 기마군인가? 그저 바지저고리 차림에 허리 갑옷만 둘렀다.

"막아라!"

어느덧 2백 보 거리로 질풍처럼 달려온 기마군을 향해 부장 하나가 소리친 순간이다.

156

"아앗!"

이곳저곳에서 놀란 외침이 일어났다. 화살이다, 화살이 쏟아진다.

박영준은 시위를 당겨 두 번째 화살을 날리고는 말고삐를 채어 왼쪽으로 꺾어졌다. 그러자 뒤를 따르던 기마군이 일제히 왼쪽으로 따른다.

"달려라!"

박영준의 뒤에 선 한베가 고래고래 소리쳤다.

"장군을 따르라!"

순식간에 150보 거리로 가까워졌던 적 선봉과의 거리가 200보, 250보로 멀어졌다.

"이, 이런."

야시로가 눈을 부릅떴지만 이미 기마대는 3백여 보 거리로 멀어지고 있다.

"이, 이게 무슨…."

당황한 야시로가 말을 더듬다가 부장 카스기에게 소리쳤다.

"아군 피해는?"

"50, 60기 정도올시다!"

카스기도 말을 더듬었다.

"이런, 빌어먹을."

야시로가 선봉군을 둘러보았다. 이곳저곳에 쓰러진 말과 기마군이 보인다. 적은 화살을 퍼붓고는 바로 말머리를 돌려 사라진 것이다. 일제 사격 2번에 50, 60기의 선봉군이 떨어졌고 이쪽은 제대로 응전도 하지 못했다. 야시로가 물었다.

"저것이 데쓰군(軍)이냐?"

"아닌 것 같습니다."

누군가가 대답했다.

"기괴한 무리입니다, 산적인 것 같습니다."

"산적이…"

말문이 막힌 야시로가 그때서야 말고삐를 쥐고 소리쳤다.

"다시 전진! 좌우 경계를 2배로!"

그때 카스기가 말했다.

"야시로 님, 사또 님께 보고를 하시는 것이…"

야시로가 눈을 치켜떴다. 어떻게 보고를 한단 말인가?


중군(中軍), 중군의 선두에도 선봉이 있다. 기마군 1백 기로 편성된 기갑군이다. 중군은 총사령이 속해 있는 군(軍)의 핵심이다. 중군이 무너지면 전군(全軍)이 무너지는 것이다. 그래서 중군에 선봉, 본군, 후위, 예비대까지 조직되어 있는 것이다.

중군의 선봉 기갑군은 사또의 심복 가신 나가끼가 지휘하고 있었는데 34세의 용장이다. 장검을 잘 썼고 힘이 장사다. 나가끼가 말굽 소리를 들은 것은 산허리를 막 돌아갈 때였다. 머리를 든 나가끼가 눈썹을 찌푸렸다.

나가끼로서는 처음 듣는 기마군의 말굽 소리다. 마치 빈 말떼가 달려오는 것 같다. 그렇다. 마장(馬場)에서 빈 말들이 이리저리 몰려다닐 때 저런 소리가 났다.

"무슨 말떼냐?"

전장에 익숙한 터라 나가끼가 그렇게 물었다. 중무장한 기갑군은 저렇게 경쾌하게 빠르게 달릴 수가 없는 것이다.

"글쎄요, 야생마가 달려오는 것 같습니다만."

옆에 선 부장 곤니찌가 머리를 기울이며 자신 없는 목소리로 말했을 때다.

"와앗!"

앞쪽에서 놀란 외침 소리가 들리더니 기마군이 나타났다. 거리는 200보 정도, 산모퉁이를 갑자기 돌아서 나타난 것이다.

"아니, 저것이."

나가끼가 눈을 치켜떴을 때였다. 어느새 150보 거리로 다가온 기마군 쪽에서 빗발 같은 화살이 쏟아졌다.

"아아앗!"

나가끼는 옆에 있던 부장 곤니찌의 목에 화살이 박힌 것을 보았다.


"저건 무엇이냐?"

사또가 소리쳐 그렇게 물었을 때는 이미 한 무리의 기마군이 왼쪽으로 방향을 틀어 내달리는 중이었다. 사또가 위치한 본진(本陣)과 겨우 400보 정도, 그 한 무리의 기마군은 이미 중군의 선봉 100기를 허물어 놓고 빠져나가는 중이다.

"무엇이냐고 물었지 않느냐!"

사또가 버럭 소리친 것은 주변의 무장들이 아무도 대답하지 않았기 때문이다. 나가끼의 중군 선봉 1백 기가 기습을 받아 반 토막이 났다. 여기저기 흩어진 기마군과 빈 말을 보면 가슴이 서늘해진다. 그것도 중군 본진의 앞에서 당한 것이다. 그때 전령이 달려왔다. 선봉 뒤를 따르던 전령이다. 전령이 마상에서 소리쳤다.

"대감! 조금 전 선봉 나가끼의 기마군이 당했습니다!"

"이놈아! 나도 보았다!"

사또가 화를 냈다.

"저놈들이 누구냐! 저것이 데쓰의 무리냐?"

"그건 모르겠습니다!"

"이런 바보 같은!"

그때 옆에 서 있던 무장 하나가 말했다.

"갑옷과 무구를 모두 벗어던진 것 같습니다."

"그러니까 누구란 말이냐!"

"데쓰 님 휘하는 아닌 것 같습니다."

그때 기마군 무리는 산허리를 돌아 사라졌다.

"저놈들을 쫓아라!"

화가 난 사또가 소리쳤다가 금방 말을 바꿨다.

"아니, 쫓지 말라!"

"저기 전령이 또 옵니다!"

무장 하나가 소리쳤으므로 모두의 시선이 그가 가리키는 쪽을 보았다. 등에 붉은 깃발을 꽂은 전령 2기가 전속력으로 달려오고 있다.

"선봉 야시로 님의 전령입니다!"

누군가가 소리쳤을 때 전령이 도착했다. 입에서 풀무 같은 숨소리가 나왔다.

"대감! 선봉이 기습을 받았습니다!"

"뭣이?"

"정체불명의 기마군 2백 기가 나타나 측면을 치고 사라졌습니다!"

사또가 눈을 부릅떴다. 조금 전에 사라진 놈들인가?

"몇 기라고 했느냐?"

"예, 2백 기 정도입니다!"

조금 전의 기마군은 1백 기 정도였다. 사또가 직접 본 것이다. 그럼 3백 기인가? 그때 전령의 보고가 이어졌다.

"아군 피해는 30, 40기 정도입니다!"

적은 불리고 아군 피해는 줄이는 것이 고금을 통한 전장(戰場)의 진실이다.

"전군을 멈추도록 하라!"

사또가 마침내 진군 정지 명령을 내렸다. 이런 상황에서 무조건 앞으로 나갈 수는 없는 노릇이다.


"사또군(軍)이 정지했습니다!"

전령이 달려와 보고하자 중군이 술렁거렸다. 데쓰의 얼굴도 굳어졌다. 이곳은 결전장으로 삼아 놓은 황야, 데쓰군 전 병력은 아직 전개하지 않았다. 박영준이 사또군의 움직임에 맞춰 작전을 전개하자고 했기 때문이다.

"어디냐?"

데쓰가 묻자 전령이 가쁜 숨을 고르며 대답했다.

"하라 골짜기 입구에 중군이 멈췄고 선봉군은 옆쪽 산기슭, 후군은 뒤쪽 20리(10킬로)쯤 떨어진 하조 강가에 있습니다."

"허어."

데쓰의 입에서 저절로 탄성이 뱉어졌다.

"사또가 진(陳)을 그렇게 배치하다니."

"급하게 정지했기 때문입니다."

그때 중신 오구라가 말했다.

"사또 님이 유격군에게 당한 것 같습니다."

"어떻게 당했는지 내가 알 수가 있나?"

이맛살을 찌푸린 데쓰가 말했을 때 누군가 소리쳤다.

"전령이 옵니다!"

데쓰가 저도 모르게 벌떡 의자에서 일어섰을 때 과연 자욱한 먼지를 일으키며 달려오는 전령이 보였다. 등에 검정색 깃발이 나부끼고 있다. 박영준의 유격군 전령이다.


구마도성에 남아 있는 사또군 병력은 1천여 명, 기마군 250기에 보군 8백 명 정도다. 수비장은 단바 영주 사이고의 심복인 우에무라, 하라시와 함께 사또의 감시역을 맡은 인물이다. 39세, 대를 이은 무장 가문이긴 하나 우에무라는 아비의 후광으로 1,500석 녹봉을 이어받은 인물, 특기가 있다면 사이고의 비위를 잘 맞춘다는 것뿐이다. 사또가 본군을 이끌고 출진한 후에 우에무라는 성지기 역할로 남은 것에 만족했다.

휘하의 군사를 3명의 부장에게 맡긴 후에 일찌감치 저녁상을 받았는데 술 생각이 났기 때문이다. 그리고 이번 구마도성을 탈취하면서 포로로 잡은 여자들이 1백 명이나 있다. 모두 데쓰 고지로 측 가신들의 가족이다. 그중 셋을 골라 옆에 앉혀놓고 차례로 술을 따르게 만들어서 정복자의 기쁨을 맛보고 있다.

우에무라는 구마도성을 점령할 때 후군을 맡아서 칼을 뺀 적도 없다. 무장으로 써먹을 용도가 없었기 때문인데 우에무라는 상관하지 않았다. 구마도성을 점령할 때 아군은 5백여 명이 죽고 1천 명 가깝게 부상을 당한 것이다. 그 속에 끼지 않은 것을 다행으로 생각하는 인간이다.

"네가 오늘 내 수청을 들어라."

마침내 우에무라가 호리호리한 체격의 여자를 낙점했다. 이번에 전사한 데쓰의 가신 가족이다. 여자의 허리를 당겨 안은 우에무라가 술기운으로 붉어진 얼굴을 펴고 웃었다.

"오늘 밤에 극락 구경을 시켜주마."

여자는 눈을 내리깔고 입을 열지 않았다. 술시(8시)가 되어갈 무렵이다. 그때 청 아래로 부장 고타이가 다가와 말했다.

"우에무라 님, 사또 님의 본군이 하라 골짜기 앞에서 멈춰 진을 정비하고 있답니다. 결전은 미뤄지는 모양이오."

"그런가? 오늘 당장 결판을 낼 것처럼 서두르시더니."

술잔을 든 우에무라가 고타이에게 물었다.

"성문 단속은 잘 했나?"

"예, 초병을 두 배로 늘렸습니다."

"우리는 성만 지키면 돼."

한 모금에 술을 삼킨 우에무라가 빙그레 웃었다.

"난 전공(戰功)은 바라지 않네, 맡은 소임이나 해낼 뿐이지."

허리를 굽혀 보인 고타이가 몸을 돌리더니 어둠 속으로 사라졌다. 고타이의 뒷모습을 보던 우에무라가 측근 시마르에게 말했다.

"고타이가 전공을 세우려고 안달이 난 모양이다."

시마르는 쓴웃음을 지었고 우에무라가 말을 이었다.

"그러다가 죽으면 전공이 무슨 소용이냐? 죽어서 1백 석 녹봉을 추증 받느니 살아서 가진 녹봉을 지키는 게 낫다."

사또가 장수들을 모아놓고 회의를 하고 있다. 술시(오후 8시)가 넘은 시간이라 진막 안에 양초를 대여섯 개 밝혀 놓았다.

"그놈들은 데쓰의 유격군이 맞다."

사또가 결론을 내었다.

"병력은 2백 기 정도, 경장으로 중무장을 한 우리 기마군을 요격하여 혼란시키려는 것이 주 목적이다."

"그 목적은 달성한 셈이군요."

하라시가 말을 받았다.

"전군(全軍)이 멈춰 섰지 않습니까?"

"놈들의 의도를 알아야 될 테니까."

사또가 팔짱을 끼고 장수들을 둘러보았다.

"데쓰답지 않은 전술이야, 데쓰는 규범을 중시해서 장비를 갖추지 않으면 출전도 시키지 않았던 장수다."

"사또 님, 선봉군과 중군 선봉의 기마군 피해가 3백 기 정도가 되었습니다."

하라시가 또 나섰을 때 사또가 긴 숨을 뱉었다.

"하라시, 입을 다물지 않으면 군령으로 베겠다."

"사또 님."

얼굴이 하얗게 굳어진 하라시가 입을 벌렸다가 닫았다. 사또의 눈빛에 살기가 띠어져 있었기 때문이다. 진막 안이 조용해졌고 다시 사또의 말이 이어졌다.

"진과 진 사이를 좁히고 기마군을 좌우 양쪽에 둔 진용으로 내일 데쓰군과 전면 승부를 하겠다."

모두 숨을 죽였고 사또의 말이 이어졌다.

"유격군은 무시한다. 데쓰는 유격군으로 시간을 끌려고 한 것 같다."

우에무라가 가쁜 숨을 뱉으면서 눈을 부릅떴다. 조금 전부터 소음이 울리고 있다.

"아아!"

여자가 신음을 뱉었지만 우에무라는 상반신을 일으켰다. 깊은 밤, 해시(10시)가 지나서 주연을 끝내고 침실로 들어왔으니 자시가 되었을 것 같다. 그때 소음이 분명해졌다. 외침, 신음, 칼 부딪는 소리도 난다. 그 순간 우에무라가 벌떡 일어섰다.

"아아!"

알몸의 여자가 신음인지 아쉬운 탄성인지 모를 외침을 뱉었지만 우에무라가 허둥거리며 옷을 찾았다. 그때 소음이 더 분명해졌다. 마룻바닥을 달려오는 소리도 난다.

"주군!"

이 소리는 우에무라의 가신 시찌베다.

"주군! 적의 침입이오!"

그때서야 바지를 찾은 우에무라가 다리 한쪽을 꿰면서 소리쳤다.

"누, 누가 침입했단 말이냐?"

"적이오!"

마룻바닥을 울리는 발자국 소리가 더 많아지더니 비명소리가 한꺼번에 났다.

"으아악!"

"아악!"

우에무라가 저고리를 찾을 생각도 못한 채 윗목에 걸쳐놓은 칼을 쥐었을 때다. 문이 와락 열리면서 사내들이 몰려 들어왔다.

"누, 누구냐!"

우에무라가 칼을 빼 들었지만 이미 늦었다. 우에무라는 비명도 지르지 못하고 쓰러졌다.


잠시 후에 구마도성의 소동이 가라앉았다. 축시(새벽 2시)가 되었을 때는 구마도성이 완전히 평정되었다.

"이제 사또군은 나베성, 구마도성 가운데 낀 신세가 되었습니다."

그렇게 말한 사내는 박영준의 가신 한베다. 데쓰가 머리만 끄덕였고 한베가 말을 이었다.

"곧 사또 님이 알게 되겠지요."

데쓰군(軍)은 야음을 틈타 길을 우회해서 구마도성을 기습 점령한 것이다. 이것도 유격군이 적을 혼란에 빠뜨렸기 때문이다.


오전 진시(8시) 무렵, 사또가 전령의 보고를 받는다. 구마도성에서 탈출해 온 우에무라의 부하다.

"구마도성이 함락되었습니다!"

온몸에 땀과 먼지로 젖은 전령이 헐떡이며 소리쳤다.

"우에무라 님은 전사하셨습니다!"

사또는 눈만 치켜떴고 전령의 목소리가 진막 주위로 퍼져나갔다.

"성안에 있던 아군 대부분이 죽거나 사로잡혔습니다!"

"으음, 데쓰가."

신음처럼 말한 사또가 벌떡 일어섰다.

"구마도성으로!"

눈을 부릅뜬 사또가 쏟아 붓듯이 말을 잇는다.

"전군(全軍)을 뒤로 물려라! 지금 즉시 구마도성을 탈환한다!"

"사또 님!"

하라시가 한 걸음 나섰을 때다. 사또가 옆에 선 가신 간타에게 지시했다.

"저놈을 베어라!"

"옛!"

사또의 오랜 가신이며 경호장 간타가 장검의 손잡이를 쥐고 한 걸음 나섰을 때 하라시가 한 걸음 물러섰다. 얼굴이 누렇게 굳어져 있다.

"사, 사또 님."

"베어라!"

사또가 다시 소리치자 껑충 뛰어오른 간타가 장검을 빼내면서 하라시의 목을 후려쳤다. 하라시의 머리통이 잘려 떨어졌지만 몸뚱이는 흔들거리면서 서 있다. 목에서 나오는 피가 한 자(30센티)나 솟아오른다. 그때 사또가 다시 소리쳤다.

"결전장은 구마도성이다!"


오후 신시(4시) 무렵, 구마도성에는 초조하게 기다리던 데쓰 고지로가 박영준을 맞는다. 박영준은 어젯밤 이후로 모습을 감췄던 것이다. 데쓰가 구마도성을 탈환하는 데도 가신 한베를 보내 돕게 했을 뿐 시종 다로와 유격군 70여 기를 거느리고 홀연히 사라졌다가 지금에야 나타난 것이다.

"아니, 소례 대감, 어디에 계셨습니까?"

반갑게 맞은 데쓰를 향해 박영준이 손으로 밖을 가리켰다.

"영주님, 잠깐 밖에 나와 보시지요."

데쓰가 마다할 이유가 있겠는가? 당장 일어선 데쓰가 박영준을 따라 청을 나왔다. 박영준이 안내한 곳은 서문의 성벽 위다. 그곳에는 이미 수백 명의 군사가 모여 서 있었는데 그들이 다가가자 돌멩이에 놀란 고기떼처럼 쫙 흩어졌고 30여 명만 남았다. 박영준의 유격군이다.

"아니."

데쓰가 유격군을 둘러싸고 있는 물체를 보고는 눈을 둥그렇게 떴다. 거대한 활(巨弓)이다. 활의 길이가 10자(3미터)가 넘는 데다 옆에 세워놓은 화살은 20자(6미터) 정도였고 화살 끝 부분에는 사람 머리만 한 자루가 달려 있는 것이다. 거궁이 6대나 놓였고 화살은 수백 개가 쌓였다.

그때 거궁 앞으로 다가간 박영준이 말했다.

"소문을 들으셨겠지만 이 유황탄으로 해적선을 불태우고 폭파했습니다. 이제 곧 사또군이 구마도성에서 결전을 벌이려고 올 테니 이 거궁의 진면목을 보여줄 때가 되었습니다."

온몸을 굳힌 채 거궁만 응시하는 데쓰를 향해 박영준이 말을 이었다.

"그동안 유격군에게 거궁 발사법과 조작법을 조련하였으니 사또군을 맞아 나가 싸우실 필요가 없습니다."

"어허, 이런!"

거궁을 둘러본 데쓰의 입에서 탄성이 뱉어졌다.

"과연 대국(大國)의 무기는 큽니다. 그런데 저 끝에 달린 주머니에는 무엇이 들어있습니까?"

"저 화살촉 밑의 주머니에 기름과 유황이 들어 있습니다. 곧 사또군이 몰려 올 테니 보여 드리지요."

168

박영준이 화살을 가리키며 말을 이었다.

"화살은 5백 보를 날아가게 만들었습니다. 앞으로 데쓰 님은 이 거궁으로 영토를 보존할 수 있으실 것이오."

데쓰는 아직 실감하지 못한 눈치였지만 잠자코 머리를 숙인다.


술시(8시), 이미 산야는 짙은 어둠에 덮여 있었지만 소음으로 술렁거리고 있다. 온갖 소음이 어둠을 깨뜨리는 것이다. 구마도성 주변에 단바의 대군(大軍)이 뒤덮고 있기 때문이다. 보병(步兵) 6천, 사또가 전군을 휘몰아 구마도성을 빈틈없이 둘러싼 것이다. 구마도성에 들어간 데쓰군은 보군 2천, 이것이 데쓰 고지로군의 전력(戰力)이다.

이윽고 사또군에서 북소리가 울렸다. 데쓰군에도 익숙해진 공격의 북소리다. 사방 7, 8백 보의 거리를 두고 포진해 있던 사또군(軍)이 움직이기 시작했다. 사방에서 북소리가 울리면서 소음이 더 커졌다.

데쓰군의 주 공격은 서문과 북문, 동문과 남문은 각각 길목이 협소했기 때문에 경계군만 배치했고, 대군이 두 군데로 공격해 온다.

"성벽이 10자(3미터)밖에 안 되니 널빤지를 놓고 그대로 달려 올라가면 된다!"

선봉을 선 야시로가 악을 쓰듯 외쳤다.

데쓰군의 유격군에게 유린당한 수모를 이번에 갚을 예정인 것이다.

"자, 돌격!"

앞장선 야시로가 장검을 빼들고 소리쳤다. 이제 야시로는 말을 버리고 보군이 되었다. 북소리가 더 빨라졌고 사또군은 양쪽에서 홍수가 난 것처럼 밀려갔다. 군데군데 횃불을 든 군사는 각 부대의 위치를 알리려는 것이다. 앞쪽 구마도성은 무거운 정적이 덮여 있다. 이쪽 기세에 겁을 먹은 것 같다.

"사다리를 걸치면 바로 들어간다!"

야시로가 다시 소리쳤다. 앞장 선 널빤지 부대는 각각 폭이 2자짜리 널빤지를 들고 있었는데 그것을 성벽에 걸치면 맨땅보다 쉽게 밟고 성벽에 오를 수 있는 것이다. 거리가 5백 보로 좁혀지자 야시로가 다시 소리쳤다.

"놈들이 다 도망쳤을지도 모른다!"

아군의 사기를 올리려는 것이다.


각 부대가 든 횃불이 거리 측정에 도움이 되었다. 이제 선봉군은 4백 보 거리로 다가왔고 중군과의 거리는 5백 보가 되었다. 그때 박영준이 말했다.

"선봉이 1백 보 거리에 왔을 때 사또군 전군(全軍)이 5백 보 안에 들어올 것이다."

박영준이 앞에서 전령에게 말했다.

"1백 보 거리에 닿았을 때 발사하라고 전해라!"

"예엣!"

몸을 돌린 전령이 어둠 속으로 사라졌다. 전령은 지금 북문 성벽에 대기 중인 2대의 거궁 발사조로 달려간 것이다. 이곳은 서문의 성벽 위, 4대의 거궁에 유황 기름탄을 장착하고 사수와 조수들이 대기 중이다. 그 뒤를 박영준과 데쓰, 그리고 측근 무장 10여 명이 주시하고 있다.

그때 옆쪽에서 한베가 소리쳤다.

"선봉이 2백 보 거리로 다가왔습니다!"

서문에는 사또군 주력이 접근하고 있어서 빠르다. 앞장선 부대는 선봉 야시로의 부대, 횃불에 비친 야시로의 가문 깃발이 선명했다. 그때 데쓰가 헛기침을 했다.

"대감, 만일에 말씀이오."

"예, 말씀하시지요."

"만일에 소인이 어떻게 되었을 때….."

"어떻게 되다니?"

박영준이 되묻자 데쓰의 가신들이 긴장했다. 그때 데쓰가 말을 이었다.

"내 가신들, 내 군사들을 맡아주시오."

"영주, 무슨 말씀이오?"

이맛살을 찌푸린 박영준이 목소리를 높였다.

"이 싸움은 이깁니다!"

"아니, 내 뒤를 맡아 주시라는 것이오!"

맞받아 소리친 데쓰가 몸을 돌려 가신들을 둘러보았다.

"알았느냐? 내 뒤는 소례님, 백제방 감찰관이신 박영준 님이 맡으신다!"

"예옛!"

가신들이 일제히 대답했을 때 한베가 소리쳤다.

"1백 보 거리요!"

그때 박영준이 명령했다.

"쏘아라!"

그 순간 시위꾼 셋이 밧줄을 일제히 당겼고 사수가 바닥의 불이 붙은 나뭇가지를 집어 화살 끝의 주머니에 달린 심지에 대었다.

그러고는 대궁의 각도를 조절하더니 뒤쪽에 선 시위꾼에게 소리쳤다.

"놓아라!"

그 순간 시위꾼들이 밧줄을 놓았고 심지에 불이 붙은 장전(長箭)이 날아갔다. 모두 숨을 죽였고 4대의 장전이 불씨를 끌고 날아가는 것이 유성처럼 보였다.

그다음 순간.

"꽝! 꽝! 꽝! 꽝!"

엄청난 폭음이 터지면서 유황탄이 폭발했다. 불길이 솟아오르더니 폭발과 함께 하늘로 치솟는 사또군이 보였다.

"제2 탄!"

박영준이 소리쳤을 때 이미 시위꾼들은 장전을 시위에 걸쳐놓은 후였다.

"발사!"

다시 4개의 장전이 날아갔다. 첫 유황탄이 폭발했을 때부터 데쓰와 가신들, 그리고 성벽 위의 장졸들은 넋을 잃은 채 할 말을 잊고 있다. 다음 순간 다시 4대의 장전이 유성처럼 날아가 폭발했다.


"대승이오!"

데쓰의 중진 오구라가 소리쳤다. 해시(오후 10시) 무렵, 구마도성 주변은 화염에 덮여서 마치 대낮 같다. 연기가 퍼지면서 살이 타는 냄새가 맡아졌다. 사또군의 시체가 타는 것이다.

이제 성 앞에 서 있는 사또군은 없다. 성문 앞에는 수천의 시체와 부상자, 빈 말이 흩어져 있었는데 이제 성 밖으로 데쓰군이 몰려 나가는 중이다. 전장(戰場) 정리를 하러 나가는 것이다. 그때 먼저 전장을 둘러보고 온 전령 장수가 숨 가쁘게 달려왔다.

"주군! 사또 님은 2백여 기의 기마군과 함께 도주했습니다."

"쫓아야 합니다!"

뒤쪽에서 가신 몇 명이 웅성거렸지만 데쓰는 대꾸하지 않았다. 전령 장수의 보고가 이어졌다

"사또군의 사상자는 4천5백, 도주한 군사는 1천여 명입니다!"

"사상자를 수습하고 무구를 걷어라."

마침내 데쓰가 명령했다. 대승이다. 이제 단바군은 회복할 수 없는 상처를 입었으니 당분간 이쪽은 건드리지 못할 것이다. 머리를 든 데쓰가 오구라를 보았다.

"소례님은 어디 계시냐?"

"조금 전에 아래쪽에 계시는 것 같았습니다."

"모셔오너라."

데쓰가 길게 숨을 뱉었다.

"우리는 소례님께 목숨을 빚졌다."


골짜기를 지나자 앞쪽에 바위산이 나타났다. 바위가 크고 험한 데다 잡초만 드문드문 자라나 있을 뿐이다. 길도 없어서 일행 넷은 선두에 고토를 앞세우고 한베, 박영준, 다로의 순으로 바위틈을 비집고 나아갔다. 말도 발을 헛디디거나 비틀거려서 모두 고삐를 잡고 걸어서 겨우 전진한다.

인시(오전 4시)가 되어가고 있다. 인사도 없이 구마도성을 빠져나와 지금 세 시진째 서진하는 중이다. 이제 이곳은 단바 영지, 넷은 국경선을 따라 야마시로 영지 쪽으로 가는 중이다.

"다케다 님께 사람을 보내야 되지 않겠습니까?"

앞서 가던 한베가 묻자 박영준이 대답했다.

"야마시로 영지에 들어가서 결정을 하자. 지금은 이곳을 빠져 나가는 것이 중요하다."

그때 뒤에서 다로가 말했다.

"데쓰 님이 주군을 후계자로 삼으셨으니 이제 주군께선 3만5천 석 영지를 갖게 되신 것 아닙니까?"

"이놈아, 시끄럽다."

"가신들도 모두 명을 받들겠다고 약속했습니다."

다로가 대들 듯이 말을 이었다.

"그러니 주군께선 데쓰 영지의 영주십니다. 가신과 군사들까지 주군을 모시게 될 것입니다."

그때 앞쪽에서 외침 소리가 울리는 바람에 일행은 놀라 걸음을 멈췄다. 사람의 외침이다. 바위산이 험해서 어디인지 보이지는 않았지만 곧 목소리가 선명해졌다. 여자 목소리다.

"비켜라! 이놈!"

이어서 칼 부딪는 소리가 울렸다.

"여기서도 칼부림인가?"

박영준이 혼잣말을 했을 때 고토가 서둘러 바위틈으로 사라졌다. 정탐을 하려는 것이다.

"산적인 것 같습니다."

옆으로 다가온 한베가 입맛을 다셨다.

"단바 영지의 국경선에는 산적 무리가 많습니다."

"이곳에서 야마시로까지는 얼마 남았느냐?"

174

"하룻길입니다. 북쪽에서 단바와 야마시로가 전쟁 중이라니 이곳 국경의 경비병도 많이 줄었을 것입니다."

한베가 앞쪽에 귀를 기울이며 말했다. 칼날 부딪는 소리가 그동안 그쳐 있었던 것이다.


잠시 후에 일행 넷은 바위틈에서 아래쪽을 내려다보고 있다. 50보쯤 아래쪽의 평지에 10여 명의 사내가 모여 서 있다. 땅바닥에는 사내 셋이 쓰러져 있었는데 피비린내가 맡아졌다.

아직 어스름한 새벽이었지만 사내들이 든 칼날이 희게 드러났다. 사내들은 무릎을 꿇고 앉은 두 남녀를 둘러싸고 있는 것이 사로잡은 것 같다.

"산적들입니다."

한베가 낮게 말했다.

"저 위쪽에 말 두 마리가 매여 있는 것을 보면 사로잡힌 두 남녀가 타고 왔던 것 같습니다, 죽은 셋은 하인이고요."

그때 사내 하나가 칼을 치켜들었다. 꿇어앉은 사내를 베려는 것 같다. 그 순간 박영준이 쥐고 있던 각궁에 화살을 먹이자마자 바로 쏘았다. 겨냥한 것 같지도 않았다. 낮은 파공음을 울리면서 날아간 화살이 칼을 번쩍 치켜 올렸던 사내의 뒤통수에 깊숙이 박혔다.

사내가 앞으로 꼬꾸라졌지만 주위에 선 사내들은 무슨 영문인지 모르는 것 같았다. 그때 한베도 화살을 날렸고 50보 거리였으니 사내 하나의 등판에 박혔다.

"어억!"

비명과 외침이 동시에 여러 곳에서 터졌을 때다. 박영준의 두 번째 화살이 그중 두목 격으로 보이는 사내의 목을 꿰뚫었다. 이어서 한베의 화살이 또 한 명의 배에 박혔고 이어서 박영준의 화살이 막 몸을 숙이려는 사내의 이마에 박혔다.

이제 아래쪽에는 대소동이 일어났다. 잔 바위가 깔린 공터여서 엄폐할 곳도 없는 터라 곧 도망치던 둘이 연달아서 화살에 맞아 거꾸러졌다.

"놔둬라."

두 다리가 허공에 뜨는 것처럼 내달리는 산적 셋을 보면서 박영준이 한베에게 말했다.

"누가 저놈들을 쫓아가 소굴을 알아놓고 오너라."

"예, 제가."

고토가 바로 나서더니 바위 아래로 뛰어내렸다. 이제 앞쪽에는 살에 맞은 산적 8명이 어지럽게 널려 있고 죽다가 살아난 두 남녀는 혼이 다 빠진 표정으로 위쪽에서 내려오는 그들을 보았다. 그때 앞장 서 다가간 한베가 사내에게 소리쳐 물었다.

"그대는 누군인가? 어쩌다 이렇게 된 것인가?"


사내의 이름은 하야시, 단바 영지의 오꾸라성에서 미곡상을 한다고 했다. 하인 셋을 데리고 부인 히네의 친정인 국경 근처의 마을에 다녀오는 길에 강도를 만난 것이다. 하야시는 아직 정신이 덜 들어서 횡설수설했지만 히네가 조리 있게 설명했다.

"강도들은 저를 납치한 다음 남편을 시켜 금화를 가져오게 할 작정이었습니다."

고토가 쫓아간 방향으로 말을 몰면서 일행 다섯은 새벽의 바위산을 올라가고 있다. 히네는 둥근 얼굴에 피부가 희었고 눈매가 고왔다. 붉은 입술이 육감적이었고 박영준을 바라보는 눈빛이 강했다.

날씬한 몸매, 왜녀 치고는 큰 키였는데 남편 하야시는 귀공자 용모였지만 가늘고 허약한 체격이다.

"하인들을 죽이고는 저희들을 산 채로 끌고 가려고 했는데, 제 친정이 있는 마을에서부터 따라온 것 같습니다."

"어느 마을이오?"

듣던 한베가 묻자 히네가 대답했다.

"예, 가쓰오 마을입니다."

"가쓰오 마을이라면 단바의 중신 마에다 님이 낙향하신 곳인데."

"마에다 가쓰이에 님이 제 아버님입니다."

"무엇이?"

놀란 한베가 머리를 돌려 박영준을 보았다, 놀란 표정이다.

"마에다 님은 단바 영주 사이고 님의 중신으로 5천 석 녹봉을 받다가 녹봉을 몰수당하고 가쓰오 마을로 낙향하셨지요. 그런데 그 여식을 이곳에서 만나게 되었군요."

"은인께선 누구신지요?"

마침내 히네가 박영준에게 물었다. 눈빛이 더 강해졌다. 그때 대답은 한베가 했다.

"주군께서는 황실의 소례 직임이시고 백제방의 감찰관 겸 한솔이시네. 지금 천황의 명을 받아 밀행 중이시네."

놀란 하야시는 몸을 굳혔지만 히네는 머리를 숙여 예를 보였다.

"소례 대감께서 목숨을 구해주셨습니다."

박영준과 히네의 시선이 다시 마주쳤다.

고토가 돌아왔을 때는 한 식경쯤이 지난 후였다. 다가온 고토가 박영준에게 보고했다.

"주군, 산채에 산적 30여 명이 있습니다. 짐승 우리 같은 곳에 남녀와 아이까지 20여 명이 잡혀 있는 것이 노예로 팔아먹을 민간인 같습니다."

고토의 말을 한베가 설명했다.

"산적들은 마을에서 부녀자나 아이들을 잡아 팔아먹지요, 재물보다 더 값이 나갑니다."

"도망친 놈들의 보고를 듣고 난 산적들이 출동 준비를 하고 있었습니다."

고토가 하야시와 히네를 힐끗거리며 말했다.

"아무래도 이쪽으로 내려올 것 같습니다."

"이곳은 짐승보다 도둑, 산적이 더 많구나."

혼잣소리처럼 박영준이 말했을 때 위쪽에서 함성이 울렸다. 여럿이 지르는 함성이다.

"산적들입니다."

한베가 쓴웃음을 짓고 말했다.

박영준이 한베와 고토, 다로를 둘러보며 말했다.

"바위산이라 숨어 있으면 몸을 내놓기만 기다리다가 세월이 간다. 내가 위로 올라갈 테니 너희들은 여기서 기다렸다가 도망치는 놈들을 활로 잡아라."

"주군, 그 일은 저희들이 맡지요."

한베가 나섰지만 박영준이 발을 떼며 머리를 저었다.

"내가 하는 것이 낫다."

앞쪽 바위틈에서 아직도 함성은 울리고 있었지만 산적들의 모습은 보이지 않는다. 박영준이 바위 사이를 내달려 한 길 높이의 바위를 훌쩍 뛰어 올랐을 때다.

"앗!"

바위 뒤쪽에 서 있던 사내 두 명이 놀라 소리쳤지만 이미 늦었다. 박영준이 뛰어 내리면서 칼등으로 사내들의 머리를 내려쳤다. 뒷머리가 부서진 사내들이 쓰러지자 박영준은 다시 옆쪽 바위 위로 뛰어 올랐다.

산적 두목 요헤이는 맨 뒤에서 부두목 중 하나인 마루세와 함께 지휘하고 있다.

"그놈들이 궁술이 뛰어났다지만 이곳에서는 제대로 안 풀릴 것이다."

요헤이가 함성을 들으면서 말했다.

"지금쯤 덜컥 겁이 나서 오도가도 못 하고 있을 테니까."

산 구조 때문이다. 바위틈으로 겨우 5, 6보 앞쪽만 볼 수 있는 터라, 지형에 익숙하고 위쪽에 있는 데다 숫자가 많은 이쪽이 절대적으로 유리한 것이다.

"두목, 놈들이 오사노성에서 온 놈들이 아닐까요?"

마루세가 묻자 요헤이는 머리를 저었다.

"오사노성에서 별동대 10여 명을 내놓아 지루한 싸움을 할 리는 없다. 내가 성주 시찌로의 성격을 잘 안다."

요헤이는 근처의 오사노성 마장(馬場) 관리이었다가 말 4마리를 팔아먹은 것이 발각되자 이곳으로 도망쳐 온 것이다. 그것이 3년 전이다. 이곳에 터를 잡고 있던 산적 두목을 죽이고 수괴가 되었는데 악랄하기로 사방에 소문이 났다. 그때 함성이 조금씩 줄어드는 것 같았기 때문에 요헤이가 마루세에게 말했다.

"이놈들이 게으름을 피우는 것 같다, 네가 가서 닦달해라."

마루세가 바위틈을 빠져 나가면서 소리쳤다.

"잡아라!"

산채에서 데리고 나온 무리는 모두 20명, 토끼몰이 하는 것처럼 바위틈에서 사냥질하는 것에 익숙해진 산적들이다. 그때 다시 함성이 서너 명으로 줄어들었다. 이맛살을 찌푸린 요헤이가 머리를 기울였다. 예감이 이상했기 때문이다.

옷자락이 보였다가 사라지면서 접근해 오는 산적들의 움직임은 산속의 다람쥐 같았다. 바위틈 사이로 이쪽을 보면서 재빠르게 몸을 숨기는 것이다. 그러니 이쪽에서 가만있다가는 꼼짝 못 하고 당한다.

박영준은 지금 9명 째 산적을 베어 죽이고 앞으로 나아가고 있다. 그 사이에 박영준의 역습에 놀란 산적이 바위 위로 몸을 드러내었다가 한베와 고토가 쏜 화살에 5명이 맞았다. 모두 14명, 그러니 함성이 줄어들 수밖에 없다.

"아앗!"

갑자기 바위틈을 돌았을 때 맞닥뜨린 산적 하나가 놀란 외침을 뱉었으나 이미 늦었다. 박영준의 칼이 날아 목을 베었다. 그 뒤로 또 한 놈, 옆으로 몸을 피했지만 칼날에 허리를 베여 쓰러진다. 그때 나타난 사내, 부두목 마루세다.

"쨍강!"

마루세는 검술을 익힌 데다 실전을 수없이 겪었기 때문에 본능이 발달되었다. 날아오는 박영준의 칼날을 처음으로 받아내는 산적이 되었다.

"이런."

마루세가 2자(60센티) 거리에 떠 있는 박영준의 모습을 본 순간 이 사이로 뱉은 말이다. 거구다. 더구나 이렇게 엄청난 검기(劍氣)는 처음 겪는다. 마루세의 본능이 다음 합(合)에는 자신이 저세상 사람이 될 것이라는 예감이 든다. 바로 그 순간 마루세가 박영준을 쏘아보며 말했다.

"항복하겠소."

박영준의 칼날을 받은 채로 뒤로 밀리면서 뱉은 말이다. 마루세의 얼굴에 순식간에 땀이 쏟아지듯 흘러내렸다.

"살려주시오."

그때 박영준이 입술을 비틀고 웃었다.

"영리한 놈이구나."

"종으로 부려주시오."

마루세가 헐떡이며 말했다.

"저는 부두목 마루세올시다."

그러고는 마루세가 두 손으로 쥐고 있던 칼을 놓았다. 칼이 부딪쳐 있는 상황에서 목숨을 걸고 두 손을 놓은 것이다.


지금까지 두목이 현장에 직접 나선 적이 없다. 다 끝나고 나서 등장했던 것이다. 함성이 뚝 그쳤을 때 바위 위에 앉아 있던 요헤이는 몸을 일으켰다. 예감이 이상했지만 지금 이 상황은 둘 중 하나가 될 것이다.

첫째는 적을 소탕하고 일을 끝냈을 경우, 그때는 부두목이나 졸개들이 부르러 올 것이다. 또 한 가지 경우는 부하들이 몰사했을 때다. 그때 바위틈으로 부두목 마루세의 모습이 보였기 때문에 요헤이가 반색을 했다.

"어, 끝났느냐?"

그 순간 마루세의 뒤로 거인이 나타났다. 요헤이도 거구였지만 머리통 하나는 더 큰 거인이다.

"너 누구냐?"

요헤이가 물었지만 그것이 이 세상에 남긴 마지막 말이 되었다. 거인의 칼이 날아와 목을 베었기 때문이다.


산적 한 무리를 소탕했다. 부두목 마루세 하나만 남겨놓고 38명을 모두 죽였다. 그리고 산채에 잡혀 있던 인질 27명을 구출했다. 인질 중에는 산적 두목 요헤이의 마님 행세를 하던 여자 둘까지 포함이 된다.

오후 미시(2시)가 되었을 때 박영준 일행은 요헤이의 산채 청에 앉아 있다. 뒤쪽 안방 근처에 손님도 아니고 점령군도 아닌 어정쩡한 입장의 미곡상 하야시 부부가 앉아 있다.

"주군, 산채에 재물이 많습니다."

한베가 말하자 마루세의 설명이 따랐다.

"요헤이가 욕심이 많지요. 재물을 빼앗으면 그중에서 값나가는 것은 제 안방 벽장에 쌓아 놓았기 때문입니다."

벽장을 열었더니 금화와 패물들이 4궤짝이나 쌓여 있었던 것이다. 엄청난 재물이다. 한베가 말을 뱉었다.

"저 재물이면 군사 1천 명을 1년 동안 먹일 수 있습니다, 주군."

"노자로 좀 남겨두고 인질로 잡혀 있던 남녀에게 모두 나눠주도록 해라."

박영준이 말했더니 마루세가 한베와 고토 등을 둘러보았다. 한베가 대답했다.

"예, 그렇게 하겠습니다."

박영준은 재물을 보지도 않았기 때문에 마루세는 어깨를 늘어뜨렸다.

그날 밤은 산채에서 묵었는데 일행 앞에 진수성찬이 놓였다. 히네의 지휘하에 산채에 남아 있던 여자 둘이 고기와 갖은 찬으로 음식상을 차린 것이다. 인질들은 한 보따리씩 재물을 나눠받고 꿈인지 생시인지 모르는 얼굴로 떠나갔다. 지금 남은 여자 둘은 의인(義人)들의 시중을 들고 가겠다고 남은 것이다.

"이런 성찬을 이런 산속에서 먹다니."

감동한 한베가 돼지고기를 집으면서 말했다.

"주군, 이래서 산적이 되는 것 같습니다."

박영준이 머리를 돌려 말석에 앉은 마루세를 보았다.

"네 사연을 말해보아라."

"예."

두 손을 청 바닥에 짚은 마루세가 박영준을 보았다.

"저는 야마시로의 기시젠 출신으로 2백 석을 받는 시종무사 소바의 아들입니다."

마루세의 넓은 얼굴이 상기되었다.

"제 아비 소바가 야마시로 영주 다케다의 첩을 모욕했다는 이유로 처형을 당하고 가문은 멸문을 당했습니다. 저는 혼자 도망쳤지만 나중에 들으니 가족은 모두 죽었습니다."

마루세의 얼굴에 쓴웃음이 번졌다.

"그래서 이곳 산채에 들어와 부두목이 된 것입니다."

"네 검술이 제법이었다. 누구한테서 배웠느냐?"

"제가 스물여덟인데 열두 살 때부터 아버님께 수련을 받았습니다. 작년에 멸문될 때까지 15년간 수련한 셈이지요."

"그 검술로는 두목 자리도 차지할 수 있을 것 아니냐? 죽은 두목은 네 기량을 알았느냐?"

"겨루자고 해서 겨뤘는데 제가 패했습니다."

"일부러 저 준 거냐?"

"목검 대결이었는데 제가 이겼다면 목숨을 부지하기 어려웠을 것입니다."

"그랬겠지."

머리를 끄덕인 박영준이 한베를 보았다.

"한베, 네 수하로 마루세를 거두어라."

"예, 주군."

그때 마루세가 청 바닥에 바짝 엎드렸다.

"천하의 검객을 주인으로 모시게 되어서 광영입니다, 목숨을 바쳐 충성하겠습니다."

"천하의 검객?"

그렇게 되물은 것은 한베다. 눈을 치켜떴던 한베가 박영준을 보았다. 고토와 다로도 어리둥절한 표정이다. 그때 박영준이 말했다.

"됐다, 검객이건 상인이건 잘 모신다는데 무슨 상관이냐?"


그날 밤 침소에 누워 있던 박영준이 문밖의 기척에 머리를 들었다.

184

"누구냐?"

그때 대답도 없이 문이 열리더니 여인이 들어섰다. 어둠 속이었지만 박영준은 여인이 히네인 것을 알아보았다.

"웬일이냐?"

일어나 앉은 박영준이 묻자 히네가 앞쪽에 무릎을 꿇고 앉았다.

"제 남편 하야시는 떠났습니다."

박영준은 시선만 주었고 히네가 말을 이었다.

"제가 보냈습니다."

"보내다니?"

"예, 풀려난 인질들과 같이 떠나고 싶다고 하기에 가라고 했습니다."

어둠 속에서 히네의 눈이 선명하게 드러났다. 숨소리도 들린다. 주위는 조용하다. 깊은 산속, 산적의 넓은 산채에 남은 인원은 이제 박영준 일행과 히네, 주방 일을 거든 여인 둘까지 열 명도 안 된다. 그때 히네가 침 삼키는 소리를 내더니 박영준에게 물었다.

"침상으로 올라도 되겠습니까?"

"안 된다."

한 마디로 자른 박영준이 곧 부드러운 목소리로 말을 이었다.

"너는 보은하고 싶은 모양이나 나는 받으려고 그런 것이 아니다."

"나리."

"물러가라."

"제 남편하고는 헤어졌습니다. 아버님께 헤어지겠다는 허락을 받고 돌아가는 길이었습니다."

"나하고는 상관없는 일이야."

"나리를 만난 것도 인연입니다. 나리를 모시게 해주세요."

히네의 목소리에 열기가 섞였다.

"이번에 남편과 헤어지면서 오꾸라성의 미곡상 한 곳을 받았습니다. 쌀 7천 석의 차용증까지 함께 받았으니 저도 거상(巨商) 소리를 듣게 되었습니다."

호흡을 고른 히네가 말을 이었다.

"백제방 감찰관이시며 천황께서 소례 직임을 주신 나리를 제가 모신 몸이라면 누구도 가볍게 대하지 못할 것입니다."

"그렇구나."

히네의 속셈을 알게 된 박영준이 빙그레 웃었다.

"그렇다면 네가 내 애첩 중의 하나라고 소문을 퍼뜨려도 된다. 내가 내일 아침에 너에게 정표를 하나 줄 테니 그것을 사람들에게 보여줘도 되겠다."


다음 날 아침, 산채를 떠난 일행은 산 아래에서 히네와 여인 둘과도 작별하고 다시 길을 떠난다. 일행 넷이 야마시로 영지에 들어섰을 때는 이틀 후인 저녁 무렵이다. 국경 근처의 작은 마을이었는데 한베도 처음 와본 곳이라고 했다.

그들은 마을에 한 곳뿐인 주막으로 다가갔다. 주막 앞에 모여 있던 남녀가 일제히 시선을 주었다. 아이들도 금방 모여들어서 일행 넷을 둘러쌌다.

"방이 있나?"

한베가 거드름을 피우며 묻자 주막 주인으로 보이는 사내가 사람들을 헤치고 나왔다.

"예, 방은 많습니다, 손님이 하나도 없어서요. 그런데 어디서 오시는 길입니까?"

"아스카에서 왔네."

"먼 길을 오셨습니다. 어디로 가시는 길입니까?"

"그건 주인이 알아서 뭐하려나?"

"초소장에게 신고를 해야 되거든요."

"그렇군, 우리는 천황가(家) 관리야. 그런 줄만 알고 있으라고."

"예, 옛."

놀란 주인이 숨을 들이켜더니 한베의 말고삐를 잡으려고 했다. 한베가 말 머리를 들고는 주인을 나무랐다.

"내 뒤에 계신 대감을 모시게."

주인이 서둘러 박영준에게 다가갔고 둘러서서 듣고 있던 주민들도 놀라 흩어졌다.


박영준이 저녁상을 물렸을 때 밖에 나갔던 한베가 돌아와 방문 앞에 엎드렸다.

"주군, 초소장한테 신분을 밝혔더니 깜짝 놀란 초소장이 근처의 안도성주에게 전령을 보냈습니다."

한베가 말을 이었다.

"60리(30킬로) 거리이니 아마 내일 아침에 성에서 모시러 올 것 같습니다."

"이곳에서 야마시로 도성까지 거리는 얼마냐?"

"150리(75킬로) 정도입니다."

"야마시로 영주 다케다가 의심이 많은 성격이라지?"

"예, 단바 영주 사이고보다도 더 심하다고 합니다."

187

"갈수록 태산이군."

"소례 대감께서 민생을 알아보려고 순방 중이라고 했지만 믿지 않을 것 같습니다."

"어쩔 수 없지. 이곳에서 하찌만 황자가 실종된 케이호쿠(京北)까지 거리는?"

"1백 리(50킬로)가 조금 더 됩니다."

"그럼 내일 닿을 수가 있겠군."

"하지만 주군…."

"내일 성에서 나올 사자들은 만나지 않도록 하지."

"쫓아올 텐데요."

"어쩔 수 없다."

박영준의 얼굴에 쓴웃음이 번졌다.

"오늘 하룻밤 쉬려면 그럴 수밖에."

그렇다고 초소의 야마시로군(軍) 50여 명과 실랑이를 벌일 수도 없는 노릇이다. 산채를 나와 이틀 밤낮을 걸어 마을로 들어선 터라 일행은 젖은 솜처럼 늘어진 상태다. 노숙을 하고 야마시로 관리들 모르게 하찌만의 흔적을 추적할 수도 있었지만 박영준은 방법을 바꾼 것이다.

다음 날 새벽, 날이 밝기도 전에 떠날 차비를 마친 박영준 일행이 주막 주인에게 숙박비를 후하게 치르고 서둘러 출발했다. 아직 어스름한 새벽인 데다 잠이 덜 깬 주막 주인이 후한 숙박비에 놀라서 횡설수설하는 사이에 일행 넷은 아침 안개 속으로 사라졌다.

그들이 떠난 지 한 시진 반(3시간)쯤이나 지난 진시(8시) 무렵에 안도성에서 모시러 온 관리 10여 명이 도착했다. 천황 내궁(內宮)의 소례이며 백제방 감찰관이라는 거인(巨人) 박영준이 새벽에 떠났다는 말을 들은 관리들이 허둥거렸지만 이미 흘러간 바람이다.

전령이 말을 달려 안도성에 통보했고 안도성에서는 다시 도성으로 전령을 보내 상황을 보고했다.


케이호쿠는 야마시로의 중심에 위치한 교통 중심지로 옆에 소니강이 흘렀고 뒤쪽에는 노카미(野上)산이 솟아 있다. 평지여서 성(城)은 세우지 않고 주둔군 1천여 명만 강가의 진에 배치시켰는데 각지에서 모여든 장사꾼과 손님들로 시장은 언제나 소란했다.

시장 주변에는 여관, 주막, 색주가, 노름방, 화대만 받고 여자를 사는 사창가가 즐비했기 때문에 별놈의 사건이 다 일어났다. 야마시로의 케이호쿠는 왜국 동북부에서 윤락가로 가장 번창한 곳이었고 인구도 많았다.

야마시로 영주 다케다가 케이호쿠의 홍등가를 놔두는 이유가 있다. 그것은 케이호쿠에서 걷히는 세금이 야마시로 전체의 절반가량이나 되었기 때문이다.

오후 미시(2시) 무렵, 케이호쿠 홍등가를 상인 두 명이 걸어가고 있다. 둘 다 허리에 칼을 찼다. 그리고 백제에서는 발에 신는 버선이었지만 이곳에서 상인의 모라가 된 모자를 썼다. 둘은 길가의 가게를 둘러보면서 걷는 중이라 색주가를 물색하는 티가 났다.

그래서 색주가 하인들이 소매를 끌기도 하며 따라붙어서 유혹을 했지만 뿌리치더니 결국 '아정'이란 색주가 안으로 들어갔다. 색주가 거리에서 가장 크고 비싼 곳 중의 하나다.

"어서 오십쇼."

하인들이 떠들썩한 목소리로 둘을 맞더니 곧 여자 하나가 나섰다. 얼굴에 흰 물감을 칠한 것 같아서 눈과 콧구멍, 입만 뚫려 있다.

"놀다가 가실 거유?"

"그럼."

키가 작은 사내가 말을 받았다.

"이 집에서 가장 오래된 여자를 데려오게, 오래된 장아찌가 맛이 있거든."

"호호호, 노는 법을 아시는 분이시구려."

반색을 한 여자가 깔깔깔 웃었다.

"그 옆의 장승님은?"

장승이 바로 박영준이다. 키가 큰 것이 티가 날까 봐 구부정하게 서 있는데도 두드러졌다. 그때 작은 사내가 또 나섰다.

"아, 이 어른께는 두 번째로 오래된 여자를 데려오게, 그리고"

사내가 눈을 가늘게 뜨고 여자를 보았다. 여자는 매파이고 사내는 한베다.

"한 방에서 둘을 데리고 놀아도 되지?"

"은화 두 냥만 주시면 오늘 밤새도록 놀게 해드리지요."

매파가 호기 있게 말했다.


한베가 은화 석 냥을 탁자 위에 놓았다. 앞에는 가장 오래된 여자와 두 번째 오래된 여자가 나란히 앉아 있었는데 둘은 나이가 들었고 박색이다. 그래서 불러준 손님들에게 호의 섞인 시선을 보내는 중이다.

이곳은 아정의 방안, 열린 창을 통해 온갖 소음이 다 들린다. 그도 그럴 것이 아직 오후 미시(2시)가 조금 지났을 뿐인 것이다. 한베가 입을 열었다. 이제 여자들의 시선은 은화에 쏠려 있다.

"우리가 듣고 싶은 소문이 있어. 그 소문을 알고 있다면 먼저 이 은화를 줄 생각이야."

한베가 눈으로 은화를 가리키고 나서 말을 이었다.

"우리는 사람을 찾고 있어. 그러니까 그 사람에 대한 소문이야. 아스카에서 온 귀공자, 돈을 잘 썼을 거야, 아마 이곳도 들렀을걸."

그때 가장 나이든 여자가 먼저 입을 열었다.

"하찌만 황자 말이군요. 내가 알아요."

여자가 눈으로 은화를 가리켰다.

"먼저 은화를 주면 이야기하지요."

그때 두 번째 나이 많은 여자가 나섰다.

"저도 아는데요."

# 13장 뒤집힌 세상

"좋아, 그럼 아는 대로 다 말해라."

박영준이 입을 열었다.

"번갈아서 말해보아라, 그럼 은화를 두 냥씩 나눠주마."

그때 한베가 은화 한 냥을 더 꺼내 두 냥씩 나눠놓았다. 그러자 나이 더 먹은 여자부터 말을 시작했다.

"넉 달쯤 되었습니다. 천황가 황자가 왔다는 소문이 들렸지요, 그러다 이곳 아정에 온 것은 소문이 난 지 사흘 만이었어요."

다른 여자가 말을 이었다.

"신분을 속이고 있었지만 어디 우리 눈을 피할 수 있나요? 옆에 무사 둘이 따르고 있었는데 그중 하나는 영주님 신하였습니다."

"누구냐?"

한베가 묻자 나이든 여자가 대답했다.

"오까다라고 3백 석을 받는 다케다 영주님 가신입니다. 지금은 수호역의 보좌역이죠."

"으음 오까다, 그리고 또 하나는?"

"모릅니다."

그때 두 번째 나이든 여자가 나섰다.

"거의 열흘 동안 황자님은 이곳에서 뒹굴었지요. 금화를 지니고 있었는데 돈을 물 쓰듯 했습니다. 유니라는 애가 황자님 시중을 들었다가 금화를 다섯 냥이나 받았습니다."

"유니가 지금 있느냐?"

"도망쳤습니다."

"계속해라."

이번에는 나이든 여자가 말했다.

"그렇게 열흘쯤 지내다가 황자가 사라졌습니다. 소문으로는 도성으로 갔다고도 하고 단바 영지로 갔다고도 했어요."

"오까다는?"

"오까다는 케이호쿠 수호역 간바 님의 보좌역입니다. 지금쯤 윤장각에 있을 것입니다."

박영준이 머리를 끄덕이자 한베가 여자들에게 은화를 나눠주었다.

"수고했다, 내가 또 부를 테니 기다려라."

여자들에게 인사는 박영준이 했다.

한베가 고토를 데리고 오까다를 알아보려고 나간 후에 박영준이 방에 앉아 찻잔을 들었다. 하찌만이 누구인가? 문득 머리에 떠오른 생각이다. 모른다. 나는 이 세상에 떨어져서 역사를 만들고 있는가? 모른다. 답답해진 박영준이 반쯤 열린 미닫이창으로 창밖을 보았다. 이곳은 토방이 높아서 마당이 내려다보인다. 나는 언제 내 세상으로 돌아갈 것인가? 박영준의 손이 저절로 머리를 덮었다. 내 머리, 이 머릿속의 뇌가 이 세상으로 나를 끌어들였지 않은가? 시간을 빨아들여 또 다른 공간을 통해 이곳에 떨어뜨렸다.

박영준은 힘껏 숨을 들이켰다. 그리고 기다렸지만 어떤 변화도 일어나지 않았다. 그때 문 두드리는 소리가 났다. 작고 조심스럽게 두드리는 소리, 박영준이 몸을 일으켜 문으로 다가갔다.

"누구냐?"

"접니다."

두 번째 나이 많은 여자의 목소리다. 그러나 첫 번째 여자보다 더 박색이다. 문을 열자 여자가 서두르며 안으로 들어서더니 문을 닫았다.

"무슨 일이냐?"

박영준이 묻자 여자가 눈웃음을 쳤다. 그러나 박색은 그대로다.

"나리, 오키가 있어서 말하지 못한 이야기가 있습니다."

오키는 나이 많은 여자의 이름이다. 박영준의 시선을 받은 여자가 말을 이었다.

"오키는 혼다 야적단의 밀정입니다, 돈 많은 손님들을 야적단에게 알려주고 돈을 받지요. 지금쯤 야적단 정보원에게 나리 일행을 알려주고 있을 것입니다."

"허어, 저런."

"오키가 말은 그렇게 했지만 하찌만 황자가 혼다 야적단에 끌려갔을지도 모릅니다."

"혼다 야적단은 어떤 놈들이냐?"

그때 여자가 주춤거렸기 때문에 박영준이 탁자에 놓인 주머니에서 은화 3냥을 꺼내 손에 쥐어 주었다.

"좋은 정보라면 더 주마."

"예, 나리."

게눈 감추듯이 은화를 가슴에 숨긴 여자가 번들거리는 눈으로 박영준을 보았다.

"무리가 3백 명이 넘는 대도적입니다."

"허어, 그래?"

"두목은 혼다 이찌로, 한때 다케다 님의 가신이었다가 도적 수괴가 되었지요. 그래서 이곳 케이호쿠의 주둔군과도 다 통합니다. 간바 님 보좌역인 오까다하고도 통한다는 소문이 있지요."

"…."

"케이호쿠는 낮에는 다케다 님 영지지만 밤에는 혼다 무리의 영지라고도 합니다."


한 시진쯤 후에 돌아온 한베가 박영준에게 보고했다.

"오까다는 수호역 간바를 보좌하고 있지만 케이호쿠의 실권자더군요. 간바의 신임을 받고 모든 정무를 처리하고 있습니다."

"방에 여자가 들어와서 이야기해준 것이 있다."

박영준이 여자의 이야기를 해주었더니 한베가 머리를 끄덕였다.

"오까다와 혼다가 하찌만 황자의 실종과 관계가 있는 것 같습니다."

"야적단에게 우리들이 황자를 찾는다는 이야기도 들어갔을 테니 우리가 먼저 움직여야 될 것 같다."

"하오면…."

"수호역 간바를 만나러 가자."

박영준이 자리에서 일어섰다.

수호역 간바는 40대 중반쯤으로 마른 체격에 눈동자가 흐렸다. 지친 표정이었는데 박영준이 신분을 밝히자 황급히 마중을 나왔지만 곧 숨이 차 가쁜 숨을 뱉었다. 청에 안내되어 상석에 앉았을 때 박영준이 먼저 물었다.

"수호역, 몸에 열이 나시오?"

"예? 예."

당황한 간바가 두 손으로 청을 짚고 머리를 숙였다.

"제가 일 년쯤 전부터 몸이 시원치 않아서 은퇴를 청했지만 아직 후임이 지명되지 않았습니다."

"내가 낫게 해드리지요."

박영준이 간바 앞으로 다가앉아 덥석 팔을 쥐었다. 놀란 간바가 박영준에게 말했다.

"소례 대감, 제 병은 제가 압니다. 이것은…."

"밤에 땀을 많이 흘리시는군."

"예? 예."

"약으로 매일 약초를 드시오?"

"예."

박영준이 쥐고 있던 간바의 팔을 놓고 말을 이었다.

"내가 곧 약을 지어 드릴 테니 그것을 먹으면 내일 아침에는 뛰어 다닐 수가 있으실 거요."

"대감, 그것이…."

그때 청에 둘러앉은 관리들이 술렁거렸다. 뒤쪽에 앉은 한베도 걱정스러운 얼굴이 되어 있다. 쓴웃음을 지은 박영준이 말을 이었다.

"그 약초가 병을 더 가중시킨 것이오, 먹으면 안 됩니다."

간바가 숨을 들이켰다. 약초는 애첩 나미코가 용하다는 도사한테서 얻어 온 신약이었기 때문이다.


"주군, 어쩌시려고…."

간바의 안내로 영빈관에서 여장을 푼 박영준에게 한베가 걱정스러운 얼굴로 물었다. 박영준이 의술이 있는지 불안했기 때문이다. 자리에 앉은 박영준이 쓴웃음을 지었다.

"밖에 나가서 약초시장에 가면 이 약초가 있을 게다. 가서 한 근씩만 사오도록 해라."

박영준이 곧 붓을 들어 종이에 약초를 적어 한베에게 건네주었다.

"내가 저녁에 간바를 만나 약을 줘야 한다."

"주군, 이것은…."

종이를 본 한베가 다시 물었다.

"이 약초로 간바가 낫습니까?"

"바로 나을 거다."

"주군께서 의술을 가진 줄 몰랐습니다."

"네가 저녁에 보면 알 것이다."

박영준의 웃는 얼굴을 본 한베가 자리에서 일어섰다.

한베가 방을 나가자 박영준의 얼굴에서 웃음기가 사라졌다. 그렇다. 의술이 머릿속에서 솟아나온 것이다. 이 세상으로 떨어지기 전, 모든 지식을 흡수했던 그때의 머리는 보존되어 있다. 그때는 의학도 머릿속에 주입시켰던 것이다. 그래서 간바의 얼굴색을 보자 대번에 병세를 알수 있었고 치료제도 생각해낼 수 있었다.

"뭐라고? 수호역의 병을 낫게 해준다고?"

오까다가 앞에 선 세끼를 노려보았다. 수호역 간바의 집무소 앞마당에서 둘이 서 있다. 방금 세끼는 오까다에게 아스카에서 온 소례 박영준이 간바와 한 이야기를 해준 것이다. 오까다는 밖에 나가 있었기 때문에 박영준을 만나지 못했다.

"예, 오늘 저녁에 낫게 해준다면서 돌아갔습니다."

세끼가 웃음 띤 얼굴로 말을 이었다.

"그래서 오늘 저녁에 구경꾼들이 몰려올 것 같습니다, 소문이 다 퍼졌거든요."

"미친놈이군."

오까다의 얼굴에도 웃음이 떠올랐다.

"몇 년 동안 앓던 병인데 한나절도 안 되는 사이에 낫게 해준다고?"

"예, 진맥을 하더니 그렇게 말했습니다."

"지금 영빈관으로 들어가 있느냐?"

"예, 저녁때 다시 이곳으로 올 겁니다."

세끼가 숨을 들이켜고 나서 말을 이었다.

"거인이었습니다, 우리보다 머리통 2개는 더 컸습니다."

"저녁때 볼 수 있겠군. 그런데 이곳에는 무슨 일로 왔다더냐?"

"민생(民生) 시찰이랍니다."

"미친놈, 아스카 민생이나 돌볼 일이지 이곳까지는 왜…."

숨을 들이켠 오까다가 말을 그쳤다. 눈동자의 초점이 흐려져 있다.


혼다 이찌로는 체격이 컸다. 어깨가 넓었고 팔이 굵은 데다 힘이 장사였다. 성격이 난폭하고 급했지만 치밀했고 교활했다. 허를 찌르기를 좋아해서 주로 기습을 하거나 함정을 파는 작전을 썼다.

오늘, 아정에 돈 많은 관리 행색의 일행 넷이 투숙했다는 보고를 받은 지 얼마 되지 않아서 그들이 수호역의 영빈관으로 옮겨갔다는 말을 듣자 불같이 화를 내었다. 마치 놀림을 당한 느낌이 들었기 때문이다. 이것이 혼다의 성격이다. 혼다가 소리쳤다.

"내 이놈들을 어떻게든 잡겠다!"

저녁 무렵, 박영준이 한베와 고토, 다로까지 데리고 청으로 들어서자 모여 있던 관리들이 숨을 죽였다. 소문이 퍼진 터라 청에는 1백여 명의 관리, 무사, 하인들까지 뒷전에 모여 있었기 때문이다. 그것을 본 박영준이 빙그레 웃었다. 간바는 계면쩍은 얼굴이 되어서 박영준을 맞았다.

"대감, 저놈들을 쫓아도 갖은 핑계를 다 대고 청 주위를 떠나지 않습니다."

박영준에게 자리를 권하면서 간바가 말했다.

"아까 하신 말씀은 농담으로 알겠습니다. 부담 갖지 마시고 저녁이나 드시지요."

"허, 농담이라니?"

쓴웃음을 지은 박영준이 소매에서 엄지손톱만 한 알약 두 개를 꺼내 간바에게 내밀었다. 검정색 환약이다.

"자, 이걸 씹어 삼키시오."

"예?"

놀란 간바가 엉겁결에 손을 내밀어 환약을 집더니 우물쭈물했다.

"자, 어서."

박영준이 재촉하자 간바가 환약을 입안에 넣더니 씹었다. 청에 모인

1백여 쌍의 시선이 모두 간바에게 모였다. 뒤쪽에 앉은 한베, 고토 등도 숨을 죽이고 있다. 청 안에서는 기침 소리도 들리지 않았고 이윽고 간바는 환약을 삼켰다. 그때 박영준이 물었다.

"뱃속이 더운 느낌이 들지 않습니까?"

"그, 그렇습니다."

눈을 크게 뜬 간바가 손바닥으로 배를 문지르면서 말했다.

"배가 뜨거워집니다."

"곧 그 기운이 전신으로 퍼질 것이오."

"아, 예."

"그럼 잠깐 침실에 들어가 누우시오."

박영준이 몸을 일으키며 말을 이었다.

"누우면 곧 잠이 들 것이고 한 식경쯤 자고 나면 몸이 개운해져 있을 것이오. 그때 내 숙소까지 달려오실 수 있을 거요."

"예? 달려갑니까?"

간바가 외침처럼 묻더니 배를 문지르며 따라 일어섰다.

"그럼 저는 잠을 좀 자겠습니다, 대감."

청 안이 술렁거렸고 간바가 박영준의 등에 대고 소리쳤다.

"이따 뵙지요!"


"미친놈의 수작이다."

간바의 옆쪽에 앉아 박영준과 시선도 마주칠 기회가 없었던 오까다가 뱉듯이 말했다. 이제 청 안에는 10여 명밖에 남지 않았는데 삼삼오오 모여서 떠들썩한 분위기다. 오까다가 앞에 선 세끼에게 말을 이었다.

"수호역이 홀랑 빠진 것 같군. 잠을 자다가 그대로 황천으로 가는지 모르겠다."

지금 간바는 안쪽 침실로 들어가 있는 것이다. 그때 세끼가 목소리를 낮췄다.

"나리, 혼다 님이 영빈관에 오신다고 했소."

"영빈관에?"

이맛살을 찌푸린 오까다가 주위를 둘러보았다.

"아니, 왜 그렇게 서두는 거야? 영빈관에서 나간 후에 잡아도 되지 않아?"

"그건 모릅니다."

"이런."

낭패한 얼굴이 된 오까다가 어깨를 늘어뜨렸다. 혼다 패거리는 수호역의 집무소와 관저, 그리고 영빈관은 건드리지 않았던 것이다. 대신 수호역도 혼다의 근거지인 도호쿠사는 눈감아 주었다. 서로 상대방의 전력(戰力)을 아는 터라 전쟁은 피하겠다는 계산이다.

"영빈관에 묵는 천황가의 관리를 공공연히 치면 영주가 책임을 져야 돼."

투덜거린 오까다가 세끼를 보았다.

"혼다 님이 요즘 욕심을 너무 부리시는 것 같군."

박영준이 한베에게 말했다.

"한베, 걱정하지 않아도 된다. 내 의술은 머릿속에 저장되어 있었던 것이다."

영빈관의 청 안이다. 집무소에서 돌아온 박영준과 한베가 마룻방에 앉아 간바를 기다리고 있다. 집무소에서 영빈관까지는 2백 보쯤 떨어져서 달려온다면 금방이다. 한베의 시선을 받은 박영준이 말을 이었다.

"먼 훗날의 일이다, 한베."

"무슨 말씀입니까?"

"먼 훗날에는 간바의 병이 이렇게 치료가 된다는 말이야."

그때 밖이 소란스러워지더니 마당으로 하인이 달려 들어왔다.

"수호역님이 뛰어오시오!"

하인이 악을 쓰듯 소리쳤다.

"모두 수호역님을 따라 달려오고 있소!"


오까다가 들어서자 혼다의 이맛살이 찌푸려졌다. 도호쿠사의 법당 안이다. 부처님 상 바로 아래쪽에 보료를 놓고 앉은 혼다는 작은 부처님 같다.

"혼다 님, 오늘 밤 영빈관에 오신다고 들었습니다만"

오까다가 앞쪽 자리에 앉으면서 말했다.

"소례 박영준 일행을 공개적으로 치는 것이 되지 않겠습니까? 그렇게 되면 천황가가 야마시로 영주에게 책임을 묻게 됩니다."

"오까다 님."

혼다가 오까다의 말을 잘랐다.

"오까다 님은 하나는 알고 둘은 모르는군."

"뭘 모른단 말입니까?"소례 박영준이 이곳까지 뭐 하러 왔겠소?"

"아, 그거야 민생 시찰…."

"하찌만을 찾으러 온 거요."

숨을 죽인 오까다가 혼다를 보았다.

"어떻게 아십니까?"

"그놈들이 아정에서 기녀들한테 하찌만의 행방을 물었소. 기녀들이 다 이야기 해줬다는군."

혼다의 얼굴에 웃음이 떠올랐다.

"오까다 님 이야기도 어쩔 수 없이 나왔다는 거요."

"예엣?"

눈을 치켜뜬 오까다가 이를 악물었다.

"그, 오키 년이."

오까다도 오키가 혼다 야적단의 정보원임을 알고 있는 것이다.

"그놈들이 오키와 나미 두 나이든 년을 불러 경쟁시키듯이 하찌만 소식을 물었다는 거요."

"…"

"그러고 나서 오키는 나한테 달려왔지만 오까다 님을 조사하면 배후에 내가 있는 줄은 다 알겠지, 그렇지 않소?"

"…"

"그래서 내가 그놈들을 없애려는 거요. 영빈관에 있거나 말거나 서둘러 없애는 게 낫지, 그놈들이 말을 퍼뜨리거나 전령을 보내면 곤란해."

"혼다 님."

마침내 오까다가 입을 열었다.

"그 박영준이라는 소례 놈, 괴물입니다."

"무슨 말이오?"

"그놈이 환약 2개를 만들어 오더니 한 식경 만에 수호역을 달려가게 만들었습니다, 열 걸음만 걸어도 숨이 차서 주저앉던 사람을 말입니다."

"…"

"간바가 집무청에서 영빈관까지 2백 보가 넘는 거리를 단숨에 달려 왔습니다. 그 환약 2개를 먹고 나서 말입니다."

오까다가 머리를 저었다.

"혼다 님, 지금 영빈관이 난리가 났습니다. 주민들이 밤인데도 떼를 지어 몰려와 있단 말입니다. 그런데도 치시겠습니까?"

어깨를 편 간바가 이제는 초점이 또렷해진 눈으로 박영준을 보았다.

"하찌만 황자를 찾으러 오셨군요."

박영준이 간바에게 사실을 털어놓은 것이다. 영빈관의 청 안이다. 청 아래 마당에는 수백 명의 주민이 들끓고 있어서 소란했다. 간바가 질색을 하고 주민을 내몰려고 했지만 박영준이 말려서 주민 수는 점점 더 불어나고 있다. 이제는 환자를 데려오는 주민이 늘어나는 중이다. 간바가 말을 이었다.

"저도 소문을 들었습니다. 유흥가를 돌아다니다가 사라지셨다고 하던데요."

"혼다 야적단이 있지요?"

불쑥 박영준이 묻자 간바가 주위부터 둘러보았다. 둘 주위에는 한베, 고토, 그리고 간바의 가신 오무라까지 셋이 둘러앉았다. 나머지는 멀찍이 떨어져 있고 소란한 터라 목소리가 들리지 않을 것이다. 그때 간바가 박영준 쪽으로 상반신을 기울이고 말했다.

"예, 혼다 이찌로가 두목으로 야적단은 3백 명 가량입니다."

"왜 내버려둡니까? 혼다가 다케다 님 가신 출신이라면서요?"

그러자 간바가 쓴웃음을 지었다.

"그놈 세력이 막강합니다. 그래서 서로 경계선을 그어놓고 양립되어 있지요. 낮에는 제가, 밤에는 혼다가 케이호쿠를 지배하는 셈입니다."

간바가 길게 숨을 뱉더니 다시 어깨를 폈다.

"제가 병으로 운신이 힘들었기 때문인 것도 그 이유가 됩니다. 이제는 가만두지 않겠습니다."

"내통자가 있는 것을 알고계시지요?"

다시 박영준이 묻자 간바가 머리만 끄덕였다. 두 눈이 번들거리고 있다.


간바가 여러 번 인사를 한 후에 집무소로 돌아가자 이제는 마당에 몰려 있던 주민들이 벌떼처럼 청 밑으로 다가왔다. 감히 청 위로는 올라오지 못하고 밑에서 아우성을 쳤다. 영빈관 군사들이 막았지만 금방이라도 올라올 기세다.

"대감! 제 아비를 살려줍시오!"

"대감! 제 동생을 봐줍시오!"

"대감!"

이곳저곳에서 비명처럼 외치는 소리에 영빈관 마당이 떠나갈 것 같다. 그때 박영준이 자리에서 일어나 청 끝으로 다가가 섰다. 순간 모두의 시선이 모였고 마당이 조용해졌다. 박영준이 군중들을 둘러보며 말했다.

"내일 아침에 봐줄 테니 다시 오도록 하시오. 다만 이렇게 한꺼번에 몰리면 안 되니 주둔군 집무소에서 순서를 받아야 하오."

박영준의 목소리가 마당을 울렸다.

"야적 떼가 영빈관을 노리고 있다는 소문이 있소! 그러니 여러분도 조심하시오!"

"야적이? 그놈들을 죽여야 한다!"

사내 하나가 악을 쓰듯 외치자 군중들이 일제히 소리쳤다.

"야적들을 다 때려죽여야 한다!"

"그놈들을 잡아서 목을 떼어야 한다!"

그때 누군가 소리쳤다.

"영빈관을 지키자!"


방으로 들어선 박영준이 한베에게 말했다.

"혼다는 아마 지금쯤 이곳을 치려고 하다가 군중에 놀라 망설이고 있을 게다."

박영준의 얼굴에 웃음이 떠올랐다.

"이 근처에 있을 테니 찾는 것이 어렵지 않을 거다. 나가서 찾아라."

한베가 머리를 끄덕였다.

"이곳에 없으면 도호쿠사에 있겠지요, 바로 찾겠습니다."

한베가 방을 나갔을 때 박영준이 다시 밖의 소음에 귀를 기울였다. 다로가 나서서 경비병과 함께 군중들을 진정시키고 있다. 그러더니 수호역이 보낸 관리들이 군중들을 달래 순번을 정해주기 시작했다. 박영준이 벽에 등을 붙이고 앉아 심호흡을 했다. 전에는 숨과 함께 시간을 빨아들였지만 지금은 안 된다. 그러나 머릿속에 저장된 온갖 지식은 그대로다. 의학 지식도 그대로 남아 있다. 박영준의 입에서 혼잣말이 나왔다.

"내가 돌아간다면 유진이가 죽기 전으로 돌아가고 싶다."


한 시진쯤이 지난 후에 한베가 돌아왔다.

"주군, 혼다는 도호쿠사에 있습니다."

한베가 이마의 땀을 손등으로 닦으며 말했다. 이제는 깊은 밤이다. 영빈관 밖도 조용해졌다. 한베가 말을 이었다.

"졸개들이 하는 이야기를 엿들었더니 영빈관을 치려다가 군중 때문에 뒤로 미뤘다는 것입니다."

"그렇구나."

박영준이 벽에 기대 세워놓은 장검을 쥐고 자리에서 일어섰다.

"가자, 한베."

"어디로 말씀이오?"

"도호쿠사로 앞장을 서라."

한베의 시선을 받은 박영준이 쓴웃음을 지었다.

"너하고 나, 둘만 있으면 된다."


자시(12시)가 넘은 시간이라 도호쿠사는 깊은 정적에 덮여 있다. 그러나 안채 불당의 불은 켜졌고 혼다가 간바의 보좌역 오까다와 마주앉아 밀담을 나누고 있다.

"이왕 이렇게 된 것, 박영준을 베고 모른 척하는 수밖에 없어."

혼다가 말했을 때 오까다는 머리를 저었다.

"혼다 님, 상황이 불리합니다. 박영준이 주민을 치료하도록 놔두고 기회를 엿보기로 합시다."

"하찌만을 우리가 죽여 없앴다고 놈이 알고 있는 것 같단 말이오."

혼다의 목소리가 커졌다.

"갑자기 객방에서 사라졌다고 하면 어느 놈이 믿겠소? 아무도 믿지 않을 거요."

오까다가 입을 다물었다. 그렇다. 어느 날 아침, 하찌만은 홀연히 사라졌다. 그 전날 밤까지 오까다, 혼다와 함께 술을 마시고 나서 다음 날 아침에 들어와 보니 하찌만이 사라졌던 것이다. 바로 이곳 도호쿠사 객방에서 일어난 일이다. 혼다가 결심한 듯 말했다.

"내일 밤에 그놈을 치기로 합시다."

박영준이 벽에 등을 붙이고 나서 혼다의 말을 듣는다. 옆에 선 한베가 잔뜩 긴장한 채 숨을 죽이고 있다. 한베도 방금 혼다의 말을 들은 것이다. 둘은 도호쿠사 영내에 잠입, 안채 불당의 왼쪽 벽에 붙어 서 있다. 이제 옆쪽 문만 열고 들어가면 불당인 것이다. 한베가 머리를 돌려 박영준을 보았다.

"주군, 어떻게 하시렵니까?"

조금 전부터 박영준은 벽에 붙어 선 채 입을 다물고 있었기 때문이다. 그때 안에서 오까다의 목소리가 들렸다.

"혼다 님, 그렇게 되면 간바 님이 도호쿠사를 징벌하지 않을 수가 없게 됩니다. 이미 박영준이 천황가의 사자인 것을 밝힌 상황이라…."

"그럼 나는 이곳에서 당하기만 한단 말인가?"

혼다의 목소리가 커졌다.

"객방에서 흔적도 없이 사라진 하찌만을 내가 죽인 것으로 누명을 쓰고 말이오?"

"혼다 님…."

그때 박영준이 머리를 돌려 한베를 보았다.

"객방이 어디인가를 찾아라."

한베가 눈을 크게 뜨고 곧 몸을 틀더니 어둠 속으로 사라졌다.

"돌아갈 수 없는가?"

혼자 벽에 등을 붙이고 서서 박영준이 혼잣말로 말했다.

"돌아간다면 유진이가 죽기 전으로 돌아가고 싶다. 그렇게 되지 않으면 안 간다."

박영준의 얼굴에 쓴웃음이 번졌다. 이곳, 서기 600년대로 떨어진 이후 적응하며 살았다. 백제왕국의 계백도 만났고 의자 왕자의 신임을 받아 이렇게 왜국의 백제방까지 오게 되었다. 어차피 인연이 없는 것은 마찬가지인 것이다.

그리고 새로운 세상에 대한 호기심도 일어났기도 했다. 그런데 갑자기 의술로 간바를 회복시키고 났더니 뒤집힌 세상에 대해서 의구심이 일어났다. 주민들이 서로 살려달라고 아우성을 치는 것을 보자 어머니와 유진이가 떠올랐다. 전 세상으로 돌아갈 수는 없는 것일까?

이놈의 세상이 뒤집혔다면 가능하지 않을까? 유진과 어머니가 죽기 전의 세상으로 돌아가는 것이다. 그때 옆에서 인기척이 났다. 한베가 돌아온 것이다.

"주군, 객방은 폐쇄시켰습니다."

한베가 가쁜 숨을 몰아쉬며 말했다.

"문짝에 판자를 대고 못질을 해서 들어갈 수 없게 만들어 놓았습니다."

안에서 혼다의 이야기를 들은 터라 한베가 목소리를 낮췄다.

"하찌만 황자가 방에서 사라졌다니 괴이해서 출입을 금지시킨 것 같습니다."

"가자, 어디냐?"

박영준이 발을 떼며 말했다.

객방은 골짜기 안쪽에 위치하고 있었는데 5칸짜리 독채다. 깊은 밤, 짙은 어둠에 묻힌 객방은 불빛도 없었기 때문에 큰 바윗덩이처럼 보였다. 객방 앞으로 다가간 박영준이 문에 못질을 한 판자를 잡고 주위를 둘러보았다.

이곳에서 본당까지는 1백 보쯤 떨어졌고 보초도 세우지 않았다. 아래쪽 2백 보쯤 거리에 졸개들의 숙소가 있다. 다가선 한베가 박영준에게 말했다.

"주군, 들어가시려는 겁니까?"

"넌 여기서 기다려라."

한베에게 지시한 박영준이 판자를 잡아 뜯었다.

"뿌직."

못이 빠지는 소리가 들리면서 판자가 떼어졌다. 다시 또 한쪽의 판자를 떼어 놓은 박영준이 여닫이문을 열었다. 그 순간 매캐한 냄새가 맡아졌다. 공기가 통하지 않았기 때문이다.

안은 꽤 큰 마룻방이다. 어둠 속이었지만 박영준은 마룻방 끝 쪽의 방문을 보았다. 마루를 건넌 박영준이 방문을 열었다. 다시 묵은 공기 냄새가 맡아졌다.

이곳이 객방의 침실이다. 사방 20자(6미터)쯤의 침실도 안쪽에 침상하나만 놓였을 뿐 텅 비었다. 방은 깨끗하게 청소되어 있다. 박영준이 심호흡을 했다.

"이곳에서 하찌만이 사라졌는가?"

혼잣소리로 물은 박영준이 침대에 걸터앉았다. 어둠 속이다. 바깥과는 단절되어서 방안은 마치 먹물 속 같다. 박영준이 다시, 이번에는 힘껏 숨을 들이켰다.

"자, 시간을 움직여 보아라."

이 사이로 말한 박영준이 다시 숨을 들이켰다.

"하찌만이 이곳에서 사라졌다면 나도 움직여보아라."

그러나 어둠은 변하지 않았다. 머리를 끄덕인 박영준이 몸을 일으켰다. 얼굴에 쓴웃음이 떠올라 있다.

"이곳이 아니란 말인가?"

방을 나오면서 박영준이 혼잣말로 말을 잇는다.

"서두를 것 없다. 유진이가 죽기 전으로 돌아가지 않을 바에는 여기 있는 것이 낫다."


"오늘 오후에 연락을 드리지."

혼다가 다짐하듯 말했을 때 오까다는 한숨만 뱉고 자리에서 일어섰다. 혼다를 만류할 기력이 일지 않았기 때문이다. 혼다는 오늘 밤에 백제방 감찰관이며 천황이 소례 직임을 준 고관을 기어코 베어 줄일 작정이다.

하찌만이 도호쿠사에서 실종되었으니 길을 막고 물어보아도 혼다가 죽인 것으로 아는 것은 당연했다. 하찌만을 찾으러 온 박영준이 그 내막을 천황에게 알린다면 천황은 전국의 영주를 동원해서 이곳을 초토화시키고도 남는다.

그러기 전에 아예 박영준의 입부터 막아 보자는 것이다. 그래서 최소한 시간을 벌 수 있지 않겠는가? 대꾸도 하지 않고 오까다가 방문을 열었을 때다.

"앗!"

놀란 오까다가 한 발짝 물러선 순간이다.

"딱!"

둔탁한 충격음이 울리더니 오까다가 뒤로 벌떡 넘어졌다. 바로 뒤에 서 있던 혼다가 황급히 옆으로 피했지만 대응하기에는 한 순간이 늦었다.

"딱!"

다시 충격음이 울리면서 이번에는 신음이 터졌다.

"으윽!"

피하느라 몸을 비틀었던 혼다는 칼집째 내려친 장검에 어깨뼈가 부서졌다. 몸을 비틀었던 혼다는 두 번째 날아오는 장검을 뻔히 보면서도 맞았다.

"뻑!"

정통으로 이마를 맞은 혼다가 두 눈을 뒤집고 뒤로 넘어졌다. 먼저 넘어진 오까다는 이미 기절한 후다.


눈을 뜬 혼다는 자신의 몸이 묶여 있는 것을 보았다. 두 손이 등 뒤로 묶이고 다리는 무릎과 발목이 묶여서 마치 벌레처럼 벽에 기대 앉혀졌다. 이마에서 흘러내린 피가 입을 적셔 피가 입안에 고여 있다. 법당 안이다.

오까다는 아직도 반듯이 눕혀져 있었는데 묶지도 않았다. 늘어져 있는 것이 죽은 것 같다. 머리 위쪽이 부서져서 법당 바닥에 피가 흥건했고 반듯이 누운 꼴이 시체다. 그때 옆쪽에서 인기척이 났기 때문에 혼다가 소스라쳤다. 방안이 비어 있었기 때문이다. 사내 둘이 불상 뒤쪽에서 나왔다.

앞장선 사내는 조금 전 칼집째 둘을 내려친 거인(巨人), 혼다는 그가 바로 백제방 감찰관 박영준임을 알 수 있었다. 우선 거인, 그리고 그 엄청난 검력(劍力)이 소문대로다. 그때 앞에 선 거인이 지그시 혼다를 보았다. 뒤쪽의 사내는 시종인 것 같다. 잠자코 시선만 준다.

"객방에서 하찌만 황자가 어떻게 없어졌는지를 말해라."

거인이 대뜸 말했다.

"네가 죽여 없애지 않았다면 그때의 상황을 그대로 말해줘야 될 것 아니냐? 내가 믿어주마."

거인의 시선을 받은 혼다가 긴 숨을 뱉었다. 머릿속이 맑아졌고 가슴이 따뜻해진 느낌이 들었기 때문이다.

"좋소, 말하겠소."

어깨를 편 혼다가 똑바로 박영준을 보았다. 백제방 감찰관이며 소례 직임의 박영준이 거인(巨人)이라는 것은 알고 있다. 눈앞에 선 거인이 바로 박영준인 것이다. 혼다가 말을 이었다.

"객방의 문은 하나뿐이오. 보셨소?"

"보고 왔다."

박영준이 계속하라는 시늉으로 고개를 끄덕였다. 혼다가 말을 이었다.

"그날 밤 방으로 들어간 하찌만 황자가 나오지 않기에 내가 직접 방으로 들어갔소. 졸개들은 왕자의 처소에 들어가지 못하게 했기 때문이오."

"계속해라."

"내가 방에 들어갔을 때는 사시(오전 10시) 무렵이었소. 그런데 방안이 더웠소, 밖은 눈보라가 휘몰아치는 날씨인데도 그랬소."

"방에 불을 피웠나?"

"그런 건 없소."

"왜 덥다는 거냐?"

"그것이 괴이했소."

이맛살을 찌푸린 혼다가 입안에 고인 피를 삼키고 나서 말을 이었다.

"잠깐 있었는데도 몸에서 땀이 났소. 괴이했고 두려웠소, 텅 빈 방이 뜨겁다니. 더구나 밖에서는 눈보라가 휘몰아치고 있는데 말이오."

"계속해라."

"그래서 방안을 뒤졌지만 황자의 짐은 물론 옷가지 한 점 남아 있지 않았소."

"이상한 점은 없더냐?"

"없었소."

머리를 저었던 혼다가 입술을 비틀고 웃었다.

"방이 뜨거운 것이 이상한 일 아니오? 그래서 도망치듯이 나왔소."

"그 후로 들어가 보았느냐?"

"한 식경쯤 후에 이번에는 졸개들과 함께 들어가 보았소. 그랬더니 그때는 냉방이 되어 있습디다, 그래서 아예 문짝에 못질을 해서 막아 놓았던 것이오."

"…"

"졸개들도 내가 황자를 없앤 줄 아는 모양이오. 문을 막고 황자에 대해 함구령을 내리니까 말이오."

머리를 든 혼다가 박영준을 보았다.

"자, 난 다 말했소. 이젠 죽이려면 죽이시오."


"주군, 그놈 말을 믿으십니까?"

돌아오는 길에 한베가 물었다.

"갑자기 방이 뜨거워지다니요? 방이 지옥에 빠지기라도 했단 말인가요?"

박영준이 머리를 돌려 한베를 보았다.

"너 금방 뭐라고 했느냐? 방이 지옥에 빠졌다고?"

"예, 지옥은 뜨겁지 않습니까?"

한베가 말고삐를 잡으며 건성으로 말했다.

깊은 밤, 이제 둘은 다시 영빈관으로 돌아가는 중이다. 생각에 잠긴 박영준은 입을 다물었고 한베가 말을 이었다.

"혼다의 말을 믿을 수가 없습니다. 그놈이 궁지를 벗어나려고 허무맹랑한 거짓말을 한 겁니다."

"조금 두고 보기로 하자."

"그놈을 다시 만나실 작정입니까?"

한베가 물었지만 박영준은 대답하지 않았다. 박영준은 혼다를 살려주고 돌아가는 길이다. 머리를 맞은 오까다도 살아났지만 며칠간은 운신하지 못할 것이었다.


그날 아침부터 영빈관은 병든 환자를 데려온 가족과 환자들로 인산인해를 이루었다. 간바가 경비병을 총동원해서 질서를 잡으려고 했지만 소문을 듣고 주민들이 끊임없이 늘어났다. 가끔 엄청난 환호성이 울렸는데 박영준이 즉석에서 병을 고쳤기 때문이다.

허리를 다쳐 3년간 반신불수가 되었던 사내가 벌떡 일어나 걷는가하면 실명했던 여자가 눈에 침을 한 방 맞더니 세상이 다 보인다고 날뛰었다. 이러니 대소동이 안 날 수가 없다.

"주군, 이제 수천 명이 모였습니다."

미시(오후 2시)가 되었을 때 한베가 다가와 말했다.

"점점 더 군중이 몰려들어서 경비군이 진땀을 빼고 있습니다."

박영준이 머리를 끄덕였다.

"신시(오후 4시)까지만 환자를 보겠다, 그러고는 이곳을 떠난다."

"예, 준비하지요."

한베의 얼굴에 생기가 띠어졌다.

"주군께서는 신의십니다, 도무지 주군의 역량을 측량할 수가 없습니다."

"너는 말해줘도 이해하지 못할 거야."

머리를 다쳐 석 달간 식물인간이 되어 있던 사내를 잠에서 깨우듯이 일으켜 세운 박영준이 쓴웃음을 짓고 말했다.

"내가 있던 세상은 네 꿈속에서도 비치지 않았을 테니까."

그때 환자의 가족이 놀람과 기쁨의 환호성을 지르는 바람에 한베는 대꾸도 못 했다.


케이호쿠(京北)를 떠난 박영준의 일행 넷이 쯔야마성에 도착했을 때는 술시(오후 8시) 무렵이다. 성문이 닫혀 있었기 때문에 넷은 성 밖의 주막에 여장을 풀었는데 손님이 많았다. 방도 가득 차서 넷은 마룻방의 다른 손님들과 함께 자는 수밖에 없다.

다행히 마룻방이 넓어서 10여 명의 잠자리를 만들어 주었다. 구석에 자리 잡은 넷은 떠들썩한 소음에 파묻혔다. 서너 명은 술을 마셨고 서너 명은 둘러 앉아 이야기하는 중이다. 잠을 자는 손님은 대여섯뿐이다.

"전쟁이 언제 그친다는 거야?"

사내 하나가 묻자 다른 사내가 대답했다.

"금방 승부가 안 날 거야. 수십 년을 끌어온 전쟁이라 서로 너무나 잘 알거든."

"젠장, 농민만 죽어나가는 거지, 올 겨울에는 또 무더기로 굶어죽겠구나."

"굶어죽지 않으려면 산적 무리에 끼는 것이 낫지."

술에 취한 사내들의 언행은 거침이 없다. 박영준은 벽을 향한 채 모로 누워서 주고받는 이야기를 듣는다. 옆쪽에 한베, 다로, 고토가 가로막듯이 앉아서 벽 구실을 한다. 그때 사내 하나가 말했다.

"들었나? 데쓰 고지로가 화살에 맞아 죽었다는데, 암살당한 것 같다네."

"결국 당했구면."

사내가 시큰둥한 목소리로 대답했다.

"그동안 수십 번 암살 시도를 했지."

박영준이 숨을 멈추고는 이야기를 듣는다. 한베도 놀란 것 같다. 모두 몸을 굳히고 있다. 사내가 말을 이었다.

"그렇다면 누가 그곳 영주가 되는 거야? 중신(重臣) 오구라인가?"

"아냐."

새 목소리가 나섰다.

"지난번 데쓰 고지로가 제 후계자로 백제방 감찰관을 세웠다네."

"그런가? 하지만 그자는 지금 어디 있는데?"

"내가 아나?"

그때 머리를 든 박영준이 한베를 보았다. 굳어진 얼굴이다. 한베와

217

시선이 마주치자 박영준이 낮게 말했다.

"내일 자세히 알아보아라."


다음 날 오전, 성안으로 들어가 여관에 묵고 있는 박영준에게 한베가 보고했다. 한베는 성안의 소문을 듣고 온 것이다.

"데쓰 님이 암살당한 것은 맞습니다. 열흘쯤 전에 성 밖의 숲에서 화살을 맞았다고 합니다."

한베가 말을 이었다.

"지금 가신들이 주군을 찾고 있다고 합니다."

"…"

"주군이 후계자로 정해졌지 않습니까?"

박영준은 시선만 주었고 한베가 목소리를 낮췄다.

"단바군(軍)이 데쓰 님 영지로 남하한다는 소문이 돌고 있습니다. 주인 없는 땅은 단바군이 점령할 것이고 곧 살육이 일어나겠지요."

"…"

"주군, 이제 자리를 잡으실 기회가 왔습니다, 내려가시지요."

한베가 말하자 박영준의 얼굴에 쓴웃음이 번졌다.

"내가 영주가 되라는 말이냐?"


오구라가 앞에 선 가신들을 흘겨보았다.

"기다려라. 박영준 님이 이곳 소식을 듣고 오실 거다."

"오구라 님."

가신 하나가 큰 소리로 말을 받았다.

"그 사이에 단바군(軍)이 내려올 것이오. 그러니 미리 대비를 하자는

218

것이오."

"야마시로군(軍)을 끌어들이다니, 뱀을 피하려다가 늑대를 집안에 들이는 셈이다."

"단바군(軍)이 이곳을 점령하면 살아남는 자는 없을 것입니다."

나베성의 청 안이다. 청에는 20여 명의 가신이 모여 있었는데 분위기가 뒤숭숭했다. 중신(重臣) 오구라가 이야기하는데도 서너 명이 수군거렸고 몇 명은 서둘러 밖으로 나가기도 한다. 그때 가로(家老) 중 하나인 아키가 나섰다.

"오구라 님, 이곳 나베성이 단바군과 가깝습니다. 그러니 아모세 골짜기로 피신하는 것이 어떻습니까? 아모세에서 지구전을 벌이는 것입니다."

"이런."

혀를 찬 오구라가 아키를 노려보았다.

"이봐, 아키, 그럼 성안의 주민 2만여 명을 다 끌고 가자는 말인가?"

"아니지요, 군량과 군사들만 데리고 가는 겁니다. 주민을 챙길 여유가 어디 있습니까?"

"닥쳐! 주민 없는 영지가 무슨 소용이 있나!"

"군사부터 살려야 영지를 지킬 것 아닙니까?"

아키도 지지 않는다. 나이도 비슷한 데다 아키는 정무에는 간여하지 않고 재정만 돌보았다. 아키도 소리치듯 말을 이었다.

"단바군(軍)도 주민은 건드리지 않을 것이오! 이것은 군(軍)과 군(軍)의 싸움 아닙니까?"

"주민을 감싸 안는 군(軍)이야말로 영지를 보유할 자격이 있는 거야. 이 사람아, 주민은 물건이 아니란 말이네, 버렸다가 줍는 물건이."

오구라가 청 바닥을 부채로 내려치면서 말했을 때에야 아키가 입을 다물었다. 그러나 아직 눈빛이 강했고 입술 끝에서 경련이 일어나고 있다. 승복하지 않는 것이다. 그때 오구라가 머리를 돌려 무장 하나에게 물었다. 기둥 옆에 선 무장이다.

"오가타! 병력은 얼마나 남았는가?"

"예, 기마군 1,300, 보군 2,400 정도입니다."

무장의 얼굴에 일그러진 웃음이 떠올랐다.

"하루에 20에서 30명 사이로 도망병이 생깁니다, 오구라 님."

청 안의 가신들이 모두 입을 다물었고 다시 오구라가 물었다.

"사기가 떨어져 있는 것은 알겠네, 단바군(軍) 중 가장 가깝게 있는 부대는 이제 어느 군(軍)인가?"

단바군이 수시로 이동하기 때문이다. 그러나 아직 국경을 넘어오지는 않았다. 이쪽을 혼란에 빠뜨리려는 작전이다.

"사사끼가 이끄는 기마군으로 이곳에서 50리(25킬로) 거리에 있습니다."

오가타가 외면하고 말했다.

"병력은 6백 기, 한나절이면 성문 앞에 닿을 것이오."

"놈들이 수시로 정탐병을 보내고 있소."

무장 하나가 거들었다.

"어제도 10여 기의 정탐병이 성 앞까지 왔다가 돌아갔습니다."

오구라가 머리를 끄덕였다.

"나도 들었다. 성 앞까지 바짝 다가왔다가 갔다고 했지?"

머리를 돌린 오구라가 아키를 보았다.

"이보게, 아키, 저놈들한테 깔보이면 우린 다 죽네. 이럴수록 똘똘 뭉쳐야 하네.”

“글쎄, 그것이….”

마침내 아키가 손등으로 눈물을 닦았다.

“구심점이 있어야 똘똘 뭉치든지 모이든지 할 것 아니오? 박영준 님만 기약 없이 기다리는 것이 답답해서 그렇소!”

“며칠만 더 기다려 보기로 하자.”

오구라의 목소리가 떨렸다.

“박영준 님이 케이호쿠(京北)에 계시다는 소문을 들었어. 그곳에서 이곳까지는 나흘 길이야.”

“기마군 진지가 잘 정돈되었습니다.”

한베가 앞쪽을 내려다보면서 말했다.

“깃발이 눈에 익습니다. 사이고 님의 가신 사사끼의 물고기 문장이군요. 물고기 문장은 드물어서 기억하고 있습니다.”

오후 미시(2시) 무렵, 일행은 이제 데쓰의 영지에서 50리 거리로 다가와 있는 것이다.

“주군, 기마군이 출동 준비를 하는군요. 말에 양곡을 싣는 것이 떠날 것 같습니다.”

“나흘분이다.”

아래쪽을 내려다보면서 박영준이 말했다.

“치중대 말 50필에 실을 수 있는 무게는 6백 명 기마군의 나흘분의 식량이다.”

“나흘 안에 돌아오거나 나베성을 함락시켜야겠습니다, 주군.”

“함락시켜야겠지, 그동안 증원군이 올 테니까.”

박영준은 이틀 밤낮을 달려 이곳까지 온 것이다. 이제 나베성이 두 시진 거리로 다가왔는데 단바 기마군을 만나게 되었다. 데쓰 영지에 가장 바짝 다가간 단바군(軍)이 될 것이다.

사사끼는 38세로 대를 이어서 사이고의 기마군 대장을 지낸 집안의 후계자다. 아버지 도고는 20년 전에 야마시로와의 전쟁에서 죽었고 조부 히끼리도 기마군 대장을 지내다가 전쟁 중에 죽었다.

사사끼의 녹봉은 1,500석, 조부 때부터 1,500석에서 늘어나지 않은 것은 영주 사이고와 사이고의 부친 마에다의 성품이 비슷했기 때문일 것이다. 끝없이 부하들을 의심했고 공을 세우면 시기했다. 그 공을 핑계 삼아 영주의 권위에 도전할까 의심했다.

그렇다고 공을 세우지 않을 수가 없다. 전쟁에서 패했거나 후퇴라도 하면 가차 없이 녹봉을 깎고 방출하거나 벌을 주었기 때문이다. 사사끼가 부관 오하리에게 말했다.

"신시(오후 4시)에 출발할 테니 서둘지 마라, 오늘 중으로 성 앞에 닿기만 하면 된다."

"오구라가 결사 항전을 할 것 같습니다."

오하리가 불안한 표정으로 말했다.

"영주께서 이번은 기필코 데쓰 잔당을 소탕하고 영지를 회복하라고 하시니 가신 여럿이 죽겠습니다."

"죽으면 그 자리를 신진 세력이 채우겠지, 다 그렇게 영지가 유지되는 것 아니냐?"

진막 밖에 선 사사끼가 머리를 들고 옆쪽 산을 보았다.

"저기, 중턱에서 어른거리는 놈들은 주민인가?"

"사흘째 이곳에 주둔했더니 인근 마을에서 구경들을 옵니다."

"정탐병도 끼어 있겠군."

"그렇겠지요."

오하리도 그쪽에 시선을 주면서 말했다. 그렇다고 옆에서 어른거리는 구경꾼들을 다 잡으러 다닐 수는 없는 노릇이다. 녹봉 250석으로 이쪽도 대를 이어서 기마군 가문으로 사이고에게 봉사해온 오하리다.

그러나 오하리의 부친 이치로는 녹봉 2천 석의 중견 무장이었다가 전투에서 패하는 바람에 가문의 녹봉이 250석으로 삭감되었다. 장렬한 전사를 했지만 패전의 책임을 물은 것이다. 그 한(恨)이 자식인 오하리의 가슴에 남아 있는 것이다. 그때 사사끼가 혼잣소리처럼 말했다.

"데쓰 님이 이 난세를 이끌어 갈 줄 알았는데…."

그 순간 오하리가 숨을 들이켰다.

"사사끼 님, 누가 듣습니다."

"네가 들었지 않느냐?"

오하리는 26세, 사사끼의 부관으로 7년째였으니 사부나 같다. 주위를 둘러본 오하리가 말을 이었다.

"데쓰 님이 죽고 나서 우리를 이곳에 투입시킨 것도 의심을 받았기 때문입니다."

"그걸 누가 모르느냐? 부장(副將) 마쓰모토가 내 감시역이다."

"내 수하 후고가 내 감시역이오."

쓴웃음을 지은 오하리가 말했을 때 마침 기마군 조장 후고가 다가왔다.

"출동 준비가 되었습니다."

이제 나베성을 향해 떠나는 것이다.

말을 달려 한 시진 만에 나베성이 보이는 산기슭에 닿았을 때 앞쪽에 검문소가 보였다.

보군과 기마군 20여 명이 지키고 있었는데 이곳에서 나베성까지는 3리(1.5킬로) 거리다.

"멈춰라!"

4기의 기마인에 긴장한 군사들이 검문소에서 몰려나왔고 제각기 창, 칼을 겨누었다. 검문소 앞에서 말을 멈춘 한베가 먼저 소리쳤다.

"나베성에 서둘러 전령을 보내라! 박영준 님이 오셨다!"

놀란 초소 군사들의 시선이 박영준에게 머물렀다.

"박영준 님이시오?"

"그렇다!"

대답은 한베가 했다.

"서둘러라! 단바군이 이쪽으로 오고 있다!"


그 시간에 단바 영주 사이고는 기마군 3천, 보군 5천을 이끌고 남하하는 중이다. 야마시로와의 전쟁도 잠깐 중지시킨 채 데쓰의 죽음으로 무주공산이 된 남쪽 영지를 수복하려는 것이다.

사이고의 진(陣)은 중군(中軍)이 두텁기로 유명하다. 이번에도 전군(全軍)의 7할이 중군이 되어 호호탕탕 진군하고 있었는데 중군(中軍)의 중심에 대나무 잎 3개가 찍힌 깃발이 바람에 펄럭였다. 이것이 사이고의 문장이다.

"데쓰놈이 후계자로 백제방 놈을 임명한 것은 백제방과 천황의 지원을 받겠다는 간계였다."

사이고가 웃음 띤 얼굴로 말을 이었다.

"교활한 놈, 그것이 제 명을 단축하리라고는 상상도 못 했겠지."

그렇다. 그 소문을 들은 사이고가 자객을 보내 데쓰를 활로 쏘아 암살한 것이다. 그때 옆을 따르던 가로(家老) 와세다가 사이고를 보았다.

"주군, 만일 박영준이 데쓰 영지로 들어왔다면 전쟁이 길어질 것 같습니다."

"걱정할 것 없다, 아키가 배신할 테니까."

"아키가 말씀이오?"

놀란 와세다가 사이고 옆으로 말을 바짝 붙였다. 그들은 말을 타고 속보로 전진하는 중이다.

"아키가 어떻게 배신합니까?"

"성문을 열어 주기로 했다."

사이고의 얼굴에 웃음이 떠올랐다.

"내가 아키에게 3천 석 녹봉을 준다고 했지."

"그럼 저보다 녹봉을 많이 받는 중신(重臣)이 되겠습니다."

"공을 세웠으니 당연히 받아야지."

사이고가 말을 이었다.

"데쓰 고지로를 쏘아 죽인 이나다는 녹봉 5백 석을 주기로 했다."

일개 낭인이었던 이나다는 이제 사이고의 5백석짜리 가신이 된 것이다.


"어이구, 대감, 오셨습니까?"

박영준이 성안에 들어섰을 때 기다리고 서 있던 오구라가 소리쳤다.

"이제 돌아가신 주군의 한이 풀렸소!"

주위에 선 가신(家臣), 무장, 주민들이 들으라고 한 소리다.

"돌아가셨다는 소문을 듣고 왔네."

다가선 박영준에게 오구라가 무릎을 꿇고 절을 했다. 그러자 뒤쪽의 가신, 무장, 주민들이 일제히 땅바닥에 무릎을 꿇었다.

"이제부터는 대감께서 내 주군이시오!"

오구라가 악을 쓰듯이 외쳤다.

"데쓰 고지로 님의 유언이시오!"


"아니, 저 깃발은?"

나베성 성루에 꽂힌 깃발을 본 오하리가 소리쳤다.

"죽은 데쓰 님의 깃발 아니오?"

"그렇군."

사사끼가 깃발을 노려보았다. 붉은색 바탕에 노란색 초승달을 그려 넣은 데쓰 고지로의 깃발이다. 크다, 멀리서도 보인다.

"저게 왜 다시 꽂혀 있지요?"

오하리가 소리치듯 묻자 사사끼의 얼굴이 굳어졌다.

"데쓰 님의 대리역이 온 것 같다."

"그, 그렇다면 백제방의⋯."

"그렇다."

"큰일인데요."

오하리가 주위를 둘러보았다.

"그렇다면 영주께 알려야 되지 않겠습니까?"

"아니, 확인을 하고 나서."

신중한 사사끼가 손을 들어 대열의 전진을 중지시켰다. 이곳은 나베 성 앞 2리(1킬로) 거리의 황무지다. 기마군 6백 기가 일제히 정지하자 면지가 구름처럼 일어났다. 그때 사사끼가 말고삐를 움켜쥐면서 말했다.

"내가 성 앞까지 가 보겠다."

"저도 같이 가지요."

오하리가 말 머리를 돌리면서 소리쳤다.

"같이 확인을 하십시다!"


"저기 정탐병이 옵니다!"

성루에 선 군사 하나가 소리쳤다. 모두의 시선이 그쪽으로 모였다. 박영준과 한베도 먼지를 일으키며 달려오는 10여 기의 기마군을 보았다. 저녁 햇살이 비스듬히 비치는 유시(6시) 무렵, 앞쪽 황무지는 절반쯤 그늘에 덮여 있다. 달려오는 기마군과의 거리는 1리(500미터) 정도, 기마군은 점점 가까워지고 있다. 그때 한베가 말했다.

"정탐병 치고는 무장이 엄중하군요."

"성루에 걸린 깃발을 확인하려는 것 같다."

박영준이 말했을 때 오구라가 거들었다.

"사사끼 군(軍)입니다, 장수가 확인하려고 직접 나선 것 같습니다."

박영준이 기마군 중심에 위치한 장수를 보았다. 거리는 이제 3백 보 정도로 가까워졌다. 화살의 유효 사거리가 1백 보 정도였으니 150보까지는 정찰병이 마음 놓고 다가오는 상황이다. 장수는 거침없이 다가오고 있었는데 투구의 쇠장식이 저녁 햇살을 받아 반짝였다.

이윽고 250보 거리에서 기마대가 먼지 구름을 일으키고 멈춰 섰다. 이제 얼굴도 드러났다. 그때 이쪽에서 누군가 소리쳤다.

"사사끼입니다!"

사사끼가 직접 온 것이다. 그때 박영준이 머리를 돌려 오구라에게 말했다.

"말 한 필을 끌고 오도록."

"그러지요."

대뜸 대답했던 오구라가 박영준을 보았다.

"대감, 왜 그러십니까?"

"빨리 말이나 끌고 오게!"

박영준이 소리치자 아래쪽의 무장 하나가 걸어둔 말고삐를 잡아끌고 왔다.

"내가 저자를 만나고 올 테니까 기다리게."

오구라에게 말한 박영준이 두 걸음에 성루를 내려가 말에 뛰어 올랐다.

"성문을 열어라!"

박영준이 소리치자 놀란 수문장이 군사들과 함께 달려들어 육중한 성문을 열었다. 그때 오구라가 다시 소리쳤다.

"대감 뒤를 따르게 하지요!"

"필요 없네!"

머리를 든 박영준이 웃음 띤 얼굴로 말하고는 말에 박차를 넣었다. 놀란 말이 껑충 뛰어 오르더니 질풍같이 내달리기 시작했다. 박영준이 성문을 빠져나가자 성루의 모든 군사가 시선을 준다. 성루 아래쪽에 있던 군사들도 뛰어 올라왔다.


성문이 열리자 긴장한 사사끼가 말고삐를 고쳐 쥐었을 때 바로 말 한 필이 달려 나왔다. 성문과의 거리는 250보, 기마군이 몰려나오면 10기의 정찰대로는 위험한 터라 말 머리를 돌리려던 참이다.

"1기입니다!"

옆을 따르던 오하리가 소리쳤다.

"뒤를 따르는 기마군은 없습니다!"

사사끼가 말 머리를 바로 세우고는 달려오는 기마군을 보았다. 전령인가 했더니 아니다. 앉은키가 크다. 가죽 허리 갑옷만 두르고 허리에 장검을 찼을 뿐 머리에 투구도 쓰지 않았다. 누구인가? 그때 기마군이 거침없이 달려왔다. 사사끼 주위를 둘러싼 기마대도 긴장한 채 입을 다물고 있다.

"서라!"

마침내 오하리가 버럭 소리쳤다.

"이놈! 용건을 대라!"

무작정 달려오니 그럴 수밖에. 사사끼도 이런 경우가 처음이었으니 오하리는 오죽하겠는가. 이제 달려오는 기마군과의 거리는 30보로 가까워졌다. 그때 기마군이 소리쳤다.

"사사끼한테 할 말이 있다!"

소리친 박영준이 말을 몰아 사사끼의 10보쯤 앞에 멈춰 섰다. 말을 진정시킨 박영준의 주위로 기마군이 둘러쌌다. 창을 쥔 기마군이 박영준의 몸통을 겨누었고 빼든 칼이 금방이라도 내리칠 기세다. 박영준이 주위를 둘러보면서 쓴웃음을 지었다. 그러고는 시선이 사사끼에게로 옮겨졌다.

"네가 사사끼냐?"

"넌 누구냐?"

사사끼가 되물었을 때 박영준이 주위를 둘러보며 말했다.

"난 백제방 감찰관이며 소례 직임을 받은 박영준, 백제의 한솔이기도 하다."

"아, 그대가."

놀란 사사끼가 숨을 들이켜더니 군사들에게 지시했다.

"뒤로 물러가라!"

기마군들이 주춤대며 사사끼의 뒤로 물러가자 시야가 트였다. 그때 박영준이 사사끼에게 차분하게 말했다.

"내가 데쓰 고지로 님의 뒤를 이어 이곳 영주가 되려고 한다. 너 나와 함께 이 난세를 평정하지 않겠느냐?"

"무엇이?"

사사끼가 어처구니없다는 표정을 짓고 앞에 선 오하리를 보았다.

"오하리, 들었느냐?"

"들었소."

오하리가 어깨를 부풀렸다가 내렸다.

"저자가 미친 것 같소."

그때 박영준이 말했다.

"오늘 밤에 내가 네 진중으로 찾아가마, 그때 다시 이야기하자."

"내 진중으로 말인가?"

사사끼가 되묻고는 쓴웃음을 지었다.

"이상한 분이시군. 나를 어떻게 알고 그런 제의를 하는 거요?"

"네가 이끄는 기마군에 전의(戰意)가 보이지 않았기 때문이다. 그것이 부대장인 너 때문이 아니겠느냐?"

사사끼가 숨을 들이켰고 박영준이 말 머리를 돌리면서 말을 이었다.

"네가 기마군 10기만 이끌고 이렇게 접근한 것도 나를 만나고 싶기 때문인 것 아닌가? 그럼 밤에 만나자."

230

박영준이 말에 박차를 넣고 성으로 달려갔다. 뒤쪽에서는 반응이 없다.

성으로 돌아온 박영준의 주위를 가신(家臣)들이 둘러쌌다.
"대감, 무슨 말씀을 하셨습니까?"
오구라가 다급하게 묻자 박영준이 발을 떼면서 말했다.
"그건 나중에 말할 테니 우선 성루에 횃불을 환하게 밝혀두도록."
"예, 대감."
"이곳에서 단바의 사이고를 멸망시킬 것이다."
박영준이 소리쳐 말하자 뒤를 따르던 장수들이 웅성거렸다. 갑자기 활기가 일어난 것이다.

청 안, 해시(밤 10시)가 되어서 청에는 기름등을 환하게 밝혀 놓았다. 청의 상석에는 박영준이 앉았고 앞쪽에 50여 명의 가신들이 자리 잡고 있다. 3만5천 석짜리 영주였지만 남은 가신들은 다 모인 셈이다. 박영준이 가신들을 둘러보았다.

가로(家老) 아키와 중신(重臣) 오구라가 좌우의 앞쪽에 자리 잡았고 그 뒤쪽으로 녹봉의 등급에 따라 앉았는데 모두 굳은 표정이다. 이미 성 밖에는 단바군(軍)이 포진했고 전령의 보고에 의하면 내일 오후까지는 5천이 넘는 단바군이 성 앞에 도착할 것이었다. 한베는 소리죽여 숨을 뱉었다.

한베와 고토, 다로는 박영준의 가신(家臣)이다. 그래서 특별 취급을 받아 옆쪽 벽에 자리가 배정되었는데 가신들을 옆쪽으로 바라보는 위치였다. 청 안은 조용하다. 무거운 정적이 덮이고 있다. 조금 전 박영준이 착석했고 아직 입을 열지는 않았기 때문이다.

박영준은 지금 보름 전만 해도 데쓰 고지로가 앉았던 자리를 차지하고 있는 것이다. 그것은 박영준이 데쓰의 유언을 받아들였다는 증거였다. 이윽고 박영준이 입을 열었다.

"나는 먼 곳에서 왔다."

모두 경청하고 있다. 청 안에서는 이제 숨소리도 들리지 않는다. 모두 '먼 곳'이란 바다 건너 백제 땅이라고 믿는 것이다. 박영준이 말을 이었다.

"이곳까지 자의 반 타의 반으로 흘러왔지만 이제 이곳에 정착할 것이다."

"주군으로 모시겠소."

기회를 놓칠세라 오구라가 재빠르게 끼어들었다. 두 손으로 청 바닥을 짚고 엎드린 오구라가 소리치듯 말했다.

"남은 가신들을 이끌어 주십시오!"

"모시겠소!"

이구동성으로 소리치는 바람에 청(廳)이 떠들썩해졌다. 그때 박영준이 손을 들자 모두 입을 다물었다. 박영준의 얼굴에 쓴웃음이 떠올랐다.

"그 사이에 내 소문을 들은 것 같군."

"예, 기름탄과 유황탄으로 해적선을 불사르고 육지에서도 연전연승하셨다고 들었습니다."

오구라가 대신해서 대답했다.

"오시기 전에는 케이호쿠에서 신의가 되셨다고 전령이 말해 주었습니다."

"그렇군, 전령이 듣고 왔군."

"주군, 부디 이곳에 정착해 주시기를 모두 간절히 바랍니다."

소리치듯 오구라가 말하자 모두 엎드려 이마를 청 바닥에 붙였다. 그것을 본 한베가 길게 숨을 뱉었다. 옆에 나란히 앉은 고토, 다로의 표정도 같다.


밤, 자시(12시)가 되었을 때 사사끼는 진막의 거적문이 흔들리는 기척에 몸을 굳혔다. 옆에 앉은 오하리도 마찬가지다. 그때 거적이 걷히더니 박영준이 들어섰다. 박영준은 저녁에 보았던 그 차림으로 마치 제집으로 들어서는 것 같다.

놀란 사사끼와 오하리가 벌떡 일어섰지만 소란은 떨지 않았다. 미리 의논해놓았기 때문이다. 진막 안에 켜놓은 기름등이 바람에 흔들렸다. 그때 다가간 박영준이 말했다.

"앉아라."

그러고는 옆쪽 기둥 옆에 먼저 자리를 잡고 앉는다. 그곳이 안쪽이라 상석이다. 사사끼와 오하리가 서로의 얼굴을 보고는 잠자코 앞에 앉았다. 사사끼와 오하리도 백제방 감찰관이며 거인(巨人) 박영준에 대한 소문을 들었다. 과연 거인이고 담대하다. 소문은 손으로 불덩이를 던진다고 했지만 아직은 알 수 없다. 박영준이 둘을 번갈아보았다.

"단바 영주 사이고는 백성과 가신을 통치할 그릇이 아니다, 너희들 생각은 어떠냐?"

"무뢰한."

사사끼가 어깨를 부풀리며 말했지만 눈빛은 약했다. 오하리는 잠자코 시선만 주고 있다. 깊은 밤, 진막 밖은 조용하다. 그때 박영준이 다시 말을 이었다.

"나는 데쓰 고지로 님의 영지를 갑자기 물려받게 되었지만 바라지도 않았었다. 그러나 직접 난세를 겪어보니 이대로 둔다면 백성들이 참담한 세상을 살게 될 것이라는 생각이 들었다."

박영준이 똑바로 사사끼를 보았다.

"어떠냐? 지금 단바의 사이고가 이곳으로 오는 중이다. 사이고를 치고 단바를 장악할 작정인데 네가 내 가신이 되지 않겠느냐?"

"어떻게 말씀이오?"

마침내 사사끼가 갈라진 목소리로 물었다.

"소례 대감께서 아무리 신통한 수단을 가지셨다고 해도 사이고 님은 5만 가까운 병력을 갖고 계시오. 대감은 고작 5천 남짓 아닙니까?"

"기마군 1천, 보군 2천 정도다."

그러면 3천이다. 이쪽 예상보다도 적은 군사여서 사사끼는 어깨를 늘어뜨렸다. 그때 박영준이 말했다.

"승패는 군사의 숫자로 결정되지 않는다, 너도 알지 않느냐?"

"대감께서 발명하셨다는 기름탄, 유황탄을 사용하실 건가요? 그것만으로는 어렵습니다."

"당연하지."

"내가 목숨을 바쳐서 대감을 모실 명분이 무엇이오?"

"세상을 바꾸는 것이다, 그 적임자가 나다."

사사끼의 시선을 받은 박영준이 빙그레 웃었다.

"이 세상에 언제까지 머물지 알 수 없지만 있는 동안에는 내 능력껏 최선을 다할 테니까."

"목표는 단바입니까?"

"아니다."

정색한 박영준이 머리를 저었다.

"단바에 이어서 야마시로, 그리고 천황가 주변의 가가, 나루세, 오오토모를 멸망시킨 다음 동서로 통일하는 것이다."

"…"

"얼마나 걸릴지 모르지만 내가 정복한 영지의 백성들은 더 이상 전화(戰禍)에 시달리지 않게 될 것이다."


사이고가 젓가락을 내려놓으며 물었다.

"나베성 동향은?"

"박영준이 입성한 후에 성루의 깃발 숫자가 늘어났습니다."

앞쪽에 엎드린 전령이 대답했다.

"그러나 성문이 굳게 닫혀서 주민들 이동은 없습니다."

사이고의 시선이 옆쪽에 앉은 가로(家老) 야마다에게 옮겨졌다.

"야마다, 이 정도면 충분하다. 이제 곧장 나베성으로 내려가 박영준을 쳐 없애고 영지를 회복해야겠다."

"예, 주군."

야마다가 대답부터 해놓고 물었다.

"나베성까지는 이틀 거리입니다. 미리 선봉군을 보내 길을 닦아 놓는 것이 낫지 않겠습니까?"

"선봉군을 멀리 떼어놓을 필요 없다."

자리에서 일어선 사이고가 소리쳐 전령을 부르고 나서 말을 이었다.

"이곳은 길이 험해서 대군의 이동이 토막으로 끊어지는 상황이야. 될 수 있는 한 뭉쳐야 된다."

맞는 말이다. 작전에는 정통한 사이고여서 야마다는 입을 다물었다. 오전 진시(8시) 무렵이다. 골짜기는 숙영했던 사이고의 근위대, 정예 기마군으로 형성된 8천 대군이 이동 준비를 하느라고 떠들썩했다. 단바 영주 사이고가 직접 이끌고 나온 데쓰 고지로 정벌군이다.

"사이고는 중신(重臣) 사또를 지난번 패전의 책임을 물어 녹봉을 삭감하고 자택에 유폐시켰습니다."

한베가 박영준에게 보고하고 있다.

"또한 중신(重臣) 아소가 2만 군사를 이끌고 야마시로의 데루모도군(軍)과 대치하고 있지만 믿지 않습니다. 사또에게 한 것처럼 감시역을 붙여놓아서 일일이 보고를 받습니다."

지금 박영준과 한베는 산골짜기가 내려다보이는 산등성이에 앉아 있다. 밤에 사사끼를 만나고 성안으로 돌아온 박영준이 다시 한베만을 데리고 성에서 80리(40킬로) 거리인 이곳에 와 있는 것이다. 한낮, 오시(12시) 무렵이다. 한베 예상으로는 이곳이 사이고가 이끄는 단바군이 오늘 밤 숙영할 최적지인 것이다. 오늘 밤 이곳에서 숙영하고 내일 아침에 출발하면 오후 신시(4시) 무렵에는 나베성 근처에 닿을 것이다. 박영준이 머리를 끄덕였다.

이제 단바의 전력(戰力)은 파악되었다. 북방에서 야마시로군(軍)과 대치하고 있는 아소의 병력 1만8천, 그리고 지금 나베성 주위에 먼저 집결한 사사끼 등 3개 부대의 병력 4천여 명, 거기에다 나베성으로 남진 중인 사이고의 정예군 8천여 명이다.

나머지 1만여 명은 각 성과 요충지에 배치되어 있어서 이동할 수 없는 것이다. 그때 한베가 머리를 돌려 박영준을 보았다.

"주군, 이곳에서 사이고 님을 치시려는 것입니까?"

"아니, 그랬다가는 전멸이다."

골짜기를 내려다보면서 박영준이 쓴웃음을 지었다.

"이곳에서는 유황탄이나 기름탄을 쓸 수도 없다. 골짜기가 길고 좁아서 공격군도 그만큼 많아야 된다."

"과연."

한베가 주위를 둘러보며 머리를 끄덕였다. 이곳까지 올라오느라고 말도 버리고 풀뿌리를 잡고 몸을 솟구쳐야 했던 것이다. 그리고 위에서 보이는 골짜기는 10여 보 정도였다. 박영준이 불쑥 말했다.

"결사대로 습격하는 수밖에 없다."

한베의 시선을 받은 박영준이 빙그레 웃었다.

"사이고를 죽이는 것이야. 골짜기가 꼭 뱀 같은데 이곳에서 뱀 머리를 떼는 것이다."


한베가 나베성으로 돌아간 후에 박영준은 산등성이를 오가며 골짜기를 탐색했다. 이곳은 나베성으로 향하는 지름길에서 10리쯤 떨어진 곳이다. 지름길 주변은 사방이 트인 황무지인 데다 물이 없어서 대군이 야영하기에는 부적합했다.

병법에 가장 중요한 것 중 하나가 '야영의 진'을 치는 것이다. 사이고는 병법의 달인이라는 평을 듣고 있었기 때문에 악조건인 황무지를 떠나 이곳으로 옮겨 올 것으로 예상했다. 이곳은 야습지(夜襲地)로도 부적합했기 때문이다. 이윽고 나무 밑에 앉은 박영준이 눈을 감았다. 그 순간 온갖 상념이 머릿속에서 쏟아져 나왔다.

익산 배차장파의 고문관이었던 시절부터 시작된 상념은 빛의 속도로 눈앞을 지나고 있다. 그 사이의 온갖 감정은 가슴을 치고 눈을 뜨겁게 만드는 것이다. 숨을 서너 번 내쉰 동안에 상념이 하나도 빠지지 않고 눈앞에 펼쳐졌다가 사라졌다.

"내 능력은 결국 머릿속에 저장된 지식뿐인가?"

눈을 뜬 박영준이 혼잣말을 했다. 손으로 처음 기적이 일어나기 전에 다쳤던 뒷머리를 쓸면서 박영준이 다시 말했다.

"이제 또 다른 능력이 튀어나올 때도 되었지 않아?"

박영준의 혼잣말이 계속되었다.

"나는 지금 이 세상에서 존재하고나 있는가? 내가 그림자처럼 기록 위를 떠다니는 존재가 아닌가?"

그도 그럴 것이 머릿속에 저장된 왜국 역사에 단바의 영주 박영준은 없다. 데쓰 고지로의 이름도 없다. 사이고는 기록되어 있지만 죽었다고만 나왔지 몇 살에 어디에서 죽었는지도 적혀 있지 않았다. 박영준은 기록 사이로 빠져가고 있는 자신을 상상했다. 역사서(書) 사이를 검은 미꾸라지 한 마리가 꿈틀거리며 지나간다. 쓴웃음을 지은 박영준이 무의식중에 다시 뒷머리를 만졌을 때다.

"너는 오다 히타카야."

박영준은 제 목소리를 듣고 숨을 삼켰다. 눈만 크게 뜬 박영준의 귀에 다시 목소리가 이어 들렸다.

"넌 왜국을 처음 통일한 신적(神的) 존재지만 네가 백제방 감찰관이란 출신 때문에 일본 역사서에서 지워진 거다."

"그렇군."

박영준이 머리를 끄덕였다. 오다 히타카는 서기 600년대 말에 왜국을 통일한 무장(武將)이다. 그의 영토는 단바를 중심으로 사방 32개 영

238

지를 통합, 왜국 중심부터 절반 이상을 통치했다. 잔인하면서도 도량이 큰 영주, 백성을 위해 애쓴 영주로 기록되어 있었는데 그가 백제계였다는 말은 없다. 그때 또 목소리가 울렸다.

"그러나 너는 그림자다. 네가 머릿속에 떠올린 대로 기록 사이를 빠져나가는 미꾸라지 같은 존재야."

"그렇다면"

박영준의 얼굴에 쓴웃음이 떠올랐다.

"그림자는 불이 꺼졌을 때 사라질 수가 있겠구나, 그렇지?"

"당연하지."

목소리에도 웃음기가 섞였다.

"그렇지만 밝았을 때는 나타나야지. 그런데 그 순간이 다른 세상에서는 몇십 년이 될 테니까 넌 영생을 사는 것이나 같다."

수수께끼다.

불이 꺼졌다는 말이 밤을 나타내는 것만은 아닐 것이다. 어두운 곳으로 잠깐 들어갈 때 그림자가 사라지기도 하니까. 시선을 든 박영준은 머리가 맑아진 것을 느꼈다. 다음 순간 가슴이 희망으로 벅차올랐다. 이제 소통이 된 것이다. 앞으로 다시 이번처럼 '자신의 목소리'가 진로를 알려줄 것이었다.


한베가 돌아왔을 때는 신시(오후 4시) 무렵이다. 한베는 정선한 무사 15명을 인솔했는데 고토와 다로도 포함되었다. 둘 다 무술에는 특출하지 않았지만 고집을 부려 따라온 것이다. 박영준이 결사대를 이끌고 직접 사이고를 친다는 말을 듣고 주인만 보낼 수는 없다고 했기 때문이다. 박영준이 15명 결사대를 둘러보며 웃었다.

"너희들이 이번 전쟁의 영웅이 될 것이다, 그러니 각각 이름을 밝히고 후손에게 광영을 나눠주도록 하라."

박영준이 한베에게 말했다.

"각기 이름을 적고 남은 가족이나 가족이 없으면 명예를 넘겨줄 친지 이름을 받아라."

박영준이 긴장한 결사대를 둘러보며 말을 이었다.

"너희들은 내가 영주 자격으로 지금부터 녹봉 2백 석의 무사로 임명한다."

숲 속에서 박영준의 목소리가 울렸다.

"너희들 중 전사자는 너희들이 지명한 가족이나 친지가 녹봉을 계승하게 될 것이니 마음 놓고 싸워라."

박영준은 모두의 눈이 번들거리는 것을 보았다. 전사(戰士)들에게는 목적의식이 가장 중요하다. 무조건 덤비는 전사보다 목적을 품고 싸우는 전사가 더 끈질기고 강해지는 것이다.

"그리고"

어깨를 부풀린 박영준이 말을 이었다.

"나는 지금부터 오다 히타카다."


사이고가 앞쪽을 한참 동안이나 응시하더니 이윽고 결정했다.

"하나고 골짜기로 간다."

"예, 주군."

전령이 서둘러 몸을 돌렸을 때 사이고가 가로 와시키에게 말했다.

"하나고 골짜기는 길고 굽이가 많아서 매복병이 두 배의 전력이 필요한 곳이지. 오늘 밤은 그곳에서 안전하게 쉬는 것이 낫다."

240

"주군, 박영준이 기름탄을 던지면 골짜기가 무사할까요?"

"위에서 던질 수가 없는 지형이야."

사이고가 웃었다.

"골짜기가 험해서 기름탄이 밑으로 떨어지지 못하고 중간에 걸린다."

"그렇군요. 주군께선 지리를 머릿속에 넣고 계십니다."

"이곳이 내 영지 아니냐? 내가 수십 년간 밟고, 보고 다녔던 산천이야."

잠깐 정지했던 대군(大軍)이 다시 움직이기 시작했고 사이고와 와시키는 말을 몰았다. 오후 유시(6시) 무렵이다. 대군은 이제 숙영지인 하나고 골짜기로 향하는 중이다.


"옵니다!"

골짜기 입구의 산등성이에서 망을 보던 히요시가 달려와 소리쳤다. 히요시(日吉)는 24세, 검술이 뛰어났고 지금까지 12번 전투를 치렀다. 적을 14명 죽였고 녹봉은 없지만 무사 조장 대우, 가쁜 숨을 뱉으며 박영준 앞에 선 히요시가 말을 이었다.

"골짜기 안으로 정탐병부터 들어오고 있습니다!"

"그러겠지."

머리를 든 박영준이 하늘을 보았다. 이미 어두워지기 시작한 하늘이 흐리다.

"자시(12시)쯤 되면 모두 자리 잡고 잠이 들 것이다. 그때까지 기다리기로 하자."

이제는 습격만 남았다. 팽팽한 긴장감이 숲 속을 덮고 있다. 그때 오쯔키(大月)가 말했다.

"주군, 소인이 앞장을 서지요."

오쯔키는 26세, 농부의 자식으로 태어났다. 그러나 어렸을 때 검술을 배워 무사(武士)의 졸병으로 싸움에 나간 후에 눈부신 공을 세워 데쓰 고지로의 눈에 띄었다. 데쓰 고지로는 오쯔키를 경호무사로 발탁했는데 지금까지 25명을 베어 죽였고 30여 명에게 부상을 입혔다. 이제 오쯔키도 200석 녹봉을 받는 '녹봉무사'인 것이다.

200석 녹봉이면 집에 하인을 두고 부하 대여섯 명까지를 거느릴 수 있는 것이다. 또한 전쟁에 나가면 150명 단위의 부대를 지휘할 수가 있다. 오쯔키의 시선을 받은 박영준이 빙그레 웃었다. 모두 박영준을 주시하고 있다.

"오쯔키, 내가 앞장선다, 넌 내 뒤를 맡아라."

"예, 주군."

오쯔키의 두 눈이 번들거렸고 결사대의 입술이 저절로 굳게 닫혔다. 영주가 결사대의 맨 앞에 서서 돌진하는 것이다. 보지도 듣지도 못한 일이었으니 모두의 가슴이 벅찰 만했다.


3만5천 석짜리 영주다. 데쓰 고지로가 넘긴 영지가 그렇다. 그 3만5천 석 영주가 47만 석의 영주 사이고와 결전을 벌이는 것이다. 무려 13배나 큰 거인에게 덤비는 꼴이다.

이제 어둡다. 골짜기에서 올라오는 소음이 밤하늘로 울려 퍼지고 있다. 나무 기둥에 등을 붙이고 앉은 박영준이 머리를 들고 하늘을 보았다. 어둠, 그림자는 없다. 내가 언제 사라진단 말인가? 내가 원했을 때 사라질 수 있는 것일까? 그리고 다시 돌아올 수도 있다는 말인가? 그때 부스럭거리는 소리가 들리더니 한베가 다가왔다.

"주군, 늦었지만 식사를 가져왔습니다."

한베의 손에 나뭇잎에 싼 주먹밥이 들려 있다. 그 순간 박영준의 가슴이 뭉클해지더니 눈이 뜨거워졌다. 이곳에서도 인연이 쌓이는 것이다.


저녁을 마친 사이고가 진막에 모인 장수들에게 말했다. 모두 1천 석 이상의 녹봉을 받는 무장(武將)들로 10여 명이나 된다.

"이번에 데쓰가 가져간 영지를 회복하고 나서 바로 천황가에 사신을 보낼 예정이다."

사이고가 결연한 표정으로 말을 이었다.

"이곳에서 나루세만 건너면 아스카다. 나루세의 다무라 님과 연합하면 가가, 오오토모를 충분히 견제할 수 있을 터."

심호흡을 한 사이고가 장수들을 둘러보았다.

"이제 단바가 중앙(中央)에 진출할 때가 되었다는 말이다."

그러나 위쪽 야마시로와 전쟁 중이라는 말을 빼놓았다. 너무 오랫동안 전쟁을 해왔기 때문에 잊은 것 같다.


"와시키 님, 주군께선 내일 나베성을 함락시킬 작정이시군요."

중신(重臣) 이노(伊野)가 다가와 말했다. 이노는 2천5백 석, 대를 이어서 산다이성의 성주로 봉직하고 있는 유서 깊은 집안이다. 이노가 말을 이었다.

"그렇다면 데쓰의 영지를 회복하고 다시 남진해서 아스카를 노린단 말씀인가요?"

와시키는 대답하지 않고 발을 떼었다. 밤이 깊어가고 있다. 자시(12

시)가 가까워지면서 골짜기 안 진막은 차츰 정적이 덮이고 있다. 그때 발을 멈춘 와시키가 이노를 보았다. 이노는 38세, 와시키보다 10여 년 연하다.

"이보게, 이노, 주군은 이미 아스카의 왕가(王家)와 백제방에 선전포고를 하신 것이네."

어둠 속에서 와시키의 두 눈이 번들거렸다.

"나베성에 도사리고 있는 박영준이 데쓰 고지로의 후계자이기 전에 아스카의 소례 직임에 백제방 감찰관이지 않나? 그들에게 단바는 적이 되어버린 것이지."

"그렇군요. 데쓰 고지로의 영지가 불법적이건 뭐건 간에 말입니다."

"박영준을 처단하기 전에 아스카나 백제방에 사신을 보내 처리를 의뢰하는 것이 상책이었어. 서둘 필요가 없는 일이었는데 내 말을 듣지 않으시는군."

머리를 돌린 이노가 긴 숨을 뱉었다.

"와시키 님, 모두 전쟁에 지쳤습니다. 무장들이 집에 들어가 잠을 잔 것이 반년이 넘었습니다."

"주군은 북쪽에서 야마시로군(軍)과 전쟁 중이라는 것을 잊고 계시는 것 같네."

"거긴 3년째 대치 중이니까요."

이노가 혼잣소리처럼 말을 이었다.

"그쪽 논밭은 모두 황무지가 되어서 아사자(餓死者)가 하루에도 수백 명씩 됩니다."

밤바람이 불면서 비 냄새가 났다.

한두 방울 비가 뿌리기 시작했을 때 박영준이 자리에서 일어섰다.

"가자."

박영준은 머리에 띠를 매었고 허리에는 장검을 두 자루 찼다. 단검 한 자루는 등에 꽂았으니 칼이 세 자루다. 박영준이 따라 일어선 결사대 15명을 훑어보았다. 어둠 속에서 결사대의 눈만 번들거리고 있다.

"내가 앞장을 선다, 따르라."

박영준의 목소리가 빗발에 섞여 낮게 깔리는 것 같다.

"나는 곧장 사이고의 진막을 향해 돌진할 것이다. 너희들은 주위에서 덤벼드는 놈들을 치기만 하면 된다."

다시 한 번 말한 박영준이 앞장을 서서 산비탈을 내려가기 시작했다. 경사가 급해서 나뭇가지를 쥐어야 몸의 균형이 잡힌다. 결사대 15명이 종대로 서서 비탈을 내려가고 있다. 빗발이 심해졌다.

진막 위로 떨어지는 빗발 소리를 들으면서 사이고는 잠을 이루지 못하고 있다. 깊은 밤, 빗발에 모든 소음이 묻힌 것 같다. 진막 안의 불을 꺼 놓았지만 어둠에 익숙해진 눈은 사물을 선명하게 구분할 수 있다. 인생 50년, 이제 47년을 살았다. 70, 80까지 사는 영주도 있으니 나이를 따질 필요는 없다.

그러나 곧 아스카로 진군하고 적어도 동부(東部)의 패자가 되겠다는 생각이 급해지고 있다. 그 첫걸음이 데쓰 고지로에게 빼앗겼던 남부의 영지를 되찾는 것이 된다. 이제 그 첫걸음이 단단히 굳어질 것이다.

내일 밤이면 데쓰의 거성이었던 나베성에 누워 있게 되겠지. 그때 진막이 젖혔기 때문에 사이고가 누운 채로 머리만 돌렸다. 젖힌 진막의 문으로 비바람이 몰려 들어왔다. 비 냄새가 마치 피비린내 같았다.

"누구냐?"

문 앞에 선 사내는 위사장 아베가 아니다. 사이고가 낮게 물었을 때 사내가 성큼 한 발짝을 내딛었고 그때서야 사내의 얼굴이 드러났다. 처음 보는 얼굴, 진막이 낮았기 때문에 사내는 머리를 숙이고 있었는데도 거인(巨人)이다.

"앗!"

놀란 사이고가 상반신을 일으켜 세웠지만 늦었다. 목에 뜨거운 느낌을 받은 사이고는 몸뚱이가 그대로 눕혀지는 것까지 의식했다.


사이고를 벤 박영준이 진막 밖으로 나왔을 때 15명의 결사대는 모두 온전했다. 일렬종대에서 이제는 진막을 둘러싼 채 한쪽 무릎을 꿇고 기다리는 중이었다.

"가자."

낮게 말한 박영준이 이제는 반대쪽 산비탈로 오르기 시작했다. 골짜기를 곧장 내려오면서 박영준이 여섯 명을 베었다. 뒤를 따르던 결사대가 일곱을 베었는데 소리 없이 처치했다. 그리고 곧장 사이고의 진막으로 화살이 꽂히듯 내려왔던 것이다. 다시 앞장선 박영준이 10여 보 발을 떼었을 때다.

"누구냐!"

앞에서 외침이 울리더니 빗발을 뚫고 군사 대여섯이 다가왔다. 모퉁이에 잠복했던 경계병이다.

"나다!"

짧게 대답한 박영준이 곧장 달려갔다. 주춤거리던 군사들이 와락 달려들었고 외침이 일어났다.

"적이다! 야습이다!"

빗발 속으로 돌진한 박영준이 칼을 후려쳐 앞장선 군사의 어깨를 베었다.

"으악!"

요란한 신음이 일어났다. 골짜기를 내려올 때는 소리죽여 암습을 했기 때문에 10여 명을 죽였어도 비명 한 번 들리지 않았다.

"나를 따르라!"

이제 박영준이 고함을 쳤고 결사대는 좌우로 덤비는 사이고군을 헤치며 곧장 반대편 골짜기를 오른다.

"주군을 보호하라!"

뒤에서 한베가 외치는 소리가 울렸다. 그러나 길을 뚫는 것은, 박영준이다. 빗발이 더 거칠어졌기 때문에 어둠 속의 시야는 한 발자국 앞도 보이지 않는다.

"으윽!"

뒤쪽에서 칼날 부딪는 소리가 나더니 신음이 울렸다. 그러나 뒤를 돌아볼 여유는 없다. 박영준은 앞을 가로막는 사이고군 둘을 한꺼번에 후려쳐 베면서 다시 길을 뚫었다. 이제 산비탈이다. 나무가 울창해서 은폐물도 많다. 박영준은 다시 10여 보를 올라가면서 소리쳤다.

"따르라!"

"예엣!"

뒤쪽은 난전이다. 고함과 비명, 칼날 부딪는 소리가 골짜기를 메우고 있다. 사이고군은 다 깨어난 것이다. 박영준은 온몸이 피와 비에 젖었다. 눈에 들어간 물이 핏물인지 빗물인지 알 수 없다. 가쁜 숨에 목구멍에서 쇳소리가 나왔다. 이제 산비탈을 1백여 보 올라왔고 뒤쪽의 함성

247

이 줄어들었다. 그때 박영준이 머리를 돌려 소리쳤다.

"한베! 따르느냐?"

"예엣!"

어둠 속에서 한베의 목소리가 울렸다.

"1백 보만 더 올라가면 된다!"

"예엣!"

뒤쪽에서 대답하는 목소리는 대여섯이다. 아아, 나머지는 어떻게 되었는가?

낮은 산등성이를 넘자 소음이 뚝 끊기면서 거친 숨소리만 울렸다. 빗줄기는 여전히 굵어서 장대비로 쏟아지고 있다. 박영준이 발을 멈췄을 때는 잠시 후다. 나무둥치에 등을 붙인 박영준이 어둠 속에서 소리쳤다.

"한베! 인원 파악을 해라!"

"예, 주군!"

소리친 한베가 곧 결사대와 같이 다가와 박영준 주위로 벌려 섰다.

"여섯 명이 남았습니다, 주군."

한베의 두 눈이 어둠 속에서 번들거렸다.

"고토가 죽었습니다, 주군."

"곧장 성으로 돌아간다."

박영준이 낮게 말했다. 열다섯에서 여섯이 살아남았다. 여섯 중 부상자도 있을 것이다. 그러나 이쪽은 적의 주장(主將)이며 단바 영주인 사이고를 없앴다. 이제 단바는 무주공산(無主空山)이 되었다. 다시 박영준을 선두로 여섯 명의 결사대가 반대편 골짜기로 내려간다. 빗발은 여전히 세다.

다음 날 오전, 비가 그친 후에 하늘은 구름 한 점 없이 맑다. 나베성의 성루에 꽂힌 깃발이 더욱 뚜렷하게 드러났다. 성안은 살아 돌아온 여섯 결사대에 의해 어젯밤의 전과가 다 알려진 터라 사기가 충천한 상태. 그러나 어젯밤의 영웅인 박영준, 이제 주민과 군사들에게 '오다 히타카 님'으로 알려진 영주는 움직이지 않았다.

오후 신시(4시)가 될 때까지 영주는 청 밖으로 나오지 않았다. 이미 나베성은 단바군 6천여 명에 의해 포위된 상태, 그것만으로도 나베성에 모인 군사의 2배가 된다. 이윽고 신시가 조금 넘었을 때 성루에 선 초병들이 이쪽으로 달려오는 1기의 기마군을 보았다. 전속력으로 달려오는 기마군은 등에 흰색 깃발을 꽂았다.

"사신이다."

수문장이 말했을 때 단바의 기마 군사가 성루 아래쪽까지 다가와 말을 세웠다. 10보밖에 떨어지지 않는 거리에서 기마 군사가 성루를 올려다보면서 소리쳤다.

"나는 단바군 기마대장 사사끼 님이 보낸 사신이오! 오다 대감님께 드릴 말씀이 있소!"

수문장이 아래를 내려다보면서 바로 대답했다.

"잠깐 기다리시오!"

잠시 후에 사사끼가 보낸 사신은 성안으로 안내되어 박영준 앞에 부복했다. 청 안에는 나베성의 중신, 무장들이 다 모였는데 긴장된 분위기다. 사신이 머리를 들고 박영준을 보았다.

"사사끼 님이 군사를 이끌고 오다 영주님께 투항하겠다고 했습니다."

사신은 30대쯤의 무장이다. 사신의 두 눈은 번들거렸고 목소리는 긴장으로 떨렸다.

"사사끼 님은 좌측에 포진한 미야가와 님께도 투항을 권유하겠다고 했습니다."

"미야가와를 포섭하겠다는 말이냐?"

박영준이 되물었다.

"예, 미야가와 님은 2천5백 군사를 거느리고 있습니다."

머리를 끄덕인 박영준이 사신을 보았다.

"네 이름이 무엇이냐?"

"예, 사사끼 휘하의 기마대장 아리다(有田)입니다. 기마군 200기를 지휘하고 있습니다."

아리다가 떨리는 목소리로 말했지만 시선은 내리지 않았다. 박영준이 다시 물었다.

"어젯밤에 내가 직접 사이고를 베었다. 너희들도 사이고가 죽은 것을 알고 있지?"

"예."

청 바닥을 두 손으로 짚은 아리다가 박영준을 보았다.

"전군(全軍)이 다 알고 있습니다."

"그렇다면"

박영준이 옆에 놓인 보료 밑에서 금실로 자수를 놓은 머리띠를 꺼내 아리다 앞에 던졌다. 아리다가 머리띠를 보더니 흠칫했다. 붉은색 비단 바탕에 금실로 용을 자수한 머리띠는 사이고의 머리띠다. 그것을 모르는 신하는 없다.

"내가 어젯밤 사이고를 베어 죽이면서 머리띠를 풀어갖고 왔다. 그것을 사사끼에게 줘서 장수들을 투항시키도록 해라.”

“예, 대감.”

“투항하면 죄를 묻지 않겠다고 전해라.”

“예, 대감.”

“대항하면 몰살하겠다고도 전해라.”

“예, 대감.”

눈을 부릅뜬 아리다가 이마를 청 바닥에 붙이더니 서둘러 사라졌다. 둘러앉은 중신, 무장들은 그때서야 긴 숨을 뱉었지만 아무도 입을 열지 않는다. 모두 박영준의 기세에 압도당했기 때문이다.


“주군께서 움직이지 않으시는 이유를 이제 알았네그려.”

데쓰의 가로(家老) 아키가 빠진 이를 드러내며 웃었다.

“단바군이 자중지란을 일으켜 투항해오기를 기다리신 거야.”

“이제 우리가 천하(天下)를 노릴 때가 되었어.”

오구라가 어깨를 펴고 말했는데 얼굴이 붉게 상기되었다. 청에서 나온 둘은 마당을 걸어가는 중이다.

“데쓰 님의 유지가 헛되이 끝나지 않겠어.”

오구라의 눈이 번들거리는 것 같더니 곧 눈물이 검은 얼굴을 타고 흘러내렸다. 오후의 맑은 햇살이 청 앞마당을 비추고 있다.


오후 유시(6시)가 되었을 때 이번에는 나베성 앞으로 40여 기의 기마대가 달려왔다. 제각기 등에 문장이 달린 깃발을 꽂았는데 각양각색이다.

“누구야?”

이제는 오만해진 수문장이 성루에서 소리치자 바짝 성 밑까지 다가선 무장 하나가 대답했다.

"나는 단바 무장 사사끼다. 여기 미야가와 님, 오가타 님, 다이쇼 님까지 모시고 대감께 투항하러 왔소!"

놀란 수문장이 발을 헛디뎌 성벽 밑으로 떨어질 뻔했다. 사사끼, 미야가와, 오가타, 다이쇼는 지금 나베성을 포위한 단바군의 모든 부대장인 것이다. 부대장들이 모두 투항하러 왔다.


잠시 후에 나베성의 좁은 청 안에 단바군 무장 40여 명이 엎드려 있다. 부대장 넷이 수하 장수들을 이끌고 온 것이다. 그중 사사끼가 서열이 끝에서 두 번째였지만 오다 히타카 대감의 영을 받고 투항을 권한 주역이라 대표가 되어 보고한다.

"신(臣) 사사끼 이하 미야가와, 오가타, 다이쇼는 전군(全軍)을 이끌고 대감께 투항합니다."

"너희들이 이제는 내 선봉이 되어라."

박영준이 거침없이 말하자 항장(降將)들은 일제히 부복했다. 두 손을 청 바닥에 짚은 채 머리를 숙인 것이다. 선봉이 되라는 것은 영예다. 전쟁에서는 가장 신임 받는 장수가 선봉을 맡는다. 장수들 머리 위로 박영준의 명(命)이 떨어졌다.

"지금 하나고 골짜기 밖으로 나온 사이고의 본군(本軍)은 자중지란에 빠져 있다. 너희들이 앞장서서 그들을 투항시켜라."

"예옛!"

장수들이 일제히 대답했을 때 박영준의 얼굴에 웃음이 떠올랐다.

"사이고의 가로(家老) 야마다한테 밀사를 보냈으니 곧 측근들과 야마다 일파로 양분될 것이다."

청 안의 사기는 충천했다. 곧 박영준의 지시로 주안상이 차려졌고 항장들과 나베성의 장수들이 어울려 술잔을 주고받는다. 한때는 모두 사이고의 신하였던 관계여서 인연이 닿는다. 적으로 싸웠지만 그 원인이 되었던 사이고가 제거된 상황인 것이다. 술좌석이 무르익었을 때 사사끼가 박영준에게 말했다.

"주군께 드릴 말씀이 있습니다."

청 안이 조용했고 시선이 모여졌다. 박영준이 사사끼를 보았다.

"말해라."

"항장을 바로 선봉대장으로 임용해주시니 그 믿음을 배신하지 않겠습니다."

사사끼가 굳은 표정으로 말을 이었다.

"허나 선봉대장이 넷으로 제각기 부대를 인솔하고 있습니다. 주장(主將)을 정해 주시는 것이 운용에 이로울 것 같습니다."

"누가 낫겠느냐?"

박영준이 바로 물었다.

"너희들의 중지를 모아 보아라."

"예, 다이쇼 님이 공평하시고 연세가 많으니 주장이 되셨으면 합니다."

박영준 시선이 다이쇼에게로 옮겨졌다. 40대 초반쯤의 다이쇼가 시선을 받더니 머리를 숙였다. 넓은 어깨에 눈빛이 부드럽고 호인 인상이다. 1,500석 녹봉을 받았으니 중신(重臣)이다. 박영준이 입을 열었다.

"선봉군의 주장은 다이쇼이고 부장(副將)은 사사끼다. 미야가와와 오가타는 선봉 좌, 우군을 맡되 다이쇼의 지시를 받으라."

장수 넷이 일제히 머리를 숙였을 때 박영준이 말을 이었다.

"열흘 만에 단바를 통일하겠다. 너희들이 서두르도록 해라."

"예엣!"

술좌석에 참석한 모두가 일제히 대답하면서 머리를 숙였다.


"대감, 다이쇼가 이끈 선봉군이 6천5백입니다. 거기에 비하면 우리 군(軍)은 2천4백입니다. 선봉군이 뒤로 돌아오면 우리가 궤멸되지 않겠습니까?"

박영준의 침소 앞까지 따라왔던 아키가 말했다. 밤, 연회를 마치고 박영준이 침소로 들어가려는 참이다. 아키의 옆에는 오구라까지 따라와 있었는데 입을 다물고 있는 것이 같은 생각인 모양이다. 박영준의 얼굴에 쓴웃음이 번졌다.

"이보게 아키, 세상에 확실한 것은 아무것도 없다네."

아키의 눈동자가 흔들렸고 박영준의 말이 이어졌다.

"따라서 때로는 믿음을 갖고 나서야 할 때가 많다네."

"예에."

"그리고 그 믿음이 상대방에게 전해지면 배신 따위는 일어나지 않는다네."

박영준이 몸을 돌렸을 때 오구라가 커다랗게 머리를 끄덕였다. 주름진 얼굴에 웃음이 떠올라 있다.


다음 날 오시(낮 12시)가 되어갈 무렵, 북쪽으로 50리(25킬로)쯤 진출했던 박영준의 본군(本軍) 진지로 손님이 찾아왔다. 부하 10여 기만 거느린 사또다. 사또 헤이하치가 누군가? 데쓰 고지로가 죽기 전에 대결했던 단바의 장수, 박영준의 별동대에 패해 귀환했다가 자택 유폐를 당했던 사이고의 중신(重臣) 아닌가?

바로 그 사또가 진막 안에서 박영준 앞에 무릎을 꿇고 앉아 있다. 박영준이 사또의 저택으로 전령을 보내 불러낸 것이다. 박영준이 웃음 띤 표정으로 말했다.

"사또, 그대가 내 측근에서 단바 무장들을 투항시키도록 하라. 해 주겠는가?"

"해드리지요."

상체를 세운 사또가 똑바로 박영준을 보았다.

"하나고 골짜기의 대군(大軍)으로 누구를 보내셨습니까?"

"야마다에게 전령을 보냈는데 회신은 받지 못 했어. 하지만 그것으로 자중지란을 일으켰을 것이다."

"야마다는 장수들을 무마할 그릇이 아닙니다."

"그럼 어떻게 하는 것이 낫겠느냐?"

"장수 중 사이고의 측근 서너 명이 군권을 장악하고 있을 것입니다, 요시노, 카사이, 미키 등이 사이고의 친척, 시동 출신으로 운명을 같이 할 것입니다. 그들을 제거하지 않으면 본군(本軍)은 투항하지 않을 것입니다."

사또가 거침없이 말을 이었다.

"저도 밀사를 보내 근처의 무장들을 포섭해서 그들을 제거하겠습니다."

"선봉대가 하나고로 접근하고 있다. 그들도 움직이겠지만 전쟁을 피할 수 없다면 먼저 하는 게 낫다."

"예, 북쪽의 아소가 대군을 거느리고 있지만 야마시로군(軍)과 대치

255

상태라 아직 움직이지 못하니 다행입니다.”

사또가 길게 숨을 뱉었다.

“대감 덕분으로 세상이 바뀔 것 같습니다.”

“뒤집어도 같은 세상이 되면 안 된다.”

박영준이 수수께끼 같은 말을 했어도 노회한 사또는 알아듣고 머리를 끄덕이더니 물었다.

“오면서 들었습니다만 ‘오다 히타카’ 님으로 개명하셨습니까?”

“그렇다.”

보료에 등을 기댄 박영준이 말을 이었다.

“이젠 백제방 감찰관이 아니다.”


한베는 떠돌이 생활을 청산하고 박영준이 데쓰 고지로의 영토를 접수한 후부터 능력을 발휘했다. 진면목을 드러냈다는 표현이 맞다.

먼저 나베성 안 기강을 확립하고 군병 관리를 엄격하게 하더니 사사끼 등의 항장이 인솔한 병력을 뽑아 본군(本軍)의 세(勢)를 확장했다. 본군이란 박영준, 즉 영주 오다 히타카 직속군을 말한다. 이제 직속군 병력은 3천5백, 정예로 채워졌고 장비도 우수했다.

“주군, 야마시로군과 대치하고 있는 아소 님은 투항하지 않을 것 같습니다.”

청에서 나온 박영준 옆으로 다가선 한베가 목소리를 낮추고 말했다.

“아소 님은 사또 님과 함께 단바의 양대(兩大) 중신(重臣)이지만 서로 경쟁 관계입니다. 사이고가 그렇게 유도도 했지요.”

아소가 이끈 병력은 1만5천, 대군(大軍)이다. 거기에다 오랜 전쟁으로 단련된 군사들인 것이다. 이쪽저쪽에서 모아온 군사들과는 비교가 안 된다.

"아소는 어떤 인간이냐?"

발을 떼며 박영준이 묻자 한베가 바로 대답했다.

"45세, 지장(智將)이며 용장(勇將)입니다, 사또님과 함께 대를 이어서 사이고 가문을 섬기고 있지요."

"섬기는 주군이 다르면 달라질 수도 있지."

혼잣소리처럼 말한 박영준이 한베를 보았다.

"내가 편지를 써줄 테니 전령을 시켜 아소에게 전해라."

박영준의 얼굴에 웃음이 떠올랐다.

"그 편지를 받고 아소가 제 운명을 결정하겠지."


야마다에게 보냈던 전령은 회신도 받지 못하고 돌아왔다. 사또가 예상한 대로다. 그리고 하나고 골짜기까지 접근한 다이쇼 휘하의 선봉군은 사이고가 없는 상태의 본군(本軍) 8천은 아직 그대로 남아 있는 것만 확인했다.

그날 밤 수십 명의 사상자만 났을 뿐 이탈자도 없다. 각 대장들이 제 수하들을 단단히 단속했기 때문이다. 가로 야마다는 오다 히타카의 밀사가 다녀갔다는 말을 들은 요시노, 카사이, 미키 등에 의해 진막 안에 연금되었다.

"그 세 놈이 본군을 장악하고 있는 한 투항시킬 수는 없을 것 같소."

미야가와가 말하자 오가타가 머리를 끄덕였다.

"야단났는데. 대감의 본군이 닿기 전에 저놈들을 흔들어야 될 텐데 우리가 공격하는 것이 어떻겠소?"

"이렇게 기다릴 수만은 없습니다. 놈들은 머리를 잃은 몸뚱이뿐이오.”

사시끼가 말했을 때 선봉대장 격인 다이쇼가 머리를 들었다.

“우리가 좌측에 있는 요시노의 진을 먼저 칩시다. 요시노를 치면 본진이 흔들릴 거요.”

모두 긴장한 얼굴로 잠깐 말을 멈췄다. 요시노는 기마군 2천, 보군 1천을 거느리고 있다. 그것도 강군(强軍)이다. 세 쌍의 시선을 받은 다이쇼가 말을 이었다.

“요시노는 북쪽의 아소군으로부터 지원을 받을 상황도 아니오. 요시노가 흔들리면 본군이 흔들려서 곧 이탈자가 나올 것이오.”

“동의하오.”

미야가와가 말했을 때 오가타도 머리를 끄덕였다.

“다이쇼 님이 전략가라고 말은 들었지만 처음 이렇게 말하시는 것 같소.”

“사이고 치하에서는 전략가로 뛰어나면 곧 견제를 받게 되었으니까요.”

사사끼가 대신 대답하자 다이쇼는 쓴웃음을 짓고 나서 말했다.

“이것은 전략도 아니오. 평범한 군사라도 금방 생각해낼 수 있는 방법이오.”

그리고는 다이쇼가 길게 숨을 뱉었다.

“전쟁을 끝내기 위해서 전쟁을 하는구려.”

다시 사사끼가 말을 받았다.

“세상을 바꾸려면 새 주인이 나타나야 합니다.”


그 시간에 요시노와 마찬가지로 사이고의 시동 출신인 카사이가 진막 안에서 손님을 받았다. 오후 술시(8시) 무렵, 손님은 농부 행색이지만 눈빛이 강했고 건장한 체격이다. 농부 옷을 입은 무사다.

카사이가 농부에게 물었다.

"모도스케 님이 변복을 하고 나한테 오시다니, 그럼 사또 님께선 이미 오다 히타카 님께 복속하신 것 같군요."

"그렇습니다."

농부가 어깨를 폈다. 농부 이름은 모도스케, 사또의 측근이며 3백 석 녹봉을 받는 무사이기도하다. 모도스케가 사또의 밀사로 온 것이다.

"카사이 님, 대세는 이미 오다 히타카 님께 기울었습니다. 부디 영지의 평화를 위해 전쟁을 끝내자는 사또 님의 전언이오."

# 14장 오다 히타카

"미키, 카사이는?"

요시노가 묻자 미키는 이맛살을 찌푸렸다. 오전 오시(12시) 무렵, 사이고가 죽은 후에 단바의 주력군은 이제 요시노, 미키, 카사이 3명의 젊은 무장에 의해 지휘되고 있다. 8천 대군이다.

"나보다 먼저 움직인 것 같은데 아직 오지 않았단 말이오?"

미키가 되묻더니 뒤쪽을 보았다. 이곳은 하나고 골짜기에서 서쪽으로 10리(5킬로)쯤 벗어난 황무지다. 사이고의 가로(家老) 야마다를 감금하고 전군(全軍)을 장악한 셋은 이제 결사 항전의 의지를 불태우고 있다. 카사이가 이끄는 기마군은 2천5백, 황무지 좌측에 주둔하고 있는데 이곳에서는 숲에 가려 보이지 않는다.

"전령!"

요시노가 소리쳐 전령을 불렀다. 카사이의 진(陣)으로 전령을 보내려는 것이다.

"미키, 만일의 경우에 말인데."

죽은 사이고의 시동 출신인 요시노가 미키를 보았다. 미키는 사이고의 사촌동생인 하리다의 아들이다.

"카사이가 배신했다면 우린 역부족이야. 다이쇼가 이끄는 군세까지 합해지면 당해낼 수가 없어."

"요시노, 그럼 어쩌라는 거요?"

미키의 목소리가 떨렸다. 미키는 아직 22세, 이번이 지휘관으로 첫 출전이다. 그때 요시노가 이 사이로 말했다.

"북쪽으로 달려가 아소 님하고 합류해야지, 다른 방법이 없어."

미키가 시선을 돌려 좌측을 보았다. 조금 전 전령이 전속력으로 달려간 것이다.


"잘 오셨소."

그 시간에 다이쇼가 진막 안으로 들어온 카사이를 맞는다. 카사이가 기마군을 이끌고 투항을 한 것이다. 카사이는 투항을 권유한 모도스케와 동행이다. 진막 안에는 사사끼와 미야가와, 오가타까지 기다리고 있었기 때문에 곧 떠들썩한 인사를 주고받았다. 그때 다이쇼가 말했다.

"대감께서는 가능하면 아군 간의 교전을 피하고 투항시키라는 지시를 내리셨소. 카사이 님의 투항을 기뻐하실 것이오."

"요시노와 미키는 힘들 것 같습니다."

카사이가 대답했다.

"요시노는 강골인 데다 미키는 사이고 님의 인척이오."

"피를 흘리지 않을 수는 없겠지요."

사사끼가 말했지만 진막 안의 분위기는 활기에 덮여 있다.

박영준이 전령의 보고를 받았을 때는 술시(오후 8시) 무렵이다. 이제 오다 히타카군(軍)이 되어서 북상하는 도중에 카사이 기마군의 투항을 보고받은 것이다.

"요시노와 미키는 카사이가 투항했다는 사실을 확인하자 곧장 북으로 도주했습니다. 아소군(軍)과 합류할 것이라고 합니다."

전령이 들뜬 표정으로 소리쳐 보고했다. 이곳은 본진의 진막 안이다. 50명도 수용할 수 있도록 큰 진막이 세워졌고 사또를 비롯한 항장들이 이제는 박영준의 좌우로 둘러앉았다. 새 영주 오다가 탄생한 것이다. 아직 아소와 잔당들이 남아 있지만 대세(大勢)는 오다다.

청에 모인 무장들의 얼굴에 떠 있는 자신감이 그 증거가 될 것이다. 머리를 끄덕인 박영준이 사또를 보았다. 사또가 이제는 오다가(家)의 중신(重臣) 역할을 한다.

"사또, 내일부터는 전속력으로 북상한다."

"옛."

놀란 사또가 두 손으로 땅바닥을 짚고 박영준을 보았다. 진막 안이 순식간에 조용해졌다. 그때 박영준이 말을 이었다.

"먼저 기마군으로 본군을 편성하고 후군은 뒤를 따르도록 하라."

"예, 그러면 본군의 지휘는 누구에게 맡기시렵니까?"

"내가 맡는다, 그대는 부장(副將)이다."

"대감을 모시게 되어서 영광입니다. 하오면 후군의 주장은 누구입니까?"

"누가 낫겠느냐?"

"오구라를 주장으로, 아키를 보좌역으로 두시는 것이 나을 것 같습니다."

262

"그대가 적절하게 무장들을 배치하도록."

"예, 대감."

이마를 땅에 붙였다가 뗀 사또의 두 눈이 번들거렸다. 죽은 사이고는 이러지 않았다. 사소한 것까지 확인하고 직접 결정해야 직성이 풀렸으며 의심이 많아서 꼭 감시역을 붙였다.

아소는 야마시로군과 대치한 지 3년 반이 되었는데 일진일퇴, 패하지도, 그렇다고 이기지도 못 한 전쟁을 계속하는 중이다. 아소가 거느린 병력은 1만8천, 단바군(軍)의 거의 3할을 차지하고 있는 데다 강군(强軍)이다. 전쟁에 단련된 병사들인 것이다.

오후 신시(4시) 무렵 아소가 강가의 진지를 순찰하고 본진으로 돌아오면서 부장(副將) 나카야마(中山)에게 말했다.

"나카야마, 준베이가 야마시로로 넘어간 것 같다."

"야마시로로 말입니까?"

놀란 나카야마가 말을 몰아 옆에 바짝 붙였다. 뒤를 20여 기의 기마대가 따르고 있다.

"어떻게 아십니까?"

"그놈이 데려간 부하 하나가 도망쳐 나와서 모리한테 실토를 했다는 거다."

"그 역적 놈."

나카야마가 이를 갈았을 때 아소가 짧게 웃었다.

"나카야마, 누구한테 역적이란 말이냐?"

"그 단바의 역적이지요."

"단바의 영주가 어떻게 되었는데?"

그 순간 나카야마가 어깨를 늘어뜨렸다. 단바의 영주 사이고는 닷새 전에 피살된 것이다. 아스카의 백제방에서 온 거인 감찰관 박 아무개, 이제는 오다 히타카로 개명한 데쓰 고지로의 후계자에게 목이 잘린 것이다.

준베이는 그 사이고가 아소에게 붙여준 감시역이며 직책은 보좌관이다. 준베이는 아소의 작전까지 시시콜콜 상관했는데 사이고가 피살당했다는 전령의 말을 듣자 다음 날 종적을 감췄던 것이다. 그때 아소가 긴 숨을 뱉었다.

"준베이는 제 살길을 찾아간 거야. 이제 단바는 무주공산이 되었어."

"아소 님."

나카야마가 두 눈을 치켜떴다.

"남하해서 오다 히타카를 없애면 되지 않습니까? 그럼 단바가 아소 님 영지가 됩니다."

"나카야먀, 난 내 분수를 안다. 난 무장이지 영주 그릇이 아니다."

"그럼 사또 님이 영주 그릇입니까?"

"오다 님한테 이미 사또가 가 있어."

아소가 말을 세우더니 나카야마를 보았다.

"사사끼, 미야가와, 오가타, 다이쇼, 그리고 카사이까지 합류했다."

"…"

"지금 요시노와 미키가 우리한테 달려오고 있지만 대세는 오다 님한테 기울었다."

"…"

"어떻게 생각하느냐?"

아소의 시선을 받은 나카야마의 눈동자가 흔들렸다. 나카야마는 28

세, 8백 석 녹봉을 받는 중신(重臣)이다. 조부 때부터 사이고 가문을 섬 긴 유서 깊은 가문이다. 이윽고 나카야마가 어깨를 늘어뜨리며 말했다.

"저는 아소 님을 따르겠습니다."

아소가 뒤에 선 기마군을 돌아보았다. 영주 사이고가 피살되었지만 아소가 장악한 단바군은 거의 흔들리지 않았다. 감시역이었던 준베이 만 도망쳤을 뿐이다. 그때 아소가 입을 뗐다.

"어젯밤에 나한테 전령이 다녀갔다."

"누구한테서 온 전령입니까?

"오다 님."

그 순간 숨을 들이켠 나카야마가 시선만 주었으므로 아소가 말을 이 었다.

"전령이 편지만 건네주고 갔어."

"…"

"볼 테냐?"

나카야마가 아무 말 안 했지만 아소가 가슴에 손을 넣더니 접힌 편 지를 빼내 건네주었다.

"오다 님이 쓴 편지다."

주춤대던 나카야마가 마상에서 편지를 받아 폈다. 그 순간 나카야마 가 숨을 들이켰다. 짧다. 그러나 글씨가 선명하다.

"난세를 종식시켜 백성을 살리도록 하라, 오다 히타카."

나카야마가 머리를 들자 아소가 쓴웃음을 지었다.

"난 1백 번도 더 읽었다. 어떠냐?"

나카야마가 눈만 껌벅였을 때 아소가 결심한 듯 말했다.

"난 오다 님께 가겠다."

박영준이 직접 이끄는 기마군 본군(本軍)은 7천, 사사끼, 다이쇼 등 7명의 무장에게 각각 1천 기씩을 배분해 주니 기동력이 놀랍게 향상되었다. 박영준은 본군에서 카사이와 오가타가 이끄는 2천 기를 중군(中軍)으로 삼았을 뿐 다른 무장들과 똑같이 행동했다.

기마군의 북상 속도는 빠르다. 이틀째 되는 날 저녁에 기마군은 4백여 리(200킬로)를 북상했고 아소군과의 거리는 50여 리로 좁혀졌다. 그날 밤, 진막 안에서 박영준이 사또에게 말했다. 둘만 있을 때다.

"사또, 내 목표는 아소가 아니야."

박영준의 얼굴에 웃음이 떠올랐다.

"내일 야마시로로 북상한다."


야마시로 영주 다케다는 세작들로부터 단바의 상황을 수시로 보고받았다. 국경을 맞댄 이웃 영지인 데다 3년이 넘도록 전쟁을 치르고 있는 적국(敵國)인 것이다. 단바의 영주 사이고가 하나고 골짜기에서 기습을 당해 허무하게 목이 잘렸다는 말을 듣고 다케다는 술상을 차려 제사를 지내 주기까지 했다. 이제 단바 영지는 무주공산이 되어서 백제방 감찰관이었던 오다 히타카의 이름이 번져가고 있다.

다케다는 48세, 45만 석 영지를 보유한 중부(中部) 지역 강자 중 하나다. 병력은 보병 5만, 단바의 사이고를 제외하면 뚜렷한 적수가 없었던 상황에 이것이 호기인가 아니면 악재인가 아직 판단하기가 쉽지 않았다.

"주군, 이 기회에 아소군을 깨뜨리고 단바 북부를 평정하시는 것이 좋겠습니다."

다케다의 중신(重臣) 노무라가 건의했다. 야마시로의 거성 호마성의 청 안이다. 노무라가 말을 이었다.

"오다 히타카라는 자는 아직 기반이 굳혀져 있지 않습니다. 시간을 끌면 안 됩니다, 주군."

"옳습니다."

다케다의 친척 타나베가 거들었다. 타나베는 5천 석 녹봉이 있는 다케다의 사촌이다. 백부의 아들인 것이다.

"주군, 저에게 1만 기만 주시면 오린 골짜기를 지나 단바의 중부를 석권할 수 있습니다."

"가만!"

다케다가 손을 들어 둘의 입을 막았다.

"지금 오다가 북상하는 중이다. 사이고가 이끌고 있던 군사 중 카사이까지 오다에게 투항했으니 병력은 얼마나 되었지?"

그때 중신 아오야마가 대답했다.

"오다의 기존 병력이 3천 가량이며 사사끼, 미야가와 오가타, 다이쇼의 선봉군이 7천 가량, 거기에다 카사이의 3천이 포함되었으니 1만3천입니다."

"대군(大軍)이다."

머리를 끄덕인 다케다가 보료에 등을 붙였다.

"거기에다 아소의 1만5천이 붙는다면 2만8천이다."

"주군, 아소가 오다에게 투항한다는 말씀입니까?"

노무라가 묻자 다케다는 쓴웃음을 지었다.

"그럼 아소가 오다를 치고 단바의 영주가 될 놈이냐?"

모두 입을 다물었을 때 다케다가 정색하고 말을 이었다.

"아소가 그런 야망이 있는 놈이면 사이고가 1만8천이나 되는 대군

(大軍)을 딸려 보내지 않았을 것이야."

다케다가 주위를 둘러보았다.

"아소는 곧 오다에게 투항할 것이고 오다는 순식간에 단바를 장악할 것이다. 오다가 사이고를 기습했을 때부터 정세는 결정이 된 것이야."

야마시로의 지도를 내려다보면서 박영준이 입을 열었다.

"다케다의 성품은 어떠냐?"

"욕심이 많고 교활하다고 들었습니다."

사또가 바로 대답했다.

"그리고 용병이 뛰어나 사이고 님하고 호적수였지요."

진막 안에는 사또와 본진의 장수 10여 명이 모여 있었는데 모두 단바의 죽은 영주 사이고의 신하였다. 그때 카사이가 머리를 들고 박영준을 보았다.

"대감, 아소 님한테서 기별이 올 때까지 기다리는 것이 낫지 않겠습니까?"

조심스럽게 물었지만 모두의 시선이 모였다. 박영준이 쓴웃음을 지었다.

"이곳에서 다케다의 거성 호마성까지는 350리, 기마군으로 며칠이 걸리는가?"

불쑥 묻자 무장 하나가 대답했다.

"기마군이 방해를 받지 않고 곧장 전진한다면 5일이면 닿습니다."

"방해를 받으면 한 달이 걸릴 수도 있겠구나."

당연한 말이어서 대답하는 무장은 없다. 진막 안이 조용해졌다. 현 상황은 단바 전역이 유동적이라고 봐야한다. 하나고 계곡에서 벗어난

268

사이고의 주력군은 요시노와 미키의 지휘를 받고 아소에게 달려가는 중이며 아직 아소의 반응을 알 수가 없다.

만일 아소가 요시노, 미키를 받아들여 단바 전역에 지원군을 모으면 기존의 2만여 명에다 수만 명이 모일 수도 있다. 현재까지 박영준의 주위에는 7천여 명이 집결해 있을 뿐인 것이다. 그때 박영준이 머리를 들고 장수들을 둘러보았다. 어느덧 엄격한 표정이다.

"내가 아소의 지원군을 기다려 대사(大事)를 도모할 정도라면 데쓰고지로 님의 뒤를 이어 받지도 않았다."

박영준의 목소리가 진막을 울렸다.

"기마군 5천이 군장을 풀고 경장으로 갖춘 다음 곧장 야마시로의 거성을 기습, 다케다의 머리를 벤다."

박영준의 두 눈이 번들거렸다.

"그러고는 바로 남하해서 아소를 처리하겠다. 그 사이에 아소가 투항해온다면 받아들이겠지만 머뭇거리기만 해도 머리를 벨 것이다."


진막을 나온 사또가 주위에 서 있는 무장들을 둘러보며 웃었다.

"그대들도 느꼈는가? 우리 주군이야말로 시대의 영웅이시네. 이제야말로 나는 진정으로 주군을 모시게 되었어."

사또의 목소리는 격정으로 떨렸고 얼굴은 상기되었다.

"나는 주군을 따르겠네. 설령 실패하더라도 함께 죽는 것이 영광이네."

"저도 그렇습니다."

사사끼가 바로 말을 받았고 카사이와 오가타가 동시에 대답했다.

"따르겠소."

7천 기마군에서 다시 5천을 추린 데다 경장으로 장비를 재편성했다. 지금까지 단바의 기마군도 쇠사슬 갑옷을 말에 씌우고 머리에는 눈만 내놓고 철가면을 덮었다. 기마군 복장 또한 쇠덮개와 투구, 무릎과 다리 가리개 등 장비가 10관(37.5킬로) 가깝게 된 것이다. 말 갑옷까지 합하면 30관(112킬로)을 말이 더 짊어지고 뛰었던 상황이니 다 털어낸 후에는 말이 날개가 달린 것처럼 움직였다.

말에는 안장만 얹혔고 기마군은 허리에 가죽덮개만 둘렀으니 가만히 서 있는 말이 드물었다. 제 자리에서 경중경중 뛰거나 내달리고 싶어서 앞다리를 치켜들고 발길질을 했다. 기마군의 무장은 창과 칼, 활과 살통뿐이다.

"주군, 이것이 어느 나라 기마군 복장입니까?"

궁금증을 참다못한 사또가 무장들을 대신해서 물었을 때 박영준이 낄낄 웃었다.

"중원(中原)의 백제령 기마군이 이와 비슷하다지만 시간이 있으면 내가 더 다듬어야 될 것이야."

"백제 기마군은 어떻습니까?"

"천하무적이다."

박영준이 웃음 띤 얼굴로 무장들을 둘러보았다.

"이제 단바의 기마군이 왜국 천하에 명성을 떨칠 것이야."

박영준은 백제 기마군의 경장 차림으로 장비를 바꾼 것이다.


"아소 님, 주군의 원한을 풀어야 합니다."

요시노가 소리치듯 말하고는 두 손을 진막 바닥에 짚고 눈물을 쏟았다. 진막에 모여 앉은 무장들은 모두 숙연한 표정이 되어 있다. 요시노

270

의 격한 목소리가 이어졌다.

"아소 님이 주장(主將)이 되시어 그놈, 백제인 오다 히타카를 베어 죽여야 합니다. 저하고 미키가 4천 군사를 이끌고 밤을 낮 삼아 달려 왔습니다!"

오후 유시(6시)쯤 되었다. 과연 요시노와 미키의 행색은 금방 먼지 구덩이에서 빠져 나온 것 같다. 아소가 지그시 앞에 앉은 둘을 보았다. 옆쪽에 선 부장 나카야마도 숨을 죽이고 있다. 요시노가 4천 군사를 이끌고 왔다고 했지만 나카야마는 둘의 군사가 3천 명이 겨우 넘는다는 것을 파악했다. 나흘 동안 강행군을 하는 동안에 도망병이 늘어났기 때문이다. 이제 사이고가 정선한 본군의 정병은 쓸모없는 잡군이 되었다. 사기는 땅에 떨어졌고 오늘 밤이 지나면 숫자는 급격하게 줄어들 것이다. 그때 아소가 입을 열었다.

"요시노, 그대는 주군이 오다 히타카의 기습으로 살해되실 때 어디 있었는가?"

"저는 안쪽 진막에 있었습니다."

눈을 크게 뜬 요시노가 점점 당황했다.

"주군의 진막에서 1리(500미터) 이상 떨어져 있었기 때문에 나중에야 알았습니다."

"그래서 책임이 없다는 말인가?"

아소의 눈빛이 강해졌다.

"그대는 주군의 칼잡이 시동 출신, 주군에게 변이 생겼을 때 어떻게 해야 한다는 것을 가장 잘 아는 사람이 아닌가?"

"압니다."

"나는 주군이 피살되셨다고 듣는 순간 그대와 카사이는 할복하거나 그대로 오다군에 돌진해서 순사하는 줄로 알았다."

"아소 님, 그것은…."

"그런데 그 복수를 나한테 맡긴다는 것인가?"

"아소 님, 제 병력은 불과…."

"비겁하다!"

버럭 소리친 아소가 눈을 부릅떴다.

"패잔병을 몰고 와 내 군사를 오염시키고 있다. 여봐라, 이 둘을 진막 밖으로 몰아내라! 내 부대에서는 이런 무장이 필요 없다!"

아소의 목소리가 진막 밖에까지 들렸다.


그야말로 질풍이다. 질풍처럼 내달린 단바 기마군 5천이 호마성에서 20리 거리의 아께노산 기슭에 닿은 것은 이틀 후였다. 이틀간에 350리 (175킬로)를 주파한 것이다. 기마군에 전례가 없었던 일이다.

지금까지 기마군이 가장 빨리 진군했던 기록이 하루 50리(25킬로)였 던 것과 비교하면 3배 이상 빠른 속도다. 저녁 술시(8시) 무렵이다. 산기 슭에 기마군을 세운 박영준이 장수들을 불러 모았다.

"우리가 전령보다 빨리 달려왔다고 봐도 될 것이다."

박영준이 번들거리는 눈으로 장수들을 둘러보았다.

"이곳에서 쉬다가 오늘 밤 성안으로 진입한다. 그전에 선봉대를 잠 입시켜 성문을 열어야겠다. 누가 선봉으로 가겠는가?"

"소장이 가지요."

말이 끝나자마자 대여섯 명이 번쩍 손을 들었기 때문에 박영준이 사 또를 보았다.

"사또, 누가 좋겠느냐?"

"선봉군은 잠입해야 하므로 말에서 내려 보군이 되어야 합니다. 카사이가 주장이 되어 5백을 거느리게 하면 적당할 것 같습니다."

"좋다. 카사이가 맡아서 바로 출발해라."

박영준이 거침없이 지시했고 전력 회의는 끝이 났다. 장수들이 모두 흩어졌을 때 한베가 박영준에게 말했다.

"주군, 장수들의 충성심이 눈에 보입니다."

"그런가?"

쓴웃음을 지은 박영준이 말을 이었다.

"욕심을 버리면 의심도 없어지는 법이다. 나는 현세(現世)에 대한 욕심이 없는 사람이다."

"과연."

한베가 머리를 숙여 보이더니 자리에서 일어섰다.

"주군은 다른 영주들과는 다르십니다, 신인(神人)이시오."

박영준은 대답하지 않았다. 현세 인간이 아니라고 말해도 한베는 믿지 않을 것이다. 왜국의 대영주가 되어도 한순간의 꿈, 일장춘몽이다. 심호흡 한 번에 떠날지도 모르는 세상, 굳이 인연을 맺고 욕심을 부려서 무엇 하겠는가?

'오다 히타카'가 왜국의 난세를 평정하고 백성들을 모처럼 전란에서 구해내었다는 기록을 나중에 읽는다면 그것이 보람일 것이다.

카사이가 부장(副將) 셋을 데리고 인사하러 온 것은 잠시 후다. 모두 머리에 흰 끈을 둘렀고 가죽으로 허리 갑옷만 걸친 경장 차림, 칼과 단창만 쥐고 있어서 날아갈 것 같다. 박영준이 카사이에게 말했다.

"우리가 2리(1킬로) 거리로 접근해 있을 테니까 성문을 점거하면 성문을 열고 불을 피워라."

"예, 주군."

어깨를 부풀린 카사이가 번들거리는 눈으로 박영준을 보았다.

"기필코 호마성의 동문을 열겠습니다."

"장하다, 카사이."

박영준이 머리를 끄덕였다.

"네 이름을 세상에 떨쳐라."

"예!"

우렁차게 대답한 카사이가 납작 엎드렸다가 얼굴을 들었는데 눈에 눈물이 가득 고였다. 지금까지 영주한테서 이런 격려를 받은 적이 없다. 온몸에서 열기가 일어난 카사이는 이를 악물어야만 했다. 주위에 둘러선 무장들도 마찬가지다. 나이든 사또까지 어깨를 부풀리면서 숨을 가다듬었으니까.

술잔을 든 다케다가 물끄러미 앞쪽을 보았다. 호마성의 청 안, 다케다는 측근 가신들과 함께 오랜만에 주연을 즐기고 있다. 둘러앉은 가신은 20여 명, 45만 석의 대영주답게 3천 석 이상의 중신(重臣)이 20여 명이나 되었는데 오늘 대부분이 주연에 모였다.

각자의 앞에 술상과 술병이 놓였고 둥글게 둘러앉은 청의 복판에서 무희 6명이 춤을 추는 중이다. 뒤쪽 벽에 둘러앉은 악공들의 연주에 맞춰 무희들의 움직임이 현란하다.

술좌석은 이제 무르익어 가는 중이다. 주량이 센 다케다는 술을 마시면 춤을 추고 노래를 하는 버릇이 있다. 건장한 체격에 아직도 밤마다 여자를 끼고 자는 정력가여서 오늘도 좌우에 애첩 둘이 시중을 든다.

"이봐, 곤도."

다케다가 문득 부르자 왼쪽에 앉았던 40대 가신이 머리를 들었다.

"예, 주군."

"지금 오다의 위치는 어디냐?"

"하나고 골짜기에서 북쪽으로 1백여 리 진출해 있을 것입니다."

곤도는 3천 석 가신으로 전쟁이 일어나기 전에 전장(戰場)을 고르는 역할을 맡고 있다. 장수 중에서 가장 중요한 직위였고 그만큼 다케다의 신임을 받아야만 한다. 전장을 잘못 고르면 여지없이 패하는 것이다. 승부는 좋은 위치를 선점하는 것으로 결정된다. 어깨를 편 곤도가 말을 이었다.

"오다 히타카는 우선 아소를 제압하고 단바 영지를 평정해야만 할 것입니다. 오다에 대해서 거부감을 느끼는 가신들이 적지 않을 테니까요."

"글쎄, 아소는 오다한테 대적할 위인이 못 된다니까."

"지금 아소와 하나고 골짜기에서 북상한 요시노와 미키가 만나고 있을 것입니다."

"흐음, 그 거만한 사이고의 칼잡이 시동과 친척 놈이 아소의 휘하에 들려고 할까?"

혼잣말을 했던 다케다가 자리에서 일어섰다. 술기운으로 비틀거렸기 때문에 애첩 둘이 좌우에서 부축해야만 했다.

"비켜라, 내가 춤을 추겠다."

애첩들의 손을 다케다가 뿌리쳤다.

"창을 가져와라! 창춤을 추겠다."

"옛!"

경호무사가 재빨리 달려가더니 창을 가져와 바쳤다. 창 자루를 짚고 선 다케다의 자태는 늠름했다. 술기운으로 붉어진 얼굴로 다케다가 웃었다. 어느새 무희들이 물러갔고 안쪽 공간은 텅 비었다. 다케다가 창춤을 출 공간이 만들어진 것이다.

"인생가(人生歌)를 부르겠다."

창 자루로 청 바닥을 '쿵' 찍으면서 다케다가 호기 있게 소리쳤다. 그러자 악공들이 음악을 연주하기 시작했다. 곧 다케다가 노래와 함께 창춤을 출 것이었다.


성문은 닫혀 있었지만 경계병은 성루에 셋이 서 있을 뿐이다. 안쪽에 수문장 거처가 있었고 막사에 30여 명의 경비병이 들어가 있다. 동문 수비병은 대략 60여 명, 동문 안쪽에 10여 명이 경계를 하고 있다. 이것이 카사이가 직접 정탐을 한 동문 현황이다. 성벽 높이는 20자(60미터)여서 바로 넘어 갈 수는 없다.

성벽 밑에 물이 고인 해자가 20자 넓이로 파여서 거의 불가능하다. 동문 앞쪽만 돌다리가 놓여 있을 뿐이다. 카사이는 직접 물이 고인 해자를 건너 돌로 만든 성벽을 올랐는데 거의 한 식경이나 걸렸다. 어둠 속이었지만 성벽 위를 오가는 경비병의 눈을 피하려고 진땀을 흘렸던 것이다.

"결사대가 필요하다."

몸이 흠뻑 젖은 채 돌아온 카사이가 부장들을 모아놓고 말했다.

"소리 없이 성벽을 타 넘고 수문장과 막사를 쳐서 경비병을 전멸시키고 나서 동문을 여는 것이다."

그러면 밖에서 기다리던 선봉군 4백여 명이 쏟아져 들어올 것이다.

그때부터 본대가 올 때까지 성문을 지켜야한다. 2리(1킬로) 밖에서 기다리는 본대는 한 식경도 안 되어서 달려올 것이다.

"오사쿠와 모리, 헤이찌가 각각 15명을 추려서 모이도록, 나머지 병력은 가네야마가 이끌고 성문으로 들어온다."

어둠 속에서 카사이가 일사분란하게 지시했다. 카사이는 결사대 45명을 이끌고 먼저 성문을 깨뜨릴 작정이다.


"인생은 덧없도다!"

창을 휘두르던 다케다가 목청껏 소리치며 우뚝 멈춰 섰다. 목청도 크고 음악에 맞춰 구성지다. 다케다는 어렸을 때 무술 수업과 함께 가무도 배웠다. 특히 목청이 좋아서 노래를 즐겼는데 노래와 춤이 어우러지면 장관이다. 이른바 '영주의 춤'을 보려고 궁중의 하인들이 담장이 미어지도록 모일 정도였다.

오늘 밤의 '영주의 춤'은 더욱 장관이다. 창을 휘두르며 부르는 노래는 '허무한 인생', 가신들은 자주 다케다의 춤과 노래를 관람했지만 오늘 '허무한 인생'은 처음 듣는다. 그러나 노래와 창춤이 아주 잘 어울렸다. 다시 다케다가 창을 번쩍 세우더니 몸을 빙글빙글 돌리면서 노래를 한다. 창날이 등빛을 받아 반짝였다.

"어느 날 홀연히 떠나는 인생, 이 세상에 무엇을 남기고 간단 말인가?"

다케다의 노랫소리가 청 밖으로 퍼져 나갔다. 청 안에서도 밤하늘의 별이 보인다. 북소리에 이어 피리와 대금이 어울려 다케다의 노래에 반주를 맞췄고 창으로 하늘의 별을 찌르는 시늉을 하면서 다케다가 노래했다.

"빈손으로 왔다가 빈손으로 가는도다. 아아 허무한 인생이여, 허무한 세상이여!"

그 시간에 카사이가 성벽에서 뛰어 내리면서 칼을 후려쳤다.

"으악!"

밑에 서 있던 경비병 하나가 비명을 지르며 쓰러졌을 때 카사이의 부하들이 쏟아지듯 아래로 뛰어내렸다. 결사대가 해자를 넘어 성벽을 타고 올라 성안으로 뛰어내리는 것이다.

"가라!"

짧게 소리친 카사이가 손으로 막사를 가리켰다. 그러자 오사쿠와 모리가 이끄는 30명이 막사 쪽으로 달려갔다. 카사이는 몸을 돌려 성문으로 뛰었다. 성문 앞에 지키고 선 군사는 10여 명, 해치울 수 있다.


"앗, 불이다!"

박영준은 옆에서 울리는 외침을 들었다. 머리를 든 박영준이 성문에서 솟아오른 횃불을 보았다.

"진격!"

앞쪽의 사또가 버럭 소리쳤지만 이미 불빛을 본 전군(全軍)은 움직이는 중이었다. 불빛을 신호로 돌격하기로 이미 명령이 내려져 있는 것이다.

"카사이가 해 냈습니다!"

사또의 외침을 들으면서 박영준도 말에 올랐다. 이미 선두의 기마대는 달려가고 있다.

"가자!"

박영준이 말에 박차를 넣으면서 소리쳤다. 호마성에는 다케다의 친위군 5천 가량이 주둔하고 있다. 그러나 이미 승부는 결정났다.

밖에서 외침이 울렸지만 다케다의 창춤은 계속되고 있다. 목청껏 노래를 부르면서 춤을 추는 터라 본인은 듣지 못한다. 그러나 곤도가 이맛살을 찌푸렸다. 마당이 어수선해져 있었기 때문이다. 마당 밖의 외침이 이어지고 있다. 가신들이 입을 열지 않았지만 시선이 옮겨졌고 마당을 힐끗거렸다.

"사나이의 인생, 활짝 피었다가 지는 꽃잎처럼 살리라!"

노래의 마지막 대사는 장렬했다. 다케다가 소리쳐 부르면서 창을 힘껏 휘둘렀다. 열창이며 눈부신 창춤이다. 그때 마당으로 집사 핫도리가 뛰어 들어왔다. 5백 석 녹봉을 받는 집사 핫도리는 내궁의 책임을 맡은 가신이다.

"주군!"

청 밑으로 달려온 핫도리가 소리쳤다. 그때는 이미 청에 모인 가신, 무장들이 술렁거렸고 다케다는 가쁜 숨을 뱉으며 청 복판에 서서 애첩들이 건네준 수건으로 땀을 닦는 중이었다. 다케다가 짜증을 냈다.

"무슨 일이냐?"

그때 밖에서 함성이 울렸다. 수백 명이 지르는 함성이다. 동시에 땅이 흔들렸다. 지진이 아니다. 말굽 소리다.

"침입이오! 적입니다!"

핫도리가 악을 쓰듯 외쳤을 때 땅이 흔들렸다.

"적이라고? 단바 놈들이냐!"

무의식중에 그렇게 물었던 다케다가 성큼 마당 쪽으로 다가갔다. 손에 창을 쥔 다케다의 기세는 사납다. 그때 핫도리가 대답했다.

"모르겠습니다!"

"이런 병신!"

그때 함성이 더 크게 울렸고 이번에는 경호대 부장 둘이 동시에 마당으로 뛰어들었다.

"주군! 적의 기습이오!"

"수천 명입니다! 이미 성안으로 진입했습니다!"

둘이 소리쳤을 때 청 안은 이제 수라장이 되었다. 무장, 가신들이 일제히 일어났고 다케다는 입만 딱 벌렸다. 기가 막힌다는 표정이다.

내궁으로 가장 먼저 진입한 장수는 미야가와다. 그 뒤를 이어서 오가타, 다이쇼가 경쟁하듯이 달려 들어왔다. 기마군 5천이 노도처럼 밀려들어 온 터라 호마성은 순식간에 통제 불능 상태가 되어서 무너졌다. 군사들은 변변히 대응도 하지 못하고 도륙을 당했는데 대부분 막사에서 무장도 갖추지 못한 상태였다.

기습군은 성안을 혼란에 빠뜨릴 목적으로 방화를 했는데 불은 순식간에 전역으로 번져나갔다. 호마성 안에는 주민 8만여 명이 살고 있었기 때문에 불길을 피해 모두 밖으로 쏟아져 나왔다. 아수라장이 된 것이다. 기습군에게는 절대적으로 유리한 상황이다.

"안으로!"

미야기와가 앞을 가로막는 다케다의 무장 하나를 단칼로 베어 죽이면서 뒤를 따르는 부하들에게 외쳤다.

"오옷!"

3백여 명의 부하들이 한 덩어리가 되어 따르면서 일제히 기합을 질렸다. 이제 내궁(內宮), 야마시로의 영주 다케다의 거처인 내궁까지 진입한 것이다. 미야가와의 눈에 핏발이 섰다. 다케다의 머리를 뗀다면 이번 전쟁에서 일등전공을 세우는 것이 된다.

"이얏!"

내궁의 복도를 뛰어오른 미야가와가 다시 경호군 하나를 베어 눕히면서 소리쳤다.

"미야가와가 다케다 님을 찾소! 사내라면 숨지 말고 나오시오!"

그 소리를 다케다가 들었다. 경호군사에 싸여 막 내궁 뒤쪽으로 옮겨가던 중이었다. 옆을 곤도와 노무라, 아오야마, 소노다 등의 중신(重臣)들에 둘러싸여 일단 피신을 하던 중이었다. 걸음을 멈춘 다케다가 어깨를 부풀렸다.

"타나베는 어디 있느냐?

그러자 뒤를 따르던 노무라가 소리쳐 대답했다.

"근위군을 모은다고 나갔습니다!"

"싸우다 죽겠다."

와락 소리친 다케다가 허리에 찬 칼을 빼 들었다.

"이게 무슨 꼴이냐! 도망치지 않겠다!"

"주군! 일단은 피하셔야 합니다!"

곤도가 다케다의 소매를 잡았다. 다급했기 때문이다.

"후일을 도모해야 합니다!"

"성을 버리고 도망치란 말인가! 세상의 웃음거리가 된다!"

"주군, 여기서 당하시면 더 웃음거리가 됩니다!"

노무라가 맞받아 소리쳤을 때다.

"다케다 님! 비겁하오! 여기서 도망치실 수 있다고 생각하시오? 이젠 다 끝났소!"

다시 사내의 목소리가 울렸다. 내궁 안, 반대쪽 복도에서 소리치는 것 같다.

"다케다 소겐! 계집처럼 숨어서 울고 있느냐! 나와라!"

"다케다를 잡아라!"

박영준이 소리쳤다.

"모두 내궁으로!"

이미 출동 전(前)에 지시를 받은 터라 군사들은 물밀듯이 내궁으로 향하고 있다. 호마성은 불덩이가 되어 있다. 밖으로 뛰쳐나온 주민들은 성 밖으로 도망을 치는 중이다. 기습군은 주민들은 놔두어서 가끔 무장을 벗어던진 야마시로의 군사들도 섞여 있는 것이 보인다.

"내궁을 포위했습니다!"

옆으로 다가온 사또가 소리쳐 보고했다. 화광에 비친 사또의 얼굴은 활기로 가득 차 있다. 성안에 진입한 지 한 식경(30분)이 겨우 지났을 뿐이다.

"이놈!"

갑자기 복도 앞으로 장수 하나가 나타났으므로 미야가와가 숨을 들이켰다. 화려한 비단옷, 허리에는 금박 띠를 맨 40대쯤의 건장한 사내, 손에 장검을 쥐었다. 그리고 그 뒤쪽으로 10여 명의 가신, 무사들이 복도를 가득 메우고 있다.

"이놈! 그만 소리쳐라! 내가 다케다다!"

버럭 소리친 사내가 칼을 치켜들고 달려왔다. 거리는 10여 보, 순간 숨을 들이켠 미야가와는 칼을 고쳐 쥐었다. 정면의 다케다를 향해 중단으로 겨눈 상태, 그때 다케다가 마룻바닥을 울리며 덮쳐왔다.

장검을 머리 위로 치켜 올린 자세, 산이라도 베어 넘길 것 같은 엄청난 기세, 그 뒤를 따르는 일진의 가신, 무사들, 모두 눈을 부릅뜬 채 악귀와 같은 형상이 되어 있다. 순간 미야가와가 소리쳤다.

"쳐라!"

이쪽은 잠시 주춤한 상태, 눈 깜박하는 순간이었지만 앞쪽에서 다케다라고 칭하는 사내와 한 무리가 나타나면서 기세가 잠깐 꺾인 것이다.

"우우!"

뒤에서 미야가와의 부하들이 와락 외쳤을 때 두 무리가 부딪쳤다.

"에잇!"

기합과 함께 칼을 내려친 다케다는 미야가와가 칼을 치켜들고 막으면서 몸을 옆으로 비트는 것을 보았다. 30대 후반쯤으로 검법에 익숙한 무장이다. 그러나 다케다는 그보다는 몇 수 위였다.

"쨍!"

미야가와가 치켜든 칼과 부딪친 순간 다케다는 발길로 옆구리를 찼다.

"억!"

갑자기 허를 찔린 미야가와의 발이 뒤틀렸고 몸이 휘청거렸다.

"윽!"

다음 순간 다케다가 옆으로 후려친 칼이 이번에는 미야가와의 비어 있는 목을 쳤다. 눈을 부릅뜬 미야가와가 입을 쫙 벌렸지만 성대가 잘려서 소리가 나오지 않는다. 피가 분수처럼 뿜어지는 목을 한 손으로 감싸 쥔 미야가와가 뒤로 넘어졌을 때 두 무리가 부딪쳤다. 난전이다. 칼 부딪는 소리, 고함, 비명, 문이 부서지는 소리.

"다 죽여라!"

다케다가 미친 듯이 소리쳤다.

"헛된 인생! 이름을 알리고 죽자!"

그때 다케다는 배에 뜨거운 불덩이가 쑤시고 들어오는 것을 느꼈다. 놀란 다케다가 입을 딱 벌렸을 때 눈앞의 사물이 보였다. 졸병이다. 허리 갑옷만 차고 머리에 흰 끈만 두른 군사, 그 군사가 내지른 칼에 배가 깊숙이 찔린 것이다. 그때 군사가 목청껏 소리쳤다.

"이와이 마을의 뱃사공 히노!"

사내가 처음으로 제 이름을 알린 것이다. 다케다의 배에 더 깊숙이 칼을 밀어 박으면서 사내가 더 목청을 높였다.

"히노가 다케다 님 배에 칼을 박았다!"

그때 다케다의 부하 하나가 히노의 목을 쳤다. 머리가 마룻바닥에 떨어졌지만 히노의 손은 칼에서 떼어지지 않는다.


박영준이 내성에 진입했을 때는 이미 다케다와 측근들이 전멸하고 난 후다. 물론 내성 밖의 외성은 사또의 지휘하에 완전히 제압되었고 항복한 포로의 구분을 시작하는 중이었다. 박영준이 따로 떼어놓은 다케다의 머리를 일별하더니 옆을 따르는 한베에게 말했다.

"예의를 갖춰서 머리를 모셔라."

내성의 청으로 다가가면서 박영준이 말을 이었다.

"다케다 가문의 살상은 더 이상 금지한다."

"예엣."

한베가 소리쳐 대답했지만 특별한 경우다. 보통 한 나라를 점령했을 때 그 영주의 혈연은 철저히 말살시켰기 때문이다. 만일 가문의 갓난아이라도 살아 있다면 신하들이 재기를 도모할 이유가 만들어진다. 그래서 씨를 말려야 한다. 신하들에게 희망의 싹이 없음을 알려줘야 하는 것이다. 그때 전령이 달려왔다.

"주군! 성안을 완전히 평정했습니다!"

전령의 목소리가 내성의 청을 울렸다. 오전 인시(4시)가 되었을 때 호마성은 새 주인을 맞은 채 성의 윤곽을 드러내었다. 어젯밤의 대화재로 건물의 절반 이상이 소실되었지만 대성(大城)의 위용은 아직도 남아 있다. 그러나 길가에 쌓인 다케다군의 시체와 눕혀진 부상자 무리는 아직 치워지지 않았다.

"어디 가는가?"

동문의 경비를 맡고 있던 사사끼가 소리치자 다이쇼가 말을 세우면서 대답했다.

"미우라성에 가네."

다이쇼가 옆에 서 있는 기마인을 눈으로 가리켰다.

"이시베 님이 성주 하리모토 님께 항복을 권유하실 것이네."

다이쇼는 기마군 50기를 이끌고 있을 뿐이다.

"잘 다녀오시게."

다이쇼가 성문을 열라는 손짓을 하면서 이시베에게도 인사를 했다.

이시베는 다케다의 중신으로 항장이다. 난전 중에 단바군(軍)에 항복을 한 것이다. 다이쇼가 성문을 나갔을 때 사사끼의 부장 아리다가 말했다.

"동문으로 투항을 권유하는 전령이 3번째 빠져나갔군요. 다른 성문으로도 여럿이 빠져나갔을 것입니다."

"단바에 이어서 야마시로까지 석권했어."

사사끼가 어깨를 부풀렸다가 내리면서 말을 이었다.

"머리를 잃은 두 마리 뱀이다. 주군은 그 두 마리를 노려보시는 매야."

"과연."

아리다가 이를 드러내고 웃었다.

"뱀 새끼들이 꿈틀거린다고 해도 시간이 해결해줄 것입니다."


"주군, 투항사가 12군데로 떠났습니다."

사또가 이제는 박영준에게 거침없이 '주군'이라고 부른다. 내궁의 청 안이다. 오후 신시(4시) 무렵, 청 안에는 무장 20여 명이 둘러앉았는데 아직 축제 분위기는 아니다. 사또가 말을 이었다.

"그런데 아소와 대적하고 있는 데루모도에게는 왜 사신을 보내지 않으십니까?"

"내일 쯤 보내는 것이 나을 것 같다."

"데루모도만 투항하면 야마시로는 손에 쥔 것이나 같습니다, 주군."

그것은 아소를 끌어들이면 단바를 장악하게 되는 것이나 같은 이치다. 데루모도는 야마시로군을 2만 가깝게 이끌고 단바의 아소와 대적하고 있기 때문이다. 그때 박영준이 말했다.

"아소가 요시노와 미키를    아낸 것은 투항할 의사를 보인 것이야. 그러나 지금 명분을 찾고 있는 것 같다, 투항할 명분 말이지."

모두 숨을 죽였고 박영준의 얼굴에 웃음이 떠올랐다.

"신중한 성격의 아소는 그것이 장점이자 약점이지. 아소가 주저하는 바람에 데루모도가 기회를 잡을 것 같다."

"어떤 기회 말씀입니까?"

사또가 묻자 박영준이 눈을 가늘게 떴다. 초점이 없는 시선으로 사또를 보면서 박영준이 말을 이었다.

"오늘 중으로 영주 다케다가 죽었다는 사실을 알게 되면 데루모도는 나에게 투항할 의사가 있다는 사신을 보낼 것 같다."

놀란 사또가 숨을 들이켰고 청 안에는 숨소리도 나지 않는다. 박영준의 눈동자에 초점이 잡혔다.

"데루모도는 아소가 주저하면서 나에게 투항할 기회를 찾고 있다는 것도 알고 있을 것이다."

"…."

"그런데 이제 자신이 똑같은 입장이 되자 아소보다 먼저 나한테 투항해 올 것 같다."

박영준의 얼굴에 쓴웃음이 떠올랐다.

"먼저 투항해 오면 더 인정받게 되는 법이니까. 데루모도와 아소는 투항에서도 경쟁심을 일으킬 것이다."

"과연."

사또가 갈라진 목소리로 말했다. 치켜뜬 눈으로 박영준을 응시하면서 사또가 말을 이었다.

"주군께서는 신인(神人)이시오. 설령 그 일이 어긋났다고 해도 아소와 데루모도의 경쟁심은 일리가 있습니다, 주군."


"식사 시중으로 다케다의 측실 두 명을 보내겠습니다."

한베가 말하자 박영준이 이맛살을 찌푸렸다.

"왜 그러느냐?"

"주군, 여자를 가깝게 두신 지 오래되셨습니다."

정색한 얼굴로 말한 한베가 박영준을 똑바로 보았다.

"적장을 죽이면 적장의 여자를 취해야만 합니다. 그래야 완전히 정복한 것이 됩니다."

"처음 듣는 말이다."

"이곳 왜국은 그렇습니다."

"아직 미개한 풍속이 남아 있군."

"그러나 따르셔야 합니다. 그래야 군사들이 동요하지 않습니다."

"동요해?"

"예, 영주께서 남성 노릇을 못 하시면 크게 동요합니다."

"역시 미개한 땅이라니까."

"그러니까 영주가 되셔서 바로 잡으셔야 합니다."

"이놈이 말이 많군."

그때 한베가 자리에서 일어섰다.

"측실 두 명을 오늘 밤에 침실로 데려가시지요."

그러나 박영준은 그날 밤도 혼자 침소에 들어갔다. 다케다의 측실들로부터 저녁 식사 시중을 받았을 뿐이다.

"야단났다."

한베가 박영준의 오랜 시종 다로에게 하소연을 했다.

"주군께서 데쓰 고지로의 뒤를 이으신 후부터 목석이 되셨다. 아무래도 데쓰 님의 사당에 향을 많이 피워야 될 것 같구나."

"신라 공주 때문이 아닐까요?"

불쑥 다로가 묻자 한베는 혀를 찼다.

"쓸데없는 소리, 그렇다면 백제방주님도 계시지 않느냐?"

"그렇군요."

"병사들에게 소문이 퍼지면 안 된다. 네가 내일 밤에 측실 하나를 침소에 밀어 넣어라."

"한베 님이 하시지 그러시오?"

"나는 오늘 두 번이나 권했다가 야단맞았다. 내일은 네가 해라."

자리에서 일어선 한베가 혀를 찼다.

"주군은 알수록 신비한 분이시지만 영주가 되시려면 이상한 일은 안 하시는 것이 낫다."

이상한 일이란 여색을 멀리 하는 것도 포함된다. 지방의 풍속에 따라야만 하는 것이다.


다음 날 오후 미시(2시) 무렵에 호마성 동문 앞으로 10여 기의 기마대가 달려와 멈춰 섰다. 성루에서 수화를 받은 기마대 대장이 소리쳤다.

"나는 데루모도 님의 사신 타다요시요! 오다 대감께 드릴 말씀이 있소."

그러자 곧 성문이 열렸고 기마대는 안내를 받아 내성으로 달려갔다. 잠시 후에 내성의 청 마당에 엎드린 타다요시가 박영준을 우러러보면서 소리쳤다.

"데루모도가 50석 이상의 무장 372인, 병사 18,752명과 함께 오다 히타카 님께 투항하겠다는 서약서를 가져왔습니다."

타다요시가 가슴에서 가죽에 싼 편지를 꺼내 내밀었다. 옆에 서 있던 사사끼가 받아 청 위의 사또에게 넘겨주었고 사또가 편지를 살핀 후에 박영준 앞에 펼쳐놓았다. 박영준이 편지를 읽는다.

"데루모도가 장병 전체를 이끌고 오다 히타카 님께 투항합니다. 부디 제 목숨을 받으시고 백성들은 전란에서 해방시켜 주소서."

머리를 든 박영준이 타다요시를 보았다.

"알았다. 내가 편지를 써 줄 테니까 전해라."


그 다음 날 오후, 유시(6시) 무렵에 아소가 전령의 보고를 받는다.

"아소님, 데루모도가 오다 님께 투항하여 전군(全軍)을 뒤로 물리고 있습니다."

놀란 아소가 숨만 들이켰을 때 전령이 말을 이었다.

"야마시로군(軍) 전체에 소문이 다 퍼졌습니다. 오다 님은 데루모도의 현직을 그대로 유지시키고 함께 투항한 장병들도 모두 직을 유지시킨다는 약속을 했다는 것입니다."

진막 안이 조용해졌고 전령의 목소리가 울렸다.

"영주만 바뀐 것이지요."

"예상한 대로 데루모도가 선수를 쳤군."

아소가 혼잣말처럼 했지만 진막에 모인 무장들은 다 들었다. 그때 부장 나카야마가 말했다.

"아소님, 지금도 늦지 않았습니다. 오다 님께 투항하시지요. 요시노와 미키를   아낸 것을 오다 님도 아실 테니까요."

그때 아소가 머리를 들었다.

"나카야마, 그대가 오다 님께 가라."

"예, 지금 출발하지요."

"내가 전군(全軍)을 이끌고 투항한다고 전해."

"예, 각서를 써 주시지요."

자리에서 일어선 나카야마의 얼굴은 밝다.

"그럼 오다 님께서 단바, 야마시로 두 영지를 통합하시게 되었습니다."

"데루모도는 선수를 친 것으로 생각하겠지만 나는 자존심을 세웠다. 이번 싸움은 내가 이겼다."

아소가 이번에도 혼잣말처럼 말했다.


박영준은 호마성에서 움직이지 않았다. 호마성을 거성(居城)으로 정하고 느긋한 자세로 기다렸다. 야마시로 45만 석, 단바 47만 석, 양국(兩國)의 영주가 거의 비슷한 시기에 제거된 것이다. 3년이 넘도록 전쟁을 하던 양국의 영주들은 갑자기 나타난 오다 히타카라는 괴인에게 살해당하고 90만 석이 넘는 거대한 영지는 주인을 잃었다.

"주군, 미우라성의 하리모토가 왔습니다."

청 아래에서 다이쇼가 소리치듯 말한 것은 오후 유시(6시) 무렵이다. 다이쇼가 데려온 것이다. 떠난 지 사흘 만인데 미우라성은 호마성에서 1백여 리(50여 킬로) 떨어진 곳에 위치해 있다. 박영준은 시선만 들었고 다이쇼가 말을 이었다.

"하리모토가 근처에 있는 3개 성의 성주도 설득하여 데리고 왔습니다."

하리모토는 죽은 다케다의 신임을 받았던 무장이다. 그러나 처음에는 다이쇼의 투항 권유를 거부했다가 데루모도가 투항하자 마음을 바꿨다. 주변의 2개 성주들도 마찬가지일 것이다.

"수고했다, 다이쇼."

박영준이 다이쇼에게 말했다.

"내일까지 투항하지 않는 자는 소탕할 예정이었는데 잘 되었다."

아소가 데루모도에 이어서 투항한 후부터 양국의 무장들은 대적할 엄두를 내지 못했다. 앞을 다투어 투항해오고 있는 것이다. 그날 밤, 내궁의 청에는 사또와 오구라, 한베 등 중신들이 모두 모였다. 불을 환하게 밝힌 청 안에서는 가끔 낮은 웃음소리도 울렸다.

단바를 미처 평정하지 못한 상황에서 야마시로를 급습, 거성인 호마성을 기습하여 영주 다케다를 제거한 것이다. 실로 전무후무한 기습전이며 전격전이다. 이로써 야마시로의 참변을 본 단바의 무장들이 동요했으며 주력 부대를 이끌고 있던 아소와 데루모도가 전의를 상실하고 투항한 것이다. 그러니 군소 무장들이 저항할 이유가 없다. 그때 사또가 말했다.

"주군, 내일 데루모도와 아소가 성에 옵니다. 이제 단바와 야마시로 양국이 평정된 것 같으니 서둘러 논공행상이 있어야 될 것 같습니다."

박영준이 보료에 기대앉은 채 시선만 주었고 두 손을 짚고 엎드린 사또가 기운찬 목소리로 말을 이었다.

"1등 공신, 2등 공신, 3등 공신으로 구분해서 영지를 배분해야 할 것입니다. 투항한 장수 중에서도 등급을 가려 영지를 재조정해야 됩니다, 주군."

모두 숨을 죽이고 있다. 이것으로 녹봉이 정해지는 것이다. 녹봉이 바로 신분의 등급이다. 50석짜리 녹봉도 기마대 20명쯤은 이끄는 보군 대장 계급이지만 500석 녹봉을 받은 가신은 300명의 부대를 이끄는 별개군을 맡고 1천 석 이상은 군(軍) 지휘관이 된다. 이것은 평생 동안 받는 데다 대를 이어줄 수도 있는 것이다. 박영준이 머리를 끄덕였다.

"우선 너희들이 1등 공신에서 3등 공신까지를 결의해서 적어내도록 해라."

박영준의 목소리가 청을 울렸다.

"그리고 투항한 단바, 야마시로 가신들의 등급과 영지를 적어 내도록 해라, 내가 살펴보겠다."

"예, 주군."

사또가 이마를 청 바닥에 붙였다. 이것이 생사여탈권을 쥔 영주의 권한이다.


방으로 들어선 박영준이 눈을 크게 떴다. 침상 옆에 여자 하나가 앉아 있었기 때문이다. 박영준이 들어서자 여자는 일어섰는데 낯이 익다. 다케다의 측실 중 하나인 하나코다. 다케다는 측실 여럿을 두었는데 그중 하나코가 가장 미인이다. 그동안 하나코는 다른 측실들과 함께 박영준의 식사 시중을 들었기 때문에 시선이 마주치자 보일 듯 말 듯 한 웃음을 띠웠다. 불빛에 반사된 눈동자가 반짝였다.

"누가 보냈느냐?"

박영준이 묻자 하나코가 수줍은 얼굴로 대답했다.

"한베 님께 제가 가겠다고 했습니다."

"네가?"

쓴웃음을 지은 박영준이 하나코를 보았다.

"사내 맛이 그립더냐?"

하나코가 잠자코 박영준의 허리 갑옷을 뒤에서 풀면서 대답했다.

"아닙니다."

"그럼 무엇 때문에 온다고 했어?"

몸을 돌린 박영준이 하나코를 노려보았다. 하나코의 머리끝이 박영준의 가슴밖에 닿지 않지만 여자로서는 큰 키다. 하나코가 박영준을 올려다보았다.

"내궁에서 쫓겨나면 갈 곳이 없습니다."

어느덧 하나코의 얼굴에 수심이 띠어졌다.

"다케다 님을 모시던 몸, 궁중의 호사에 젖어 고생하는 것이 두렵기 때문입니다."

"정직하구나."

쓴웃음을 지은 박영준이 침상에 앉았다. 하나코가 재빠르게 옆에 놓인 나무통을 발밑에 놓더니 박영준의 다리를 들어 통에 담갔다. 통에는 더운 물이 채워져 있었던 것이다. 따뜻한 물에 발을 담근 박영준의 얼굴에 저절로 웃음이 떠올랐다.

"여우같은 계집이로구나."

"칭찬하셨지요?"

"그렇다."

"감사합니다, 나리."

"너 나이가 몇이냐?"

"스물넷입니다."

박영준의 발을 씻기면서 하나코가 고분고분 대답했다.

"이몬 마을의 촌장 야노가 제 아비입니다. 3년 전에 근처에 사냥을 나오셨던 다케다 님의 눈에 띄어 측실이 되었지요."

"다케다는 처첩이 몇 명이냐?"

"정실 오야 님 외에 측실이 8명입니다."

"너는 몇 번째 측실이냐?"

"예, 일곱 번째입니다."

"처첩이 모두 내궁에 남아 있느냐?"

"두 번째 측실 나미 님이 목을 매어 죽었고 나머지는 모두 살아있습니다."

박영준이 입을 다물었다. 그러나 처첩이 낳은 자식 중에서 아들 12명은 모두 죽였다. 사또가 성을 점령하자마자 다케다의 자손부터 절멸시킨 것이다. 딸 9명은 살려주었다. 딸이 후계자가 될 수는 없었기 때문이다. 박영준이 다시 하나코에게 물었다.

"넌 자식이 없느냐?"

"두 살짜리 딸 하나가 있습니다."

하나코가 외면한 채 대답했다.

"다케다의 딸이니 평생을 숨어 살아야겠지요. 누가 죽여도 한 마디 못 할 테니까요."

씻긴 발을 마른 수건으로 닦아주면서 하나코가 말을 이었다.

"만일 나리께서 오늘 밤 저를 안아 주신다면 제 딸의 목숨도 이어질 수 있을 것입니다."

하나코가 매달리는 이유가 이것이다.


"하나코와 동침하셨습니다."

한베가 말하자 사또는 빙그레 웃었다.

"잘 되었군. 오늘 밤에는 다른 측실을 침소로 데려가게."

"이보시오, 사또 님. 우리 주군을 종마로 보시오?"

정색한 한베가 사또를 노려보았다. 사또가 20년 가깝게 연상이었지만 한베는 오다 히타카 님의 몸종이나 같은 존재다. 분신이라고 해도 맞을 것이다. 한베의 기세에 눌린 듯 사또가 쓴웃음을 지었다.

"이보게, 한베, 표현이 심하지 않나? 종마라니?"

"매일 밤 측실을 바꾸라니요? 주군께 여쭤보면 내가 매를 맞겠소."

"그럼 그만두지. 하나코 하나만 시중을 들게 하든지."

"남이 쓰던 물건 쓰는 것 같아서 께름칙하오."

"나도 그러네. 하지만 새 마님을 구하려면 신중해야 되지 않겠나? 그러니 당분간만 주군 회포를 푸시도록 하지."

다시 둘의 손발이 맞았다. 그때 청 마당으로 전령이 뛰어 들어왔다.

"사또 님, 데루모도와 아소 님이 거의 동시에 도착하셨소!"


다케다의 내성(內城) 청은 이번 화재의 피해를 입지 않았다. 아름드리 붉은 기둥이 30자(9미터)마다 하나씩 세워진 정사각형의 청이다. 넓이는 사방 300자(90미터)나 되어서 청 안에는 수백 명의 가신들이 둘러앉을 수 있다.

오늘 청의 상석에는 오다 히타카가 앉았고 그 앞쪽에 좌우로 벌려 있는 가신들은 거의 2백여 명, 다케다가 영주로 군림했을 때보다 더 위용이 있다.

왜냐하면 단바의 가신들까지 모여 있었기 때문에 거의 2백 가깝게 된 것이다. 가운데의 빈 공간 중간 부분에 장수 2명이 나란히 꿇어앉아 있었는데 바로 아소와 데루모도. 한 달 전만 해도 각각 단바와 야마시로의 총사령으로 전쟁을 치르던 호적수들이다. 그 둘이 이제는 오다 히타카라는 정복자 앞에 나란히 꿇어 앉아 있다.

이윽고 오다 히타카의 가로(家老) 역할을 하고 있는 사또가 목소리를 높여 보고 했다.

"주군, 아소와 데루모도가 대령했습니다. 말씀을 내려주십시오."

2백여 명의 무장들은 이제 숨을 죽이고 있다. 아소와 데루모도는 어깨를 펴고 앉아 있었지만 얼굴은 굳어 있다. 여기서 한 마디면 목숨이 달아난다. 그들에게 거인(巨人)이며 백제방 감찰관 출신, 황궁의 소례 직임을 받은 일본명 오다 히타카는 처음이다. 그때 박영준이 물었다.

"아소, 데루모도, 둘 중 누가 나이가 위냐?"

난데없는 질문이어서 모두 숨을 들이켰고 아소와 데루모도는 서로의 얼굴을 보았다.

그때 먼저 데루모도가 말했다.

"제가 마흔일곱입니다."

"저는 마흔다섯입니다."

아소가 대답했을 때 박영준이 머리를 끄덕였다.

"사또가 마흔여덟이니 나이들이 비슷하군. 그럼 너희들 녹봉은 얼마냐?"

분위기가 가벼워졌고 어깨를 편 데루모도가 이번에도 먼저 대답했다.

"예, 4,500석을 받았습니다. 야마시로 영지에선 가장 많은 녹봉을 받았지요."

"저는 2,500석입니다. 저기 계신 사또 님하고 같았습니다."

아소가 눈으로 사또를 가리키며 말했다. 그러나 사또는 사이고에게 녹봉을 삭감당해 1,800석이었다.

그때 머리를 끄덕인 박영준이 사또와 데루모도, 아소를 차례로 훑어보면서 말했다.

"너희들 셋은 각각 1만 석 녹봉을 주겠다. 1만 석이면 소(小)영주나 같으니 너희들 셋이 나머지 가신들의 녹봉을 정해라. 사또가 기준을 알려줄 것이니 좌장이다."

그러고는 박영준이 자리에서 일어섰다.


"무엇이? 야마시로까지?"

숨을 들이켠 연화가 앞에 선 사내를 보았다. 오전 사시(10시) 무렵, 백제방의 청 안이다. 청에는 달솔 사척까지 백제방 고위 간부들이 대부분 모여 있었는데 모두 입을 다물고 있다. 연화가 다시 물었다.

"그럼 감찰관이 단바에 이어서 야마시로까지 평정했단 말이냐?"

"예, 방주."

사내가 연화를 올려다보았다. 먼지와 땀으로 더러워진 옷에 얼굴도 씻지 않아서 거지 행색이다. 사내는 야마시로에서 달려온 세작이다. 사내가 말을 이었다.

"감찰관은 오다 히타카로 개명했고 이미 단바, 야마시로의 무장 대부분을 복속시켰습니다."

이제 연화는 입을 다물었고 사내의 목소리가 청을 울렸다.

"중신(重臣)에 사또, 데루모도, 아소를 임명했는데 각각 1만 석 녹봉을 주었습니다."

"…."

"1천 석 이상 가신(家臣)이 250명이나 되는 대영주가 되었습니다."

청 안에서 숨 들이켜는 소리가 났다. 단바, 야마시로의 영지는 92만 석, 왜국 동북부에 대영주가 탄생한 것이다. 왜국 전역에 1백만 석 이상의 영주는 5개뿐이다. 이제 오다 히타카라는 이름의 대영주가 등장했다. 아스카 주위의 3국, 가가, 나루세, 오오토모 영지를 합쳐도 오다의 영지보다 작은 것이다. 그때 달솔 사척이 입을 열었다.

"오다 히타카라고 이름을 바꿨다고?"

"예, 달솔."

"영지 이름을 뭐로 부르느냐?"

"오다라고 했습니다."

"흥, 제 이름을 땄군."

쓴웃음을 지은 사척이 연화를 보았다.

"방주, 박영준이 결국 왜국 영주가 되었습니다."

"…."

"오다 히타카요."

그때 연화가 다시 사내에게 물었다.

"백성들의 반응은 어떠냐?"

"이제 전쟁이 끝났다고 좋아합니다."

사내가 바로 말했다.

"오다 히타카는 신인(神人)이라는 소문이 났습니다. 손만 대면 소경도 눈을 뜨고 죽어가는 사람도 벌떡 일어난다고 합니다."

"…."

"주변 영주들도 혹시나 오다 님이 쳐들어오지 않을까 두려워하고 있습니다."

"알았다."

연화가 사내의 입을 막더니 사척에게 물었다.

"이 일이 우리 백제방에 잘 된 일이오, 아니면 불길(不吉)한 일이오?"

사척은 대답하지 못하고 눈만 껌벅였다.


한베는 5천 석 녹봉을 받는 중신(重臣)이 되었다. 가가의 영주 신지로의 가신(家臣)으로 300석 녹봉을 받고 각지를 돌며 정보를 모았던 한베다. 이제 5천 석 중신이 되었으니 한베는 하인과 하녀는 물론 가신(家臣)이 10명 가깝게 된다.

한베는 자신의 영지를 쪼개 50석에서 1백 석까지 녹봉을 받는 가신을 거느리게 된 것이다. 한베의 직임은 영주 오다 히타카의 집사다. 녹봉 1천 석을 받고 내궁 담당관이 된 다로와 함께 오다를 최측근에서 모시게 되는 심복이다.

"이봐, 다로, 아무래도 네가 가야 할 것 같다."

한베가 그렇게 말했을 때는 단바, 야마시로를 멸망시키고 '오다' 영지가 탄생한 지 열흘쯤이 지난 후다. 이곳은 내궁의 접견실 안, 오전 진시(8시)쯤 되어서 분주하다.

"어디로 말씀이오?"

1천 석 가신이 된 다로는 비단 겉옷에 백제에서 전해 온 '버선모'를 머리에 쓰고 얼굴에는 기름기까지 올랐다. 해적 안내역이었던 지난날과는 전혀 다른 인간이 되어 있다. 어깨를 젖히며 묻자 한베가 한 걸음 다가섰다.

"하진 공주한테 말이다."

순간 다로가 숨을 들이켰다. 신라의 공주, 왜국의 왕자 이께다와 혼인하려고 바다를 건너왔다가 박영준에게 몸을 맡긴 여인 아닌가? 잊고 있었다. 한베가 말을 이었다.

"내궁에 마님이 필요하다, 네가 모시고 오너라."

"그래야겠군."

다로의 얼굴에도 긴장감이 덮였다.

"내가 잊고 있었네, 이런."

"나도 그렇다. 우리가 공주를 숨겨 놓았던 것도 잊었다."

"오늘 당장 떠나야겠소."

"혹시 모르니까 부하들을 엄선해서 데려가라."

"그건 걱정하지 마시오. 그런데 주군께 말씀을 드리는 것이 낫지 않겠소?"

"그래야겠지."

"한베 님이 말씀 드리시오."

"아니, 네가 더 주군 가깝게 있으니 네가 말해라."

그래서 보고도 다로가 맡았다.


하진 공주를 데려와야겠다는 다로의 말을 듣자 박영준의 눈동자에 초점이 잡혀졌다. 박영준은 청으로 나가려는 참이다. 그 순간 다로가 다시 말했다.

"오늘 출발할 겁니다."

"…"

"내궁의 주인이 있어야겠습니다. 다케다의 측실들이 판을 치고 있어서 주인이 다케다인지 헷갈립니다."

"이놈이…"

쓴웃음을 지은 박영준이 어깨를 늘어뜨렸다.

"잊고 있었다."

그 말은 승낙이나 같다. 다로가 박영준을 향해 허리를 꺾어 인사를 했다.

"주군, 다녀오겠소."


다로가 떠난 날 오후 호마성에 일군의 기마인이 들어왔다. 이제 오다 영지의 북쪽 국경을 맞대고 있는 하야미 영지의 영주 나카노가 보낸 사신이다. 하야미 영지는 22만 석, 야마시로의 영주 다케다와 화평 조약을 맺고 있던 상태였으니 좌불안석이었을 것이다. 사신 이름은 츠카사. 40대 장년으로 2천 석 녹봉을 받는 나카노의 중신(重臣)이다. 어깨를 편 츠카사가 청 중앙으로 다가오더니 마룻바닥에 앉아 정중하게 머리를 숙였다.

"하야미 영주 나카노의 사신 츠카사입니다."

목소리가 청을 울릴 만큼 우렁차다. 츠카사의 좌우에는 오다 영지의 중신 2백여 명이 갈라 앉아 있었는데 모두 긴장하고 있다. 오다가(家)의 중신(重臣)이 된 1만 석의 소영주 사또, 데루모도, 아소도 시선만 준다. 그때 츠카사가 말을 이었다.

"제 주군 나카노 님께서는 야마시로의 영주였던 다케다와 화평 조약을 맺고 있었던 사이로 이번 새 영주가 되신 오다 히타카 님께 먼저 축하 인사를 드린다고 하셨습니다."

말을 그친 츠카사가 박영준을 보았다.

츠카사의 시선을 받은 박영준이 마주보았다. 미동도 하지 않는다. 그러자 청 안에 숨소리도 들리지 않았다. 중신들도 입을 열지 않았다. 박영준은 츠카사가 곧 시선을 내리는 것을 보았다. 얼굴이 굳어져 있다. 하야미는 군사 1만5천을 보유하고 있다.

농지가 많고 인구가 많으면 1천 석당 1백 명의 군사를 모을 수가 있지만 산지가 많은 영지에서는 50명이 고작인 경우도 많다. 하야미는 산지가 많은 땅이어서 군사가 1만5천인 데다 대부분이 보군이다. 척박한 땅이어서 지금까지 큰 분쟁에는 휘말리지 않았다. 그래서 태평세월을 1백여 년 보낸 것이다. 그때 박영준이 입을 열었다.

"나카노한테 이곳으로 오라고 전해라."

그 순간 청 안에 물벼락을 부은 것 같은 상황이 되었다. 모두 상반신을 세우고 숨을 죽였다. 다시 박영준이 말을 이었다.

"와서 내 신하가 되겠다는 서약을 하면 녹봉 2만 석쯤 주고 처자식과 함께 살도록 해주겠다. 그렇지 않으면 나카노 가문을 전멸시키겠다."

이제 츠카사의 얼굴이 하얗게 굳어졌다. 입을 딱 벌렸다가 말이 안 나왔기 때문에 다시 닫는다. 박영준의 말이 이어졌다.

"그동안 다른 곳은 전쟁으로 피폐했지만 하야미는 이곳저곳에 사신 외교를 펼쳐 태평세월을 보냈지 않느냐? 이제 그 대가를 받아야겠다. 너희들 창고에 쌓인 곡물을 굶주린 이웃 영지 백성들에게 나눠줘야겠다."

츠카사의 얼굴에 진땀이 흘러내렸고 박영준의 목소리가 청을 울렸다.

"하야미 영지를 오다 영지에 포함시킨다. 가서 전해라, 기간은 열흘이다."

"나카노가 호마성에 츠카사를 보냈단 말이지? 교활한 놈."

이찌베가 쓴웃음을 띤 얼굴로 하리마에게 말했다.

"그놈, 나카노의 처신은 미꾸라지다. 야마시로의 다케다에게 시종처럼 굴더니 이제 오다 히타카에게 달려가는군."

"주군, 가와지에 사신을 보내셔야 합니다."

"곤도를 내일 보낼 거다."

"가와지만으로 부족합니다. 하토코에도 사신을 보내시는 것이 낫습니다."

"서둘지 마라, 하리마. 오다 히타카는 아직 영지 정리도 하지 못했다."

이찌베가 말을 이었다.

"이곳은 야마시로의 호마성에서 5백리(250킬로)나 떨어진 곳이야. 나카노가 어떻게 되었는지 알고 나서 행동하기로 하자."

그때 밖이 소란스러워지더니 시종이 청으로 뛰어 들어왔다. 마룻바닥을 울리면서 뛰어 왔으므로 이찌베가 눈을 치켜떴다. 귀여워하는 시종이었지만 짜증이 난 것이다. 이찌베가 꾸짖었다.

"이놈, 다까다! 버릇없이 뛰느냐!"

"주군!"

시종이 선 채로 헐떡이며 말했다.

"수문장 오가노 님이 적이 출현했다고 합니다!"

"무어? 적이?"

헛웃음을 지은 이찌베가 말했다.

"불러라, 산적이 나왔단 말이냐!"

시종 다까다가 뛰어 나가더니 곧 동문 수문장 오가노와 함께 들어왔다. 오가노도 숨을 헐떡이고 있다.

"주군! 성 밖에 기마군이 와 있습니다!"

"어디 군사냐!"

"예, 깃발에 오다 히타카라고 쓰여 있습니다!"

"뭐? 오다 히타카?"

이찌베의 목소리에서 새소리가 났다. 이찌베는 39세, 부친 다까무라 에한테서 영주를 물려받은 지 19년, 그동안 이웃 영주인 하야미의 나카노와 서너 번 전쟁을 치렀지만 군사 1천 남짓을 운용한 국지전이다.

이찌베의 이즈미 영지는 18만 석, 이곳도 산지(山地)가 많아서 가용 군사는 1만3천 남짓, 나카노가 야마시로에게 붙어 영지를 보존했다면 이찌베는 북쪽의 거국(巨國) 가와지와 하토고에 업혀 지내왔다. 이것이 소국(小國)의 생존 방식이다.


"와앗!"

그 순간 밖에서 함성과 함께 땅이 흔들렸다, 기마군이다.

"이, 이런."

이찌베가 벌떡 일어났지만 갈 곳을 정하지 못했다.

"이봐라!"

소리쳐 측근을 불렀지만 옆에 10여 명의 가신이 있는데도 대답하는 사람이 없다.

"와아앗!"

함성이 더 가까워졌다.

"주군! 이쪽으로!"

다까다가 이찌베의 소매를 잡았고 수문장 오가노는 얼떨결에 허리에 찬 칼을 빼들었다.

"피하십시오!"

정신을 차린 가신 하리마가 앞장을 서서 내궁을 향해 뛰었다. 그때 뒤쪽에서 다시 달려온 시종이 소리쳤다.

"주군! 적이 내궁으로 진입했소!"

"이것이 도대체 무슨 일이냐!"

이찌베가 경황 중에 버럭 소리쳤다.

"오다군(軍)이라니! 이놈들이 날아왔단 말이냐! 날개가 있어?"

"와앗!"

그 대답이라도 하는 듯이 밖에서 함성과 함께 말굽 소리가 울렸다.

이제는 칼날 부딪는 소리와 비명까지 들린다.

"주군! 이쪽으로!"

시종이 소리쳤을 때 바로 옆에서 외침 소리가 울렸다.

"오다 군의 별동대인 다카하시군(軍)이다!"


"열흘이라고 했단 말인가?"

나카노가 이 사이로 묻자 츠카사는 어깨를 늘어뜨렸다.

"주군, 오는 데 사흘이 걸렸으니 이제 7일 남았습니다."

"오다 군(軍)이 이곳까지 오려면 20일은 걸릴 것이다."

나카노가 혀를 찼다.

"서둘지 마라, 츠카사."

츠카사는 하야미로 달려와 나카노에게 오다의 전갈을 말해주고 있는 것이다. 청 안은 숨소리도 나지 않는다. 중신(重臣) 20여 명이 모두 모여 있었지만 오다 측의 전갈 내용은 오만불손했다. 이쪽을 아예 종으로 취급하고 있다. 이윽고 어금니를 문 나카노가 어깨를 부풀렸다.

"내가 그런 대접을 받고 오다놈에게 머리를 숙이고 들어갈 바에는 결사의 각오로 부딪칠 것이다. 전군(全軍)을 모으고 히고 영주께 급히 사신을 보내도록 하라. 원군을 보내줄 것이다."

"예, 주군."

그렇게 대답한 것은 옆쪽에 앉은 가신 오쯔기 하나뿐이었다.

머리를 든 나카노가 중신들을 둘러보았다. 어느덧 눈에 핏발이 서 있다.

"모두 들었느냐?"

"예엣!"

서넛이 대답했고 나머지 10여 명은 아직도 입을 다물고 있다. 그때 츠카사가 두 손을 청 바닥에 붙이고 나카노를 보았다.

"주군."

"뭐냐?"

"오다 히타카 님은 이제 10만이 넘는 대군을 보유하고 있습니다."

"그래서 어쨌단 말이냐?"

"더구나 오다군은 기마군을 경량화하여 하루에 250리를 달립니다. 야마시로의 호마성까지 5백 여 리를 단 이틀 만에 주파하여 기습 점령 했습니다."

이제는 어깨만 부풀린 나카노에게 츠카사가 말을 이었다.

"주군, 백성과 가신을 구해 주시지요."

"무슨 말이냐?"

"오다 님은 투항한 야마시로와 단바의 가신들에게 모두 전의 녹봉은 유지시켜 줬다고 합니다. 오히려 중신 사또, 아소, 데루모도는 1만 석을 받아 소영주가 되었습니다."

"너도 소영주가 되고 싶으냐?"

"저는 주군을 옆에서 모시겠습니다."

"내가 2만 석짜리 거지가 되는데도?"

"주군."

"넌 이미 오다 놈에게 기울었구나."

눈을 가늘게 뜬 나카노가 츠카사를 보더니 빙그레 웃었다.

"츠카사, 내 앞에서 배를 갈라라."

"주군."

그때 청 아래로 서둘러 다가온 시종무사가 소리쳤다.

"주군! 시오다성(城)에서 전령이오!"

나카노가 머리를 들었고 모두의 시선이 청 아래로 집중되었다. 시종 무사를 따라 온 전령은 시오다성 기마대장 유고였다. 시오다성은 이찌베가 통치하는 이즈미 영지와 가까워서 믿을 만한 기마대장을 주둔시킨 것이다.

"유고, 무슨 일이냐?"

나카노가 소리쳐 묻자 유고가 땀으로 범벅이 된 얼굴로 나카노를 보았다.

"주군, 이즈미가 멸망했습니다!"

"무슨 말이냐?"

짜증이 난 나카노가 손바닥으로 팔걸이를 두드렸다.

"이즈미가 어쨌다고?"

"예, 이즈미의 무사시노성(城)에서 이찌베 님 이하 중신들이 절멸됐다고 합니다."

나카노가 숨만 쉬었고 유고의 목소리가 청과 마당에까지 울렸다.

"오다군의 별동대 기마군 5천 기가 6백 리를 단 이틀 만에 달려 왔다고 합니다. 무사시노성에서 도망쳐 나온 군사들한테서 들었습니다."

"…"

"이즈미는 거성이 함락되고 영주 이하 중신들이 몰사당한 바람에 영지가 순식간에 오다가(家)에 귀속되었습니다."

나카노가 청 안의 중신들을 둘러보았는데 이미 눈동자의 초점이 멀다. 그때 청 밖에서 기마군의 말발굽 소리가 울렸다. 소스라치게 놀란 나카노가 상반신을 세웠다.

"무엇이냐?"

그러나 말발굽 소리가 멀어졌고 대답하는 사람이 없다.

그때 츠카사가 나카노를 보았다.

"주군, 제가 다시 호마성에 가는 것이 낫지 않겠습니까? 주군께서 오다 님의 제의를 받아들인다고 전하겠습니다."

나카노는 숨만 들이켤 뿐 대답하지 않았다.


이곳은 아스카의 황궁, 스미코 천황이 백제방 영주 연화와 마주앉아 있다. 침소 옆 대기실이어서 방안에는 시종은 물리치고 둘뿐이다. 연화가 입을 열었다.

"전하, 박영준은 단바, 야마시로에 이어 이즈미와 하야미까지 석권했습니다. 단숨에 영지가 140만 석 가깝게 되었으니 중부(中部)의 대국(大國)이 탄생된 셈입니다."

"으음, 박영준이."

스미코의 입에서 옅은 신음이 뱉어졌다.

"공주, 아무래도 아스카는 내 대(代)에서 황실의 대가 끝날 것 같다."

"전하."

당황한 연화가 스미코를 보았다. 스미코는 38세, 아직도 절세의 미모를 갖추었고 건강하다. 18살 때 낳은 장남이며 대를 이을 황자 하찌만이 유람 중 실종된 지 어느덧 1년, 둘째 왕자 이께다는 실명을 한 터라 왕위를 이을 수가 없는 것이다. 그러는 사이에 아스카 주위 영주들의 압박은 심해졌고 이제는 황실을 낀 정권 탈취의 움직임까지 보인다. 황실과 천황을 끼고 천하를 장악하려는 것이다. 그때 연화가 입을 열었다.

"전하, 박영준이 오다 히타카로 개명을 했으나 백제인입니다."

"백제계가 아니라는 소문도 있지 않느냐? 내가 듣기로는 아주 먼 곳에서 왔다고 했다."

"아닙니다. 처음 만났을 때 말투가 이상했지만 백제 말을 했습니다. 백제인이 맞습니다."

"네가 잘 알겠구나."

스미코의 시선을 받은 연화의 얼굴이 붉어졌다. 그러나 대답은 했다

"그렇습니다, 전하."

스미코의 시선을 받은 연화가 말을 이었다.

"전하, 박영준에게 전령을 보내겠습니다."

"어떻게 말이냐?"

"지금 아스카 주변 상황을 그대로 말해주는 것입니다."

연화가 말을 이었다.

"아스카의 3영주인 가가, 나루세, 오오토모가 이제는 제각기 아스카를 장악, 천황을 끼고 대권을 잡으려는 시도를 한다고 말하겠습니다."

"…."

"이제 박영준은, 아니 오다 히타카는 140만 석의 대영주입니다. 가가, 나루세, 오오토모 3국을 합쳐도 90만 석밖에 되지 않습니다. 박영준이 대군(大軍)을 이끌고 오면 3영주는 혼비백산 할 것입니다."

"하지만 이곳까지 오려면 10여 개의 영지를 거쳐야 돼."

"그쯤은 격파할 수 있을 것입니다. 오다군(軍)이 아스카로 거병했다는 것만으로도 3영주에겐 압박이 될 것입니다."

"오다가 조건 없이 올 것 같으냐?"

마침내 스미코가 묻자 연화는 한동안 시선만 주었다. 그러더니 한 마디씩 힘주어 말했다.

"저하, 박영준의 아니, 오다와 혼인을 하십시오. 오다를 남편으로 맞으십시오."


"공주님, 그동안 안녕하셨소?"

다로가 정중하게 인사를 한다는 것이 이 정도다. 놀란 하진이 인사도 받지 못하고 쳐다만 보았다. 얼굴이 하얗게 굳어져 있다. 아스카 북쪽으로 50리(25킬로)쯤 떨어진 가가의 영지 안이다. 산속 골짜기에 민가 3채가 숨듯이 묻혀 있었는데 하진은 시종 추선과 함께 그중 한 채에서 은신하고 있었던 것이다. 다로가 주위를 둘러보는 시늉을 하면서 하진에게 물었다.

"시녀는 심부름 보냈습니까?"

"시장에 갔네."

하진이 첫말을 내놓더니 곧 물었다.

"여긴 웬일인가?"

"소식 듣지 못하셨습니까?"

되물은 다로의 얼굴에 짓궂은 웃음기가 떠올랐다.

"무슨 일인데 그러나?"

"저희 주군께서 서쪽의 대영주가 되셨습니다."

"서쪽에서?"

하진의 눈동자가 먼 곳을 보는 것 같다.

"영주가 되셨다고?"

"예, 대영주이십니다."

어깨를 부풀린 다로가 말을 이었다.

"1백만 석이 넘습니다. 아스카와 주변의 3영지를 모두 합한 것보다도 더 넓습니다.”

다로의 목소리에 열기가 띠어졌다.

“주군께서는 혼자서 그 엄청난 영지를 차지하신 것입니다. 이제 가신만 수백입니다, 공주님.”

“…”

“참, 내 정신 좀 보게.”

숨을 고른 다로가 하진을 보았다.

“공주님, 준비하시지요, 지금 당장 주군께로 떠나셔야겠습니다.”

“내가 말인가?”

하진의 얼굴이 갑자기 빨개졌다.

“날 데리러 왔어?”

“예, 주군께서 모시고 오라고 하셨습니다. 주군 주위에 망한 영주의 처첩들만 모여 있어서 공주께서 빨리 가셔야 합니다. 그년들한테 주군을 뺏길지 모릅니다.”


“가와지가 52만 석, 하토고는 44만 석 영지를 갖고 있습니다.”

중신(重臣) 사또가 먼저 지도를 가리키며 말했다.

“가와지는 정병 4만 정도를 보유하고 있으며 하토고는 3만5천 정도입니다.”

그때 아소가 말을 이었다.

“그러나 가와지, 하토고는 변방이어서 아직 체제가 잡혀 있지 않습니다. 특히 가와지는 ‘고불신’을 숭배해서 신주(神主)와 영주가 같이 영지를 다스리는 형편입니다.”

“고불신이 무엇이냐?”

오다가 묻자 아소가 대답했다.

"예, 바다 건너 고구려에서 온 불상이 영험을 일으킨다는 것입니다. 그래서 가와지의 영주 니시오는 고불신의 신주 누카다의 점괘를 보고 나서야 국사를 결정합니다."

머리를 끄덕인 오다가 다시 지도를 보았다.

"하토고는 어떤가?"

"영주 요시다는 28세, 작년에 소국 2개를 병합해서 영지를 4만 석 늘렸습니다. 호전적이고 교활한 성격으로 전술에 능합니다."

이번에는 데루모도가 대답했다. 오다가 보료에 몸을 기대앉으면서 세 중신을 돌아보았다.

"난 전쟁으로 타국(他國)을 병합하지 않을 것이다."

사또, 아소, 데루모도가 와락 긴장한 얼굴로 자세를 바로 잡았다. 셋은 이제 오다가(家)의 중신으로 각각 1만 석 영지의 소영주(小領主)다. 그들로서는 이런 날이 올 줄은 꿈도 꾸지 않았다. 그때 오다가 말을 이었다.

"알았느냐? 나는 백성들을 전란에서 구해내려고 영주로 나선 것이야, 그런 내가 전쟁으로 백성을 끌고 들어가서야 되겠느냐?"

"지당하신 말씀입니다."

데루모도가 머리를 숙였다가 들고는 오다를 보았다. 얼굴이 경외심으로 가득 덮여 있다.

"지금까지 야마시로, 단바, 하야미와 이즈미를 정복하신 것이 모두 기습전으로 최소한의 정예군만 투입하셨습니다. 그러면 가와지와 하토고는 어떤 복안을 갖고 계십니까?"

"너희들이 상의해라."

313

오다가 던지듯이 말하고는 웃었다.

"내가 없어도 너희들 셋이 국정을 처리해 나가는 버릇을 길러야 한다."

"주군, 무슨 말씀이시오?"

그래도 오다와 인연이 더 길었던 사또가 눈을 치켜뜨고 물었다.

"주군이 안 계시는 오다 영지가 있을 수 있습니까? 빨리 후손을 생산하시어 대(代)를 이으실 준비를 해 놓으셔야지요."

사또의 표정은 엄격했다.


아스카 황궁의 사신 일행이 호마성에 도착했을 때는 그로부터 열흘이 지난 오후 미시(2시) 무렵이다. 미리 국경을 넘을 때부터 전령이 수시로 달려와 일정을 보고했기 때문에 호마성에서는 사신을 맞을 준비를 갖추고 있다.

10여만 석 영지를 보유한 아스카 황궁이지만 왜국 전역에 유일한 황가(皇家)로 대를 이어온 가문인 것이다. 지금도 천황의 권위는 식지 않았다. 지방의 대(大)영주도 황실의 작위를 받으려고 사신을 보내 인사를 차리는 상황이다.

이번 아스카 사신은 궁의 2품 소덕(小德) 직위의 오카모였다. 오카모는 황궁의 관리를 담당해온 노인으로 천황 다음의 서열이다. 그러니 새롭게 신설된 오다가(家) 가신들은 긴장하지 않을 수 없다.

오카모와 안면이 있는 데루모도를 영접 위원장으로 삼고 정성을 기울여 맞을 준비를 했는데 정작 영주인 오다는 그동안 사냥을 다녔다. 오카모의 오다가(家) 방문 목적은 '신(新)영주에 대한 아스카 왕실의 예방'이다. 다소 애매한 방문 목적이었지만 중신들은 들떠 있었다.

오다가(家) 140만 석의 대영지가 황궁의 인정을 받았다는 증거이기 때문이다.

풍악을 울리는 사이로 오카모가 황궁 사신들을 이끌고 호마성 청으로 다가왔다. 모두 옷을 갈아입어서 붉고, 황금색 예복이 햇빛을 받아 화려하게 빛나고 있다. 앞장선 오카모는 62세, 흰 수염에 붉은색 예복을 입고 허리에는 황금 띠를 찼다.

2품 소덕이니 지방 영주 대부분은 5품 대신이나 6품 소신이 고작이다. 오다도 백제방 감찰관으로 천황에게서 4품 소례 직임을 받았을 뿐이다. 오카모의 뒤로 황궁 관리 10여 명이 따랐는데 모두 4품, 5품 계급이다. 그 뒤로 하인 일행이 따랐고 깃발을 든 경호군이 이어진다. 장관이다.

호마성에 황궁 관리가 오는 건 처음이어서 청 밖에는 주민들이 구름처럼 운집해 있다. 그때 청에서 기다리던 영주 오다 히타카가 자리에서 일어나 청 아래로 내려왔다. 오다 히타카는 거인(巨人)이다. 황금색 예복을 입고 허리에는 장검을 찼는데 그 모습이 압도적이다. 오카모보다 머리통 2개만큼 크다. 오카모 10보 앞으로 다가간 오다가 소리쳐 인사를 했다.

"오다 히타카가 소덕 오카모 님을 뵙소."

"오오, 소례 대감."

오카모도 소리쳐 인사를 했다. 그때 오다 뒤쪽에 서 있던 2백여 명의 가신들이 일제히 무릎을 꿇어 오카모에게 경의를 표했다. 오카모가 왕의 대리인이었기 때문이다. 그러나 오다는 그냥 서 있다.

"어서 오시오, 오카모 님."

오다가 다시 소리치자 오카모가 웃음 띤 얼굴로 다가왔다.

"소례 대감, 천황 폐하의 안부를 전합니다."

"황가(皇家)의 안녕을 빕니다."

마주보고 절을 한 둘은 이제 나란히 청을 오른다. 주위의 모든 가신들은 무릎을 꿇고 앉아있다.


성대한 연회가 끝난 것은 오후 유시(6시) 무렵이다. 이제 사신 일행도 숙소로 배정된 영빈관으로 행차할 준비를 갖췄다. 그때 오카모가 오다에게 말했다.

"대감, 긴히 드릴 말씀이 있소."

"그렇습니까?"

오다가 넌지시 오카모를 보았다.

"내청으로 가십시다."

자리에서 일어선 오다가 세 중신들에게 말했다.

"너희들만 따라오너라."

사또, 아소, 데루모도가 서둘러 뒤를 따랐고 오카모는 부사신(副使臣) 역할인 대신(大神) 직급의 사내 둘을 대동했다. 이윽고 내청에 자리 잡고 앉았을 때 오카모가 헛기침부터 했다. 앞쪽에 앉은 오다가의 세 중신은 잔뜩 긴장하고 있다. 황궁의 사신이, 더구나 내궁 관리를 맡은 2인자인 소덕 오카모가 오직 새 영주가 된 박영준, 오다 히타카를 축하해 주려고 이 먼 길을 왔다는 것이 어딘가 미심쩍었기 때문이다.

세 중신도 수전산전 다 겪은 원로들이다. 황궁에서 서부의 강자(强者)로 급부상한 오다가(家)에 어떤 조건을 제시할 것 같다는 예상도 했던 것이다. 그때 오카모가 정색하고 오다를 보았다.

"대감."

"말씀하시오, 소덕 대감."

"아스카가 이제는 근위 3영주의 위협을 받는 상황에 이르렀소."

오카모가 비통한 표정으로 말했지만 다 아는 사실이다. 오다는 물론이고 사또, 아소, 데루모도는 동요하지 않았다. 이제 아스카를 보호한다던 근위 3영주, 가가, 나루세, 오오토모는 서로 아스카를 차지하고 천하의 대권을 쥐려고 경쟁하는 상황이다. 아스카를 점령, 천황을 인질로 잡고 천황의 이름으로 전국(全國)을 호령한다는 계획이다. 오카모가 말을 이었다.

"그래서 천황 폐하의 지시를 받고 대감을 찾아 뵌 것이오."

"말씀하시오."

"대감, 대감께서 아스카를 장악하시오."

오카모가 갑자기 청 바닥을 두 손으로 짚고 엎드려 오다를 보았다.

"스미코 천황께선 홀몸이시오. 천황의 부군이 되시면 아스카가 대감의 수중에 들어오게 됩니다, 따라서 아스카도 건재할 것이오."

내청 안에는 숨소리도 들리지 않는다. 세 중신은 석상처럼 굳어 있다. 실로 청천벽력과 같은 제안이다.

'천황의 부군'이 된다. 감히 상상도 하지 못했던 일이었던 것이다. 오카모도 엎드린 채 오다를 바라보고만 있다. 이윽고 오다가 입을 열었다.

"그렇게까지 해서라도 황실을 보존해야 하오?"

"예."

오카모가 기다렸다는 듯이 대답했다.

"5백 년을 이어온 황실을 스미코 천황 대에서 끊어지게 할 수는 없습니다."

"그것은 스미코 천황께서도 바라시는 일이오?"

"그렇습니다."

"나를 부군으로 맞는다고?"

"예, 대감."

"왕자는 어떻게 할 것이오?"

"후계자에서 제외되었으니 절에 보낼 것입니다."

"편리한 황실 보존 방법이군."

"대감."

다시 오카모의 표정이 절실해졌다.

"황실은 백제계로 이어져 왔습니다, 대감."

"…."

"나루세, 가가, 오오토모의 무리에게 일본 천하를 넘겨 줄 수는 없습니다."

"…."

"일본 황실은 백제계가 이어가야 합니다. 이제 대감께서 서부의 대영주가 되셨으니 전국의 영주들도 인정할 것입니다."

"내가 대군을 이끌고 아스카로 진군하란 말이오?"

"대감."

오카모가 목소리를 낮춰 말했다.

"대감께서 승낙하신다면 천황께서 비밀리에 이곳으로 오실 것입니다."

"무엇이?"

놀란 오다가 되물었다.

"이곳으로 오신다고?"

"예, 그리고 이곳에서 혼례를 치르시고 만방에 부부가 되었음을 선언하시는 것입니다."

"…"

"그리고 천황과 함께 대군을 이끌고 동진(東進)하시는 것입니다."

다시 오카모의 목소리에 열기가 띠어졌다.

"그때 천황군의 앞을 가로막는 무리는 반역자가 될 것입니다."

오다는 머리를 들고 앞쪽 벽을 보았다. 먼 곳을 보는 시선이다.

하진이 호마성에 도착했을 때는 저녁 무렵이다. 거침없이 내성으로 들어선 다로가 한베부터 찾아갔다.

"오, 모셔왔느냐?"

한베가 그렇게 물었지만 눈동자가 흔들렸다. 다로가 어깨를 펴고 제 공치사를 늘어놓았다.

"하루 1백 리를 주파하느라고 아주 힘들었소. 도중에 산적 무리도 만났단 말입니다."

"오, 그래?"

"스무 명쯤 되었는데 몰살했지요."

다로는 정병으로 30기를 이끌고 간 것이다. 한베가 머리를 끄덕이더니 물었다.

"공주는 어디에 모셨나?"

"아, 당연히 내궁의 본궁에 모셨지요. 이제 안방 차지를 하셔야 되지 않습니까?"

"…"

"아직 식은 올리지 않더라도 공주께서 내궁을 지휘하셔야 되겠지요."

말을 그친 다로가 눈을 좁혀 뜨고 한베를 보았다.

"한베 님, 왜 그러시오?"

"내가 왜?"

"무슨 일 있습니까?"

그때 한베가 어깨를 늘어뜨렸다.

"이제 스미코 천황이 올 거야."


방안으로 들어선 오다가 하진을 보았다. 자리에서 일어선 하진도 오다의 시선을 받는다. 해시(밤 10시) 무렵, 내궁 안은 조용하다.

"공주!"

오다가 다가서며 하진을 불렀다. 그 순간 하진이 시선을 내리더니 눈에서 주르르 눈물이 흘러내렸다. 불빛에 반사된 눈물 줄기가 반짝인다. 그것이 대답이나 같다. 다가선 오다가 두 손으로 하진의 허리를 감싸 안았다. 이것도 오다의 대답이다.

오다가 머리를 숙여 하진의 입술을 입에 물었다. 꽃잎 같은 입술이 입안에 들어오더니 더운 숨이 뱉어졌다. 하진이 저도 모르게 두 손을 오다의 가슴에 붙였다가 곧 목을 감아 안는다. 오다가 하진의 입술을 밀어 올리자 곧 혀가 빠져나왔다. 가쁜 숨소리가 뱉어졌다. 오다는 하진의 혀를 빨면서 저고리를 벗겼다. 하진이 순순히 벗겨지는 것을 돕는다. 방안의 촛불이 흔들리고 있다.


"뭐라고? 천황이 오다한테?"

소리치듯 되물은 다무라가 상반신을 기울였다. 앞에 앉은 사내는 아스카에 파견한 밀정 유스케, 급히 달려왔는지 옷도 갈아입지 못해서 더

럽다. 유스케가 숨을 고르면서 말했다.

"예, 궁중 시녀한테 들었습니다. 출발을 내일 밤, 시종무사와 대관, 감독관 등 관리가 30여 인, 시녀는 다섯으로 제한했고 비밀 여행이라 경호군을 최소한으로 줄였지만 3백50여 명, 모두 기마군이어서 예비 말까지 1천 필 정도가 됩니다."

"그것이 어떻게 비밀 여행이 되나?"

눈을 좁혀 뜬 다무라가 코웃음을 쳤다.

"서진(西進)해서 오다 히타카를 만난다는 것이냐?"

"예, 아스카의 위급 사항을 직접 말하고 원군을 요청한다는 소문입니다."

"으음."

신음을 뱉은 다무라가 상체를 폈다. 앞에 늘어앉은 중신(重臣), 가신들은 모두 입을 다물고 있다. 다시 유스케가 말을 이었다.

"오다 히타카에게 2등급 품위인 소덕 직위를 준다는 소문이 있습니다."

"흥, 소덕을?"

다무라가 이번에는 어깨를 부풀렸다. 아스카 3영주 중 하나인 다무라는 나루세의 영주로 영지는 32만 석, 군사 3만을 보유하고 있다. 나이는 40세, 3영주 중 가장 호전적이며 아스카의 동향에 적극적이다. 다무라의 직위는 3품 대례, 백제방 감찰관 박영준이 소례 직위를 받았을 때 노발대발했었는데 이번에 또 2등급을 올려준다니 심기가 뒤틀릴 수밖에 없다.

"천황, 그 여자가 오다 히타카, 아니 백제 놈 박영준이를 데리고 어쩌려는 거야?"

"주군."

가신 겐지로가 나섰다. 다무라의 모사다. 5백 석 녹봉은 받지만 머리가 비상해서 전략은 겐지로가 다 내놓는다. 38세, 그러나 너무 영민하기 때문에 녹봉은 늘어나지 않는다. 이것이 다무라의 용인술이다. 겐지로가 녹봉까지 많으면 위험해질 수 있기 때문이다. 겐지로가 입을 열었다.

"천황은 오다 히타카에게 도움을 요청하는데 직위를 소덕으로 올려주는 조건으로는 부족할 것입니다."

"도대체 어떤 도움을 바랄 것 같으냐?"

"아스카의 안위겠지요."

"오다가 대군을 이끌고 아스카로 들어올까? 제 영지를 비워놓고 말이다."

오다의 영지에서 아스카까지는 5백여 리, 그 사이에 10여 개의 영지가 펼쳐져 있다. 영지의 규모는 대략 2백여만 석, 거기에다 아스카 3영주의 90만 석을 합하면 오다 히타카의 140만 석을 압도적으로 누를 수 있다. 그러나 10여 명의 영주를 누가 통합한단 말인가? 1개국씩 덤볐다가는 여지없이 궤멸된다.

그때 겐지로가 말했다.

"오다 히타카에게 직접 천황이 간다는 것은 더 깊은 내막이 있는 것 같습니다."

"그럼 뭐가 있겠느냐?"

다무라가 물었으나 겐지로는 대답하지 않았다.

빗발이 뿌리고 있다. 우의를 입었지만 어느덧 얼굴에 비가 젖었으므로 스미코는 손바닥으로 얼굴을 훔쳤다. 대열은 말없이 전진하고 있다. 깊은 밤, 이열종대로 늘어선 기마대의 행렬은 1리(500미터)도 더 넓게 늘어졌다. 아스카를 떠난 지 어느덧 두 시진(4시간)이 지나 지금은 서쪽 가가 영지로 들어섰다. 그러나 밀행이어서 가가 영지에서는 알면서도 모른 척할 것이었다. 영지를 통과한다고 천황 일행을 정지시킬 수는 없기 때문이다. 옆으로 시종장 다카하시가 다가왔다.

"폐하, 가가 영지를 벗어나려면 20리(10킬로)쯤 더 가야합니다. 조금 쉬었다가 가시는 것이 낫지 않겠습니까?"

스미코가 머리를 끄덕였다. 가가 영지를 벗어나면 이제 도토미 영지다. 이곳은 아스카 3영주 지역을 벗어난 변방, 영주는 사꾸라이, 영지 면적은 18만 석이다.

"내일 아침에는 도토미에 들어가 있겠구나."

스미코가 혼잣말처럼 말했을 때다. 뒤쪽에서 말발굽 소리가 울렸다. 함성도 들렸다.


"와앗!"

함성이 다시 울렸을 때 다무라의 얼굴에서 웃음이 떠올랐다.

"겐지로, 됐다."

"예, 주군."

겐지로가 대답을 했지만 표정에는 그늘이 졌다. 이번 작전은 다무라가 기획했다. 겐지로가 말렸는데도 기습군 1천5백을 매복시켜 가가 영지에서 천황을 사로잡으려는 작전이다. 그리고 그 작전이 성공했다. 다무라가 직접 인솔한 기습군이다.

"자, 서둘러라!"

다무라가 소리치자 주위 무사들이 서둘러 달려 나갔다. 천황을 데리고 영지로 돌아가야 된다. 그리고 천황이 다무라에게 보호를 요청한 것처럼 만드는 것이다. 천황을 장악하고 있는 한 아무도 함부로 공격하지 못할 것이었다. 천황이 있는 곳은 신성한 곳이기 때문이다.

"네놈들은 누구냐?"

스미코가 소리쳤지만 둘러선 군사들은 대답하지 않았다. 잘 훈련된 군사들이다. 이제 함성과 비명소리도 그쳤다. 비도 그쳐서 밤하늘에 별들이 드러났다. 그러나 스미코의 주변에는 시종장 다카하시와 관리들이 다 모였다. 군사들은 대부분이 죽었지만 기습군은 황실 관리와 시종들은 헤치지 않는다. 그들이 비무장이기도 했기 때문일 것이다. 황실 관리를 죽인다면 후환이 시끄럽다. 그때 다카하시가 스미코에게 말했다.

"가가군(軍)은 아닙니다. 제 영지에서 대놓고 습격할 리는 없으니까요."

스미코도 같은 생각이다. 그때 앞쪽에서 말굽 소리가 울렸으므로 모두 긴장했다. 이쪽은 스미코를 중심으로 관리 30여 명이 둘러서 있을 뿐이다. 경호군은 이제 한 명도 보이지 않는다. 죽거나 항복해서 주위에는 기습군이 포위하고 있다. 그때 한 무리의 기마대가 나타나더니 앞에서 멈춰 섰다. 그리고 모두 말에서 내려 걸어서 다가온다. 그때 누군가가 소리쳤다.

"나루세의 다무라다!"

"으음."

스미코의 입에서 신음이 터졌다. 3영주 중 이런 일을 일으킬 만한 놈이다. 다무라가 가가 영지에서 천황 행차를 기습했다. 그러고는 천황을 산적단한테서 구해냈다고 하겠지. 그때 스미코 앞으로 다가온 무장이 소리치듯 말했다.

"천황께서 도적단의 습격을 받으셨군요. 그래서 제가 왔습니다."

"다무라, 뻔뻔스럽다."

스미코가 내쏘듯이 말했지만 어깨를 늘어뜨렸다. 어떤 억지소리를 하건 간에 지금부터는 다무라의 손아귀에서 놀아나는 신세가 될 것이었다.

그때 다무라가 말했다.

"자, 가시지요. 가가 영지는 위험합니다. 제 영지로 모시겠습니다."


아침 진시(8시) 무렵, 날이 환하게 밝아서 앞쪽 황무지 끝의 산맥도 선명하게 보였다. 하늘은 구름 한 점 없이 파랗고 공기는 맑다. 어젯밤의 비와 피비린내가 진동했던 야습도 꿈처럼 느껴질 정도로 다른 세상이다.

"천황께선 당분간 저하고 같이 계셔야겠소."

앞쪽 걸상에 앉은 다무라가 위압적으로 말했을 때 스미코는 쓴웃음을 지었다.

"다무라, 그대가 날 죽이지는 못 할 터, 얼마나 오래 갈 것 같나?"

"난 이미 가가, 오오토모와 상의했소."

따라 웃은 다무라가 스미코를 보았다.

"내가 중심으로 천황가를 움직이기로 말이오."

"네가 중심으로?"

"그렇지. 내가 몸통이고 가가, 오오토모는 좌우 날개 역할이지."

그러고는 다무라가 다시 웃었다.

"저 먼 곳에 있는 오다 히타카는 그저 변방의 들개 새끼일 뿐이야."

"역적 놈."

"승즉군왕, 패즉역적이지."

"네놈이 군왕을 꿈꾸느냐?"

"왕후장상의 씨는 다른가?"

"네 아비는 황실의 시종이었다."

"천황의 조상은 백제의 사냥꾼이었다는데."

그때 뒤쪽에서 천둥이 울렸으므로 다무라가 머리를 기울였다. 이어서 지진이 일어난 것처럼 땅이 흔들렸다.

"지진이군."

입맛을 다신 다무라가 몸을 일으켰다.

"이쪽은 지진이 흔해서 문제야."

"우와앗!"

함성이 울렸을 때 다무라는 막 말 등에 오르는 중이었고 스미코는 시종의 부축을 받으며 진막 밖으로 나오는 참이었다. 그때 지진이 더 심하게 일어났다. 그리고 천둥소리는 말발굽 소리로 바뀌어졌다.

"적이오!"

전령이 달려와 악을 쓰듯이 다무라에게 보고했다.

"누, 누구냐?"

다무라가 다급하게 물었다. 이곳은 다무라의 영지인 것이다. 그때 함성과 함께 기마군이 진입했다. 기마군은 사방에서 덮쳐왔는데 압도적이다. 이제는 다무라의 기습군이 기습을 당하고 있다. 그것도 대군(大軍)의 기습이다. 스미코는 다무라가 다급하게 말 위에 올랐다가 갈피를 잡지 못하고 우왕좌왕하는 꼴을 보았다. 그 순간 스미코는 숨을 들이켰다. 눈빛이 강해졌고 얼굴에 홍조가 떠올랐다.

박영준, 오다 히타카가 스미코 앞에 나타났을 때는 한 식경(30분)쯤이 지난 후다. 스미코는 조금 전 그 자리에 서 있었는데 다무라는 보이지 않는다. 함성과 소란이 뚝 그친 것은 다무라의 군세가 궤멸된 것을 나타낸다. 지금 벌판에는 새까맣게 기마군으로 뒤덮여 있다. 모두 경장 차림의 새로운 모습의 기마군이다.

그때 다가온 오다 히타카가 말에서 내리더니 스미코를 향해 머리를 숙였다. 스미코가 상기된 얼굴로 시선만 주었을 때 오다가 다가왔다. 스미코는 자신의 호흡이 가빠지는 것을 의식하고는 어금니를 물었다. 그때 다가선 오다가 스미코를 보았다.

"내가 오는 것이 낫겠다고 생각했소이다."

목이 멘 스미코는 숨만 쉬었고 오다가 더 다가섰다. 이제는 숨소리도 들릴 정도다. 그때 오다가 낮게 말했다.

"날 남편으로 이용할 생각은 안 하시는 게 좋을 거요."

그러자 스미코가 대답했다.

"절 지배하세요. 그럼 됐지요?"

스미코의 반짝이는 눈을 바라보던 오다가 머리를 끄덕였다.

<끝>